*Leaf by Niggle*

Farmer Giles of Ham

The Adventures of Tom Bombadil

*Smith of Wootton Major*

# 托爾金短篇故事集

J. R. R. TOLKIEN

托爾金——————————著

鄧嘉宛、石中歌、杜蘊慈————譯

經典奇幻文學作家
J. R. R · 托爾金 **2**

# ON FAIRY-STORIES

LEAF BY NIGGLE
FARMER GILES OF HAM
THE ADVENTURES OF TOM BOMBADIL
SMITH OF WOOTTON MAJOR
ON FAIRY-STORIES

CONTENTS

# 譯者前言

自從2001～03年電影《魔戒》三部曲上映後，全世界但凡耳聞或看過電影的人，都知道了原著作者、英國牛津大學的托爾金教授，在其架構恢弘的中洲神話中獨創了這麼一個種族：霍比特人。待到2012～2014年電影《霍比特人》上映，那就是家喻戶曉了。

托爾金先寫了《霍比特人》一書，於1937年9月21日出版，大獲成功，被譽為童書經典，出版商也立刻敦促他寫續集，他在1937年12月動筆，最終寫成的作品就是《魔戒》。托爾金是這麼介紹霍比特人的：

「霍比特人熱愛和平、安寧，以及犁墾良好的土地，最喜出沒的地方是秩序井然、耕種得宜的鄉野。他們聽覺靈敏，眼光銳利，雖說通常很胖，但動作敏捷靈巧。他們體型很小，以我們的標準衡量，他們的身高從兩呎到四呎（約61～122公分）不等。

夏爾的霍比特人是個快樂的種族。他們穿戴色彩鮮亮的服飾，尤其喜愛黃色和綠色。不過他們幾乎不穿鞋，因為他們腳底有結實的厚皮，腳面上覆有濃密的鬃毛……。他們通常有圓臉，眼睛明亮，雙頰紅潤，開口時慣於歡笑，且擅長吃喝。而他們也的確經常開懷大笑，吃吃喝喝，喜愛簡單的笑話和一天六餐（當吃得到的時候）。」

《霍比特人》一書，最初是托爾金在1930年左右講給孩子們聽的童話故事，但後來被納入了他的神話，成為中洲神話第一個出版的作品。托爾金的宏願——為他的祖國英格蘭寫一部神話，始於1917年。那時他因為在一戰的戰場

上罹患了惡性疾病戰壕熱，從戰場上退下來，在養病期間開始系統地記錄他發明的精靈語，並寫下了第一批源於精靈神話的傳說。1920年3月，他在牛津大學學院的散文俱樂部宣讀了他寫的故事《剛多林的陷落》。這是他那些精靈故事的首次公開亮相。

《魔戒》作為《霍比特人》的續集，一共花了十二年才完成，然後又花了六年時間，才在1954至1955年分成三部出版，受歡迎的程度甚至連托爾金都感到震驚。然而，托爾金本人最盼望出版的中洲神話集，也就是《精靈寶鑽》，卻因其內容的龐大與故事不連貫性，一直無緣面市，直到托爾金在1973年過世後，他兒子克里斯托弗接過編纂工作，才在1977年出版。克里斯托弗從小聽著《霍比特人》長大，二戰服役期間聽父親講述《魔戒》，最終，他將自己的餘生投入整理父親的書稿，編纂出版了二十多本中洲神話相關作品，完成了父親畢生的宏願。

托爾金在寫作《魔戒》期間，還寫了兩篇與中洲無關的短篇故事：《尼葛的葉子》是個寓言，於1945年發表；《哈莫農夫賈爾斯》則是個喜劇，於1949年出版。此外，1939年，他在聖安德魯斯大學發表了重要的演講——《論仙境奇譚》，闡明他對自己遭到「不務正業」之批評的奇幻故事寫作的看法，這篇演講內容在1947年出版。1962年，他發表了與中洲有關的詩集《湯姆·邦巴迪爾歷險記》，當中的十六首詩歌大多在1920和1930年代出版，托爾金在1962年重新徹底修訂了它們，並放到他更宏大的整體框架中。比如其中第七和第八兩首食人妖的詩和第十首的《毛象》，都在《魔戒》中藉由山姆·甘姆吉的口重現。五年後，仙境短篇故事《大伍屯的鐵匠》出版。

《尼葛的葉子》寫的是他對創作《魔戒》的艱難感觸，《大伍屯的鐵匠》

是通過「仙境」這個媒介來反映他對退休和暮年的感受。仙境即險境，這是托爾金一貫的想法。他在《論仙境奇譚》中闡明理論，在《霍比特人》和《魔戒》中將之實踐——也就是比爾博所走過的黑森林與弗羅多漫步的羅瑞恩。托爾金高超的精靈手藝，讓讀者在現實和想像之間保持平衡。最後，他藉由《大伍屯的鐵匠》中鐵匠發現了進入仙境的那顆星並將它傳下去，讓另一個人有機會到那片險境中漫步，表述了自己最終的心願。

偉大的次創造者托爾金筆下的精靈、魔王、惡龍、半獸人與霍比特人，開創了二十世紀下半頁興起的奇幻文學與遊戲，這條長江大河浩浩蕩蕩，給平凡人世帶來無盡的跌宕風景，也將仙境的那顆星傳了下去。

自從2012年我接受北京世紀文景的邀請翻譯《魔戒》等托爾金的作品，我便邀請石中歌與杜蘊慈與我搭檔，我翻譯故事，杜蘊慈翻譯詩歌，石中歌負責翻譯論述、譯名並全文統校。感謝上帝，十多年來，我們對托爾金的熱愛與合作，一步步為中文世界的讀者呈現出托爾金的中洲世界。至於，為什麼我們的版本叫《霍比特人》而不是過去台版慣用的《哈比人》呢？在此沒有翻譯對錯之分，只是我認為Hobbit的英國音更偏向「霍比特」而已。

鄧嘉宛
2023年秋
台北、景美

# 尼葛的葉子

## Leaf by Niggle

從前有個小人物名叫尼葛，他有一趟長途旅行得去。他不想去，其實這整件事他都反感得很，但又無法擺脫。他知道總有一天他得動身，但他並沒有急於準備。

尼葛是個畫家。不怎麼成功的那種，部分原因是他有太多雜事要做。那些事他大半都嫌煩，但是他擺脫不掉的時候，他把它們做得相當好，只是（在他看來）擺脫不掉的時候未免太多了點。他所在國家的法律十分嚴格。另外還有其他妨礙。一方面，他有時候就是懶，乾脆什麼都不做。另一方面，可以說因為他是個好心人。你也知道那種好心人：雖說會良心不安，但多數時候還是什麼都不做；然而要是做了，他又忍不住要咕噥幾句，發點脾氣，暗罵兩聲（大多是罵自己）。即便如此，他還是幫了他的癱腿鄰居帕里什先生許多忙。偶爾，有其他住得更遠的人來找他的話，他也會幫忙。此外，他會不時想起自己那趟要去的旅行，於是動手打包幾樣東西，成效甚微；而這種時候他畫不了什麼畫。

他手頭在畫好幾張畫，大多數尺寸太大也太難，非他力所能及。他是那種畫葉子比畫樹在行的畫家。他經常花很長的時間畫一片葉子，盡可能捕捉它的形狀、光澤，和葉緣上閃閃發光的露珠。然而他想畫的是一整棵樹，樹上所有的葉子都是同樣的風格，卻又各有千秋。

有一幅畫尤其令他掛心。這幅畫始於一片風中的葉子，後來變成了一棵樹；這棵樹長大了，生出無數枝條，伸出再神奇不過的根。珍禽飛來棲息在枝頭，必須費心畫好。然後是樹的周圍，還有樹的背後，透過枝葉的間隙，有一片鄉野開始展現，可以瞥見一座森林在大地上推進，以及峰頂覆蓋著積雪的群山。尼葛對自己其餘的畫作都失去了興趣，或者說，他把那些畫拿來，補綴到

了這幅大作的邊角。不久，畫布就大到他得弄個梯子來上上下下，這裡加一筆，那裡改一塊。有人來拜訪的時候，他表面上很有禮貌，手指卻忍不住玩弄桌上的鉛筆。他聽著他們說話，內心卻無時無刻不在想著他那張大畫布，它被安置在花園裡專門搭建的高棚屋中（那塊地本來是他用來種馬鈴薯的）。

他改不掉自己的好心。有時候他對自己說：「真希望我能意志堅定一點。」意思是他希望別人的麻煩不會令他良心不安。不過在很長一段時間裡，他都沒被打擾得很厲害。他過去總說：「不管怎樣，我一定要在出那趟該死的遠門之前完成這一幅畫，這可是我真正的代表作。」但他開始意識到自己不能把出發的日子無限推遲。這幅畫不能再繼續擴大，得趕緊完成。

有一天，尼葛後退幾步，以異乎尋常的專注與客觀來端詳他的畫。他拿不定主意該怎麼評價它，真希望有朋友能告訴他。事實上，在他看來，這幅畫實在不理想，但又非常動人，是全世界獨一無二的、真正美麗的畫。那一刻他真想看到另一個自己走進來，狠狠拍著他的背說（帶著十足的誠意）：「曠世傑作！我完全明白你想表達什麼。加油，別的事都不用操心！我們會張羅社會養老津貼，這樣你就省事了。」

然而，社會養老津貼是沒有的。而且他明白一件事：即使以這幅畫現在的尺寸大小，要完成它也需要全神貫注，需要**下工夫**——孜孜不倦、不受打擾地下工夫才行。他捲起袖子，開始全神貫注。他努力了好幾天不去操心別的事，但是偏偏有一大堆雜事冒出來干擾他。他的房子出了狀況；他得去鎮上擔任陪審員；有個遠方的朋友生了病；帕里什先生腰痛病犯了，下不了床；還有訪客絡繹不絕。春天到了，訪客想來鄉間喝上一杯免費的茶；尼葛住的小屋很舒適，離鎮上有幾英里遠。他在心裡暗罵這些人，但又不得不承認是自己在去

年冬天邀請他們來的，彼時他還不覺得去鎮上逛街和熟人喝杯茶是「打斷工作」。他想硬起心腸，但又辦不到。有太多事情他沒有臉說**不**，不管他認為那算不算義務；還有一些事是不管他高不高興，他都得做。有些訪客暗示他的花園疏於照顧，可能會讓督察員找上門來。當然，他們幾乎沒人知道他的畫，不過就算知道，也不會有什麼區別。我覺得他們不會在意的。我敢說那幅畫真的算不上很好，雖然有些部分畫得不錯。不管怎麼說，那棵樹很別緻，有種自成一體的獨特。尼葛也是如此；雖然他同時也是個非常普通的傻小子。

到後來，尼葛的時間變得非常寶貴。他在遠方小鎮上的熟人也開始想起這小個子有趟麻煩的旅程，有些人開始計算他最晚能拖到什麼時候上路。他們也在猜誰會接收他的房子，而花園會不會得到更好的照顧。

秋天來了，風雨交加。小畫家在他的棚屋裡。他站在梯子上，就在那棵樹一處葉子繁茂的枝頭左側瞥見了一座雪山，他想把夕陽照在雪山峰頂的那抹餘暉捕捉下來。他知道自己很快就得出發了，說不定就在明年年初。到時候他堪堪能完成這幅畫，而且只是初稿，有些角落他只能點到為止，沒時間細繪了。

有人敲門。「請進！」他厲聲說，爬下了梯子。他站在地上，手裡轉弄著畫筆。來的是他的鄰居帕里什，他唯一真正的鄰居，其他人都住得很遠。儘管如此，他還是不太喜歡這個人，一來是這人經常有麻煩需要幫助，二來是這人對繪畫沒興趣，卻對園藝非常挑剔。每當帕里什看著尼葛的花園（常有的事），他看到的幾乎都是雜草；每當他看著尼葛的畫（十分少見），他看到的只有綠的灰的色塊和黑的線條，他怎麼也看不出個道理。他不介意提到那些雜草（這是鄰居的義務），但他克制自己不對那些畫發表任何意見。他覺得這是非常體貼的，但他沒有意識到，即使這算體貼，那也不夠體貼。更好的作法是

動手幫忙除草（也許再讚美幾句尼葛的畫）。

「啊，帕里什，什麼事？」尼葛說。

「我知道不該來打擾你，」帕里什說（一眼也沒瞧那幅畫），「我敢肯定你很忙。」

尼葛自己正想說這話，但是錯失了機會。所以他只能說：「沒錯。」

「但是我沒有別人可找了。」帕里什說。

「的確。」尼葛嘆了口氣，是那種本該藏在心裡卻嘆出了聲的一口氣。「我能幫你什麼忙？」

「我太太病了好幾天了，我開始擔心。」帕里什說，「還有風颳掉了我屋頂上一半的瓦，雨水灌進了臥室裡。我想我應該去請醫生，還要請建築工，只是他們都要好久才來。我在想，你有沒有多餘的木頭和帆布，幫我救個急，讓我撐個一兩天。」現在，他正眼去打量那張畫了。

「哎呀，哎呀！」尼葛說，「這可**真**不幸。希望你太太只是小感冒。我馬上就來，幫你把病人挪到樓下。」

「感激不盡。」帕里什說，相比之下很冷靜，「但我太太不是感冒，是發燒。如果只是感冒，我不會來打擾你。我太太已經到樓下來躺著了。我的腿這個樣子，沒法端著托盤上下樓梯。但我看到你很忙，抱歉給你添麻煩了。我本來希望你看到我的難處，能抽點時間去幫我請醫生，還有建築工，如果你真沒有多餘的帆布可以借我的話。」

「當然能去。」尼葛說，雖然他心裡想說的不是這話，但此刻他純粹就是心軟，不是樂於助人。「我可以去。我會去，如果你真的很擔心。」

「我很擔心，非常擔心。我要是沒有瘸腿就好了。」帕里什說。

於是，尼葛去了。你看，這事就是這麼尷尬。帕里什是他的近鄰，其他人都住得很遠。尼葛有自行車，帕里什沒有，有也騎不了。帕里什有條瘸腿，貨真價實的瘸腿，給他帶來相當大的痛苦：這點不容忽視，還有他悶悶不樂的表情和哀怨的聲音。當然，尼葛有一幅畫要趕時間完成。但該想到這點的是帕里什，不是尼葛。然而帕里什向來不把畫當一回事，這點尼葛也改變不了。「該死的！」他搬出自行車，自言自語罵道。

外面又是風又是雨，天色也漸漸暗了。尼葛心想：「今天別想再畫了！」他騎著車，一路上要麼咒罵自己，要麼在想像中描繪他早在春天就構想好的那座山該怎麼畫，還有山旁那些繁茂的樹葉該怎麼落筆。他的手指在車把上扭動。出了畫棚，他反倒明確知道該怎麼處理框出遠山景致的那圈閃亮枝葉了。但他心中沉甸甸的，有種恐懼感，擔心自己再也沒有機會嘗試了。

尼葛找到了醫生，也給建築工留了張字條。營業處的門關了，建築工已經回家烤火去了。尼葛被淋得渾身濕透，自己也受了風寒。醫生可不像尼葛那樣馬上出診。他隔天才到，這對他也算省事，因為這時隔鄰兩戶人家裡已有兩個病人要看診。尼葛躺在床上，發著高燒，腦海裡和天花板上浮現出了各種美妙的樹葉圖案與繁複的樹枝。帕里什太太得的只是感冒，並在逐步康復中，這並沒有讓尼葛感到安慰。他轉頭面向牆壁，讓自己沉浸在葉子裡。

他在床上躺了一段時日。風繼續吹著，又吹走帕里什屋頂更多的瓦片，也吹走了一些尼葛的，所以他自己的屋頂也開始漏水。建築工一直沒來。尼葛倒不在意；等上一兩天也不要緊。然後他拖著身子出門找吃的（尼葛沒有娶妻）。帕里什沒再上門來，因為濕氣侵入他的腿，害得他腿疼不已；他太太則忙著拖乾屋裡的漏水，心裡疑惑「那位尼葛先生」是不是忘了去請建築工來。

她要是覺得有可能借到任何有用的東西，就會打發帕里什過去轉轉了，不管他犯沒犯腿疾；但是她沒覺得，所以尼葛就沒人理會了。

大約一個星期後，尼葛才再度蹣跚地走出家門，去他的畫棚。他試著爬上梯子，卻感到頭昏眼花。他坐下來看著那幅畫，但是這天他腦海裡沒有樹葉的圖案，也沒有遠山的景象。他本來可以畫一點遠方的沙漠景色，但是他沒那個力氣。

隔天，他感覺好多了。他爬上梯子，開始畫畫。他才剛開始找到感覺，就傳來了敲門聲。

「可惡！」尼葛說。不過，這跟彬彬有禮地說「請進！」也沒區別，因為門反正還是打開了。這次進來的是個徹頭徹尾的陌生人，身材相當高大。

「這是私人畫室，」尼葛說，「我正在忙。快走！」

「我是房屋督察員。」那人說，一邊高高舉起他的工作證，讓梯子上的尼葛可以看到。

「哦！」尼葛說。

「你鄰居的房子狀況根本不能令人滿意。」督察員說。

「我知道，」尼葛說，「我早就通知過建築工了，但是他們一直沒來。然後我病了。」

「原來如此。」督察員說，「但你現在病好了。」

「但我不是建築工啊。帕里什應該向鎮議會投訴，請緊急服務處幫忙。」

「他們正忙著處理比這裡更嚴重的災情。」督察員說，「山谷裡發了洪水，許多家庭流離失所。你應該幫鄰居暫時修補一下房子，以免損壞擴大，修起來更昂貴。法律如此。你這裡有很多材料：帆布、木材、防水漆。」

「在哪裡？」尼葛氣憤地問。

「那裡！」督察員指著那幅畫說。

「那是我的畫！」尼葛大叫道。

「我敢說它是，」督察員說，「但是房子優先。法律如此。」

「但我不能……」尼葛沒有說完，因為就在這時，另一個人走了進來。那人很像督察員，簡直就是他的分身：身材高大，一身黑衣。

「來吧！」他說，「我是車夫。」

尼葛跌跌撞撞地下了梯子。他似乎又開始發燒了，他感到天旋地轉，渾身發冷。

「車夫？車夫？」他牙齒打顫著說，「什麼車夫？」

「你和你馬車的車夫，」那人說，「馬車很早以前就訂好了。它終於來了，正在外面等著。你知道的，你今天就得上路，開始你的旅程。」

「好了！」督察員說，「你得上路了；但這樣上路可真糟糕，你的工作沒做完。不過，現在我們至少可以讓這塊畫布派上點用場了。」

「噢，天哪！」可憐的尼葛說，哭了起來，「這畫還沒畫完啊！」

「沒畫完！」車夫說，「這個，不管怎麼說，對你來說這畫都是到此為止了。走吧！」

於是尼葛上路了，相當沉默。車夫沒給他收拾行李的時間，說他早該收拾好了，他們會趕不上火車的；所以尼葛只能匆忙抓過門廊上的一個小袋子。他發現裡面只有一盒顏料和一本他自己的素描本，既沒吃的也沒穿的。他們順利趕上了火車。尼葛感到又累又睏；他們把他推進包廂時，他根本搞不清狀況。他也不太在乎，他忘了自己要去哪裡，或是要去做什麼。火車幾乎立刻就駛進

了一條黑暗的隧道。

尼葛醒來時，是在一個龐大、昏暗的火車站裡。一個腳夫沿著月台邊走邊喊，但他喊的不是站名，他喊的是**尼葛！**

尼葛急忙下車，然後發現他把小袋子落在車上了。他轉身回去，但是火車已經開走了。

「啊，可找到你了！」腳夫說，「這邊走！什麼！沒有行李？那你得去勞動救濟院。」

尼葛感覺很不舒服，在月台上就昏倒了。他們把他抬上救護車，送到勞動救濟院的醫務室。

他一點也不喜歡這裡的治療。他們給他的藥很苦。職員和護理員都不友善，沉默而嚴厲；他從沒見到別的人，只有一位非常嚴厲的醫生偶爾會來查看。在這裡不像住院，倒像是坐牢。他必須在規定的時間裡賣力工作：挖土、做木工、給木板漆上丁篇一律的素色。他從未獲准外出，所有的窗戶都是朝裡看的。他們把他一連好幾個小時關在黑暗中，說是讓他「好好思考」。他喪失了時間感。他甚至沒覺得自己開始好轉，如果好轉與否取決於他做事情有沒有得到樂趣。他沒得到樂趣，就連上床睡覺都沒有。

起初，大約第一個百年期間（我只是在陳述他的印象），他常像無頭蒼蠅似地為過去擔憂。他躺在黑暗中，不斷地對自己說：「我真希望颳起大風後的第一天早上，就去看了帕里什。我是打算去的。剛鬆脫的瓦本來可以很容易就修好。那樣的話，帕里什太太就不會感冒。而我也就不會感冒了。如此一來，我就會多出一個星期的時間。」但是，他漸漸地忘了自己想要多出一個星期做什麼。之後，如果他還擔心什麼，那就是他在醫院裡的工作了。他規畫好所有

的事，想著多快能修好那塊嘎嘎作響的地板，或重新把門裝上，或修理好桌腿。也許他真的變成有用的人了，不過從來都沒有人告訴他。但是他們當然不可能為這原因把這可憐的小子關這麼久。他們可能在等他康復，而「康復」是根據他們自己的奇特醫學標準來評斷的。

總之，可憐的尼葛一點生活樂趣也沒有，不是他過去所享有的那種樂趣。他無疑很不開心。但不可否認的是，他開始有一種感覺——是滿足感吧：像麵包而不像果醬。他可以鈴聲一響就開始幹活，鈴聲再響就立刻把活放下，乾淨俐落，等時間到了再繼續幹。現在他一天可以幹不少活，能把各種小事做得井井有條。他沒有「自己的時間」（除了獨自待在小臥室裡），但他正在成為自己的時間的主人；他開始知道該怎麼運用這些時間。不需要匆忙。現在他的內心平靜多了，在休息的時間裡他可以真正休息。

然後，突然間他們改變了他所有的作息時間。他們幾乎不讓他睡覺，完全不讓他做木工，只讓他挖地，日復一日。他適應得相當好，甚至過了很長一段時間以後才開始在腦海中搜索幾個忘記已久的咒罵詞彙。他繼續一直挖一直挖，直到他的腰似乎斷了，雙手也磨破了，他覺得自己再多一鏟子都挖不動了。沒人感謝他。不過醫生來看他了。

「收工了！」他說，「在黑暗裡徹底休息。」


尼葛躺在黑暗中，徹底休息；因此，他完全沒了感覺，也不思考，所以就他所知，他可能在那裡躺了幾小時，也可能躺了幾年。不過，現在他聽到了「聲音」，是他以前從來沒聽過的聲音。似乎有個醫委會或調查庭就在附近召開，可能在隔壁的房間，房門可能開著，雖然他看不見任何光線。

「現在討論尼葛的案例，」有個聲音說，是個嚴厲的聲音，比那個醫生還嚴厲。

「他怎麼了？」第二個聲音說，你可以說那聲音溫和，但並不輕柔——是個飽含權威的聲音，聽起來既充滿希望又悲傷。「尼葛怎麼了？他的心腸挺好的啊。」

「是的，但是沒有發揮正常功能。」第一個聲音說，「而且他還少根筋——他幾乎不動腦。看看他浪費了多少時間，他甚至不懂自娛自樂！他始終沒為自己的旅程做好準備。他在經濟上算是小康，但來到這裡時幾乎一貧如洗，必須被安置在貧民區。恐怕我得說，他是個糟糕的案例。我認為他得再待一段時間。」

「這對他大概沒什麼壞處。」第二個聲音說，「但是，當然，他只是個小人物，不是生來要成就什麼大事，也向來不是很堅強。我們來看看『紀錄』吧。不錯。你們看，他有些地方還是不錯的。」

「也許吧，」第一個聲音說，「但沒幾樣經得起探究。」

「這個麼，」第二個聲音說，「看這幾點。他天生是個畫家。當然，不是一流的；儘管如此，『尼葛的葉子』仍有獨到的魅力。他費了很多工夫畫樹葉，僅僅是為了表現它們。但他從未想過畫葉子能讓他成為大人物。『紀錄』裡沒有他把畫畫當成忽視法定之事的藉口，他甚至私下都沒這樣想過。」

「那他也不該忽視那麼多義務。」第一個聲音說。

「儘管如此，他還是回應了許多『要求』。」

「他只回應了一小部分，而且多半是比較容易的，他還說那些都是『干擾』。『紀錄』裡充斥著這個詞，此外還有許多抱怨和愚蠢的咒罵。」

「的確；但那些事在他看來自然就是干擾啊，可憐的小子。你看這點：他從未期待任何『回報』——像他這樣的人所謂的『回報』。就拿稍後進來的這個帕里什的案例來說吧，他是尼葛的鄰居，卻從來沒幫尼葛做過一件事，也幾乎沒表達過任何感謝之情。但『紀錄』裡沒提過尼葛期待帕里什感激自己，他似乎想都沒想過。」

「是，這點對他有利。」第一個聲音說，「但這微不足道。我想你會發現，尼葛常常只是忘記了而已。他把幫帕里什的忙當作處理好的麻煩，直接拋在了腦後。」

「不過，還有最後這份報告，」第二個聲音說，「那趟雨中騎行。我想強調這件事。這明顯是真正的犧牲；尼葛猜到自己是在放棄最後一次完成畫作的機會，還猜到帕里什是多慮了。」

「我認為你言過其實。」第一個聲音說，「但是最後決定權在你。當然，你的職責就是對事實做出最好的詮釋。有時候那些事實也如你所料。你建議怎麼處理？」

「我認為，這個案例現在只需要溫和的治療。」第二個聲音說。

尼葛想，他從來沒聽過這麼寬宏大量的聲音。這聲音讓「溫和的治療」聽起來像是一堆貴重的禮物，像受邀去赴國王的盛宴。接著，尼葛突然感到羞愧。聽到自己被認為只需要「溫和的治療」，讓他不知所措，讓他在暗中紅了臉。這就像受到公開褒獎，但你和所有的觀眾都知道這褒獎是名不符實。尼葛把羞紅的臉埋進粗糙的毯子裡。

一片靜默。隨後，第一個聲音在很近的地方對尼葛說話，它說：「你一直在聽。」

「是的。」尼葛說。

「那麼，你有什麼要說的嗎？」

「你能告訴我帕里什的近況嗎？」尼葛說，「我想再見見他。我希望他病得不重。你能治好他的腿嗎？那條瘸腿把他折磨得很厲害。還有，不用擔心他跟我的事。他是個非常好的鄰居，讓我用很便宜的價錢買上好的馬鈴薯，省了我很多時間。」

「是嗎？」第一個聲音說，「我很高興聽到你這麼說。」

又是一片靜默。尼葛聽到那些聲音在漸漸遠去。「好吧，我同意。」他聽到第一個聲音在遠處說，「讓他去下一站吧。你願意的話，就明天吧。」


尼葛醒來，發現百葉窗都拉開了，他的小房間裡充盈著陽光。他起身，發現了一些為他準備的舒適衣物，不是醫院的病號服。早餐過後，醫生來治療了他疼痛的雙手，塗了些藥膏，他的手立刻痊癒了。醫生給了尼葛一些忠告，又給了他一瓶補藥（以備不時之需）。上午過半的時候，他們給了尼葛一塊餅乾和一杯酒，然後給了他一張車票。

「現在你可以去火車站了。」醫生說，「腳夫會照顧你的。再見。」


尼葛溜出大門，眨了眨眼睛。陽光十分燦爛。他原本以為自己出了門會走進一座和那火車站大小相稱的大城，但他不是在城裡。他是站在一座別無他物的青翠小山頂上，颼著令人提振精神的寒風。周圍一個人也沒有。他看見遠處山腳下，車站的屋頂閃閃發光。

他不疾不徐，輕快地走下山去車站。腳夫立刻看到了他。

「這邊走！」他說，將尼葛領到鐵路支線的終點，那裡停著一列十分討喜的區間小火車：只有一節車廂和一個小火車頭，都非常明亮、乾淨，才新上過漆，看起來像是這列火車首次上路。就連火車頭前的鐵軌看起來也是新的：鐵軌閃閃發光，軌座漆成綠色，軌枕在溫暖的陽光下散發出新塗焦油的香氣。車廂裡空無一人。

「腳夫，請問這列火車開往哪裡？」尼葛問道。

「我想他們還沒給那個地方命名。」腳夫說，「不過你肯定能找到它的。」他關上了門。

火車立刻開動。尼葛向後靠在椅背上。小火車頭一路噴著煙，在兩側高高的青綠路堤中間沿著深深的路塹前進，頭頂是蔚藍的天空。似乎沒開多久，火車就拉響了汽笛，並開始剎車，然後停了下來。這裡沒有車站，沒有路標，只有一段階梯可以讓人爬上青綠的路堤。在階梯頂端，有一道修剪整齊的樹籬，樹籬上開了一扇小門。小門旁停著他的自行車，至少看起來像是他的，車把上繫著一張黃色標籤，上面寫著黑色大字「尼葛」。

尼葛推開門，跳上自行車，在春天的陽光下一路蹬車輕快地下了山坡。不久，他發現他剛才騎的那條小路不見了，自行車正奔馳在一片絕妙的草地上。草長得青翠又茂密；然而他能把每一片草葉看得清清楚楚。他似乎記得曾在某處看過或夢見過這片草地。不知何故，這裡的地形起伏給他一種熟悉的感覺。沒錯，地面如他所料，變得平坦了，當然，這會兒它又開始隆起了。這時有片巨大的綠色陰影擋在了他和太陽之間。尼葛抬頭一看，從自行車上跌了下來。

矗立在他面前的正是那棵樹，他的樹，已經完成了。如果你能用「已經完成」來形容一棵活生生的樹的話；它的葉子舒展開來，它的枝條在風中生長、

彎曲，過去有太多次，尼葛感覺到或揣測到了這風，又有太多次，他無法傳神地描繪出來。他凝視著那棵樹，慢慢地舉起手，張開雙臂。

「這是天賜的禮物！」他說。他指的是他的藝術天分，也指眼前完成的作品；不過他用的是字面上的意思。

他繼續看著那棵樹。他費心描繪過的葉子都在那裡，模樣都是他所想像的，而不是他當時所畫出來的；還有其他一些當初只在他心裡抽了芽，還有許多他當時要是有時間的話，也會在他心裡抽芽的。葉子上什麼也沒寫，它們就是精緻美麗的樹葉，但卻像日曆一般具有清楚的日期。那些最美的——也是最有特色、最完美展現出尼葛的風格的——葉子，看來是與帕里什先生一同合作完成的——沒有更貼切的說法了。

鳥兒在這棵樹上築巢。令人驚歎的鳥兒：聽聽牠們唱得多好啊！就在他眼前，牠們在交配，在孵化，在長出翅膀，也在唱著歌向森林飛去。他現在也看到森林了，森林從兩邊向外延展，直到遠方。在遠方，群山閃著微光。

過了一會兒，尼葛轉身面向那片森林。不是因為他看膩了那棵樹，而是他似乎已經將它清清楚楚地納入心裡，即使不看著它，也能感受到它的存在，知道它在成長。隨著他向前走，他發現一件奇怪的事：當然，這片森林是一片遠方的森林，但是他可以接近、甚至走進這片森林，而不讓它失去特有的魅力。在此之前，他一直不能走到遠方而不把遠方變成尋常的周遭景物。這確實給鄉間漫步添加了相當大的吸引力，因為，隨著你往前走，新的遠方又鋪展開來；因此，現在你面前有了兩倍、三倍、四倍的遠方，它們是兩倍、三倍、四倍的迷人。你可以一直走一直走，在一個花園，或一張畫裡（如果你喜歡這麼稱呼它的話）走出一整片鄉野來。你可以持續一直走下去，不過大概不能永遠走下

去。遠方的背景是群山。群山確實變得近了，但非常緩慢。它們似乎不屬於這幅畫，也不只是通往另一處的連結，透過樹林的縫隙瞥見的某種不同的東西，下一個境地——另一幅畫。

尼葛四處走動，但他不僅僅是隨意閒逛。他在仔細察看四周的景象。那棵樹已經完成了，雖然畫還沒完工——「只是另一種它原來模樣的畫法，」他想——但是這座森林裡還有好些未盡完善的區域需要費心費力。到目前為止，沒有什麼需要變動，沒有什麼地方不對勁，但它需要繼續完善到一定的程度。尼葛精準地看出了每個地方該完善到什麼程度。

他在遠處一棵非常美麗的樹下坐下——這棵樹是那棵「偉大的樹」的變體，但又風格獨具，或者說，再多花一點點心思，它就會風格獨具——他思量著從哪裡下手，到哪裡結束，需要多少時間。他還沒法確切訂出自己的計畫。

「當然啊！」他說，「我需要的是帕里什。有很多關於泥土、植物和樹木的事，都是他懂而我不懂的。這個地方不能只是我的私人花園。我需要幫助和建議，我早該想到這一點。」

他起身走到他先前決定開始著手的地方。他脫下了外套。接著，他看見遠處一塊蔭蔽的小窪地上，有個人在東張西望，顯得不知所措。那人倚著一把鐵鍬，卻顯然不知道該幹什麼。尼葛招呼他，喊道：「帕里什！」

帕里什扛起鐵鍬，朝他走來。他走路還是有點瘸。他們不發一語，只是像往常在小路上遇見時那樣點點頭，但現在他們挽著手臂一起走了。無須交談，尼葛和帕里什就達成了完全的一致：在哪裡蓋小屋和花園，這兩者似乎是必要的。

他們一起工作時，尼葛現在明顯是兩人之中更擅於安排時間和完成事項的

人。奇怪的是，尼葛變成了那個最專注於建築和園藝的人，而帕里什經常四處漫步看樹，尤其是看「那棵樹」。

有一天，尼葛正忙著種植一排樹籬，帕里什躺在附近的草地上，聚精會神地看著青草地上生長的一朵風姿美麗的小黃花。尼葛在很久以前就在他的樹的樹根之間種了許多這種小黃花。突然，帕里什抬起頭來，他的面容在陽光下閃耀，他在微笑。

「這太美好了！」他說，「說真的，我本不該在這裡的。謝謝你幫我說了好話。」

「胡說，」尼葛說，「我不記得我說了什麼，不過總之說的絕對不夠。」

「噢，夠的。」帕里什說，「是你讓我早早脫身。那第二個聲音，你知道的，是他把我送來的；他說你要求見我。我欠你這個情。」

「不欠。你欠的是第二個聲音的情。」尼葛說，「咱倆都欠。」

他們繼續一起生活、勞作，我不知道這樣過了多久。不可合認，起初他們偶爾會有意見不合，尤其是在疲倦的時候。因為一開始他們確實偶爾會感到疲倦。他們發現自己都得到了補藥。兩個瓶子上有同樣的標籤：**一次數滴，搭配泉水，在睡前服用。**

他們在森林的中心發現了泉水；尼葛只在很久以前想像過一次這股泉水，但他從未把它畫出來。現在他意識到，這泉水正是遠方閃著微光的湖泊的源頭，也滋養著這片鄉野中生長的萬物。幾滴補藥使泉水變得澀中帶苦，但提振精神，使人頭腦清醒。喝完之後他們各自休息；然後等到他們起身，一切就愉快地繼續下去。在這種時候，尼葛會想種新的奇花異草，而帕里什總是準確知道該怎麼安置它們，以及種在哪裡能讓它們長得最好。早在補藥喝完之前，他

們就不再需要它了。帕里什的瘸腿也痊癒了。

隨著工作逐漸接近尾聲，他們有了越來越多的時間四處走動，觀看樹木與鮮花，光影與形狀，還有大地起伏的地形。有時候他們一起唱歌，但尼葛發現自己開始越來越頻繁地把目光投向遠方的群山。

當窪地裡的小房子、花園、草地、森林、湖泊和整片鄉野，都按照它們自己應有的樣式接近完工時，那個時刻終於到了。「那棵偉大的樹」正繁花盛開。

「今天傍晚我們就完工了。」一天，帕里什說：「之後咱們去一趟真正的長途旅行吧。」

他們在隔天出發，一直走到了最遠的「邊緣」。當然，邊緣是看不見的，那裡沒有界線，沒有柵欄，也沒有牆，但是他們知道自己已經來到了這片鄉野的邊緣。他們看到一個人，他看起來像個牧羊人；他走下草坡朝他們走來，草坡那頭通往群山。

「你們需要嚮導嗎？」他問，「你們想繼續往前走嗎？」

有那麼一瞬間，尼葛和帕里什之間似乎投下了一道陰影，因為尼葛這時明白了，自己確實想繼續往前走，並且（在某種意義上）應該往前走；但是帕里什不想往前走，也還沒準備好往前走。

「我得等我太太，」帕里什對尼葛說，「她會很寂寞的。我估計他們遲早會把她送來找我，等她準備好了，也等我為她把一切準備妥當的時候。現在小屋已經蓋好了，是盡我們所能蓋到最好了；而我很想讓她看看它。我覺得她能把小屋收拾得更好，更像個家。我希望她也會喜歡這片鄉野。」他轉向牧羊人，「你是嚮導嗎？」他問，「能不能告訴我這片鄉野叫什麼名字？」

「你竟不知道嗎？」那人說，「這是『尼葛的鄉野』。這是『尼葛的畫』，

或者說大部分都是。如今它有一小部分是『帕里什的花園』了。」

「尼葛的畫！」帕里什萬分吃驚地說，「尼葛，這一切都是**你**想出來的嗎？我從來沒意識到你這麼聰明。你為什麼沒告訴我？」

「他老早就試過告訴你了。」那人說，「但是你看也不看。那些日子裡他只有畫布和油彩，而你還想拿它們去補你的屋頂。這就是你和你太太過去常說的『尼葛的蠢畫』，或『那幅塗鴉』。」

「但那時候它看起來不是這樣子的，不是**真的**。」帕里什說。

「的確，那時只是浮光掠影而已。」那人說，「但是，如果你當時想過它值得看一眼，你可能已經捕捉到那抹浮光了。」

「我當時也沒給你太多機會。」尼葛說，「我從來沒試著解釋給你聽。我過去老叫你『挖土老粗』。但那有什麼關係呢？現在我們一起生活和工作過了。就算一切有所不同，也不會比現在更好。不管怎麼樣，恐怕我得繼續往前走了。我期待我們會重逢，一定還有更多的事是我們可以一起做的。再見！」他熱情地握了握帕里什的手，那是美好、堅定、真誠的一握。他轉身回望了片刻。那棵大樹上盛開的繁花如火焰般閃耀。所有的鳥兒都在空中飛翔、歌唱。然後，他微笑著向帕里什點點頭，就跟牧羊人一起走了。

他要去學習有關綿羊的知識，了解高地牧場，去看更遼闊的天空，他越走越遠，朝群山走去，不斷地向上爬。除此之外，我也猜不出他後來怎麼樣了。即使是小人物尼葛，在他的老家時也能瞥見遠方的群山，並將群山納入了他畫中的邊界；但是那些山到底是什麼樣子，群山之外又有些什麼，那只有爬過山的人才說得出來了。

「我認為他是個傻小子，」湯普金斯議員說，「事實上，一無是處，對社會沒有一點用處。」

「噢，那不見得吧。」阿特金斯說，他是個無足輕重的人，只是個老師。「我可不那麼篤定，這得看你說的有用是什麼意思。」

「沒有實際上或經濟上的用處。」湯普金斯說，「我敢說，如果你們這些當老師的有好好教導的話，他本來應該能成為有用的小螺絲釘。但是你們沒有，所以我們就會得到他這種沒用的人。要是我來管理這個國家，我會安排他和他那類人去做適合他們的工作，到社區食堂的廚房裡洗碗之類的，而且我會監督他們好好幹，不然我就把他們解決掉。我早該把**他**解決掉的。」

「把他解決掉？你的意思是讓他提早上路？」

「對，如果你非要用那個毫無意義的老詞。把他送到隧道另一端的大垃圾堆裡去，我就是這意思。」

「所以，你認為畫畫毫無價值，不值得保存或發揚，甚至不值得利用？」

「繪畫當然有繪畫的功用。」湯普金斯說，「但是他的畫可沒什麼用。對那些不怕新思想和新方法的勇敢年輕人來說，有很大的領域可以發揮。這種老派的東西沒有前景。純屬個人的白日夢。他連設計一張醒目的海報來救自己的命都做不到，總是只畫那些樹葉和花朵。我有一次問他原因。他說他認為它們很漂亮！你能相信嗎？他說**漂亮**！我對他說：『什麼，植物的消化器官和生殖器官漂亮？』他無話可答。專幹傻事的蠢貨。」

「專幹傻事，」阿特金斯嘆了口氣，「是的，可憐的小子，他從沒完成什麼事。啊，對了，在他走了以後，他的畫布被拿去做了『更好的用途』。但我不覺得那是『更好』，湯普金斯。你還記得那幅很大的畫嗎？那幅在狂風和洪

水過後，他們用來修補他家隔壁受損的房子的畫。我發現它有一角被撕了下來，掉在田野裡。那一角已經破損了，但還可以辨識：上面有座山峰和一簇樹葉。我對它始終難以忘懷。」

「忘什麼？」湯普金斯說。

「你們兩位在說誰呢？」珀金斯為了打圓場插進來說，阿特金斯的臉已經漲得通紅了。

「那名字不值得一提。」湯普金斯說，「我真不知道我們為什麼要談論他。他又不住在城裡。」

「對，」阿特金斯說，「但你還是垂涎他的房子，所以你老是去拜訪他，一邊喝他的茶，一邊嘲笑他。行吧，現在你得到他的房子了，還有那棟在城裡的，所以你不必再這樣對他不屑一顧。珀金斯，如果你想知道的話，我們是在談論尼葛。」

「噢，可憐的小尼葛！」珀金斯說，「我根本不知道他還會畫畫。」

那大概是最後一次有人在談話中提到尼葛的名字。然而，阿特金斯保留了那一小角的畫。雖然它大部分都損毀了，但是有一片美麗的葉子完好無損。阿特金斯給它裱了框。後來他把它留給了鎮博物館，有很長一段時間，《尼葛的葉子》一直掛在房間的凹角裡，有少數人注意到。但最後博物館失火燒毀了，尼葛的葉子和尼葛在他的故鄉就此被徹底遺忘。

「事實證明那裡非常有用。」第二個聲音說，「可以渡假，還可以散心。對療養的病人是個絕佳的場所；不僅如此，對許多人而言，那也是了解群山的最佳去處。對某些案例，它能創造出神奇的效果。我正把越來越多的人送到那

裡去。很少有人需要回來。」

「沒錯，確實如此，」第一個聲音說，「我想我們應該給那個地方取個名字。你有什麼建議？」

「腳夫早就解決啦。」第二個聲音說，「**列車通往山坳中尼葛的帕里什**[1]——他已經這麼喊了很長時間了。尼葛的帕里什。我給他們兩個送了口信，告訴他們這件事。」

「他們怎麼說？」

「他們倆都笑了。大笑——笑聲在群山間迴盪！」

---

1. 帕里什的英文 Parish 也有「教區」的意思。——譯者注

# 哈莫農夫賈爾斯

## Farmer Giles of Ham

# 前言

　　論及小王國[1]的歷史，如今只餘斷簡殘篇；不過，王國起源的記述碰巧被保存下來了：這多半不是紀實，而是個傳說，因為它顯然是後來彙編成篇的，裡面充斥著奇聞軼事，並非來自嚴肅認真的編年史，而是來自其作者經常提及的流行歌謠。對作者來說，他所記錄的事件發生在相當遙遠的過去，但他似乎仍然生活在小王國的領地上。他所展示的地理知識（並非他的強項）都是關於那個國度的，至於王國以外的地區，無論是北是西，他顯然一無所知。

　　之所以將這個奇特的傳說從它那相當與世隔絕的拉丁語翻譯成聯合王國的現代英語，有個藉口是：我們可以從中瞥見不列顛歷史上黑暗時期的人民生活，此外它還指出了一些晦澀難解的地名的起源。有些人可能會覺得主人公的性格和冒險經歷本身就很有吸引力。

　　這個小王國的邊界，無論是在時間上還是在空間上，都因為史實證據稀少而難以確定。自布魯圖斯來到不列顛以來，已經多次改朝換代，諸多國王來來去去。在洛克林、坎貝爾和艾爾巴克領導下的分裂，只是多次史地更迭的起始[2]。一方面是對微不足道的獨立的熱愛，另一方面是各個國王對擴張領土的貪婪，二者使得這段時代充滿動盪，戰爭與和平快速交替，歡樂與悲傷不斷輪轉，正如研究亞瑟王統治的歷史學者[3]告訴我們的：那是個邊界尚未確定的時代，有人可能突然崛起或猝然殞落，吟遊歌手擁有豐富的素材和熱切聆聽的觀眾。而在那漫長的歲月裡的某個時候，也許在科爾王之後，但在亞瑟王或英格蘭七大王國之前[4]，就是我們在此講述的事件發生的時間；其地理背景是泰晤士河流域，並遠達西北的威爾士國界。

小王國的首都顯然就像我們的首都一樣，位於國土東南角，但它的範圍很模糊，似乎從未沿著泰晤士河上溯深入到西部，也從未越過奧特莫爾[5]抵達北方；它的東部邊界也不明確。有個關於賈爾斯的兒子喬治烏斯和其僕人蘇維特奧利烏斯（蘇特）的傳說留下的片段，提到在法辛霍曾經設有對抗中央王國[6]的哨所。但那些與本故事無關，現在呈現出來的故事是原汁原味，沒有任何改動或進一步的評論，不過原來浮誇的標題已經被恰當地簡化為《哈莫農夫賈爾斯》。

## 哈莫農夫賈爾斯

　　哈莫的埃吉迪烏斯其人，住在不列顛島的正中央。他的全名是哈莫地方的埃吉迪烏斯・阿赫諾巴布斯・尤利烏斯・阿格裡柯拉[7]；因為在很久很久以前，

---

1. 小王國（Little Kingdom），是作者杜撰的國度。——譯者注
2. 布魯圖斯（Brutus）是傳說中不列顛王國的創造者，他的二個兒子洛克林（Locrin）、坎貝爾（Camber）和艾爾巴克（Albanac）三分王國，成為英格蘭、威爾士和蘇格蘭的起源。——譯者注
3. 指《高文爵士與綠騎士》的作者，前面的一句話源自這篇中世紀詩歌的第一節。——譯者注
4. 科爾王（King Coel）即不列顛的盧修斯，相傳是一位二世紀的不列顛王。亞瑟王時代指的是大約五世紀末、六世紀初，七國時代則是五世紀到九世紀。——譯者注
5. 本故事中的地名都是牛津方圓幾十里內的村鎮。哈莫即今泰姆（Thame），在牛津以東二十公里；奧特莫爾（Otmoor）在哈莫西北二十公里；法辛霍（Farthingho）在哈莫西北四十公里；橡林屯（Oakley）在哈莫西北十公里；龍廳（Worminghall）又名烏勒（Wunnle），在哈莫西北七公里。——譯者注
6. 中央王國：原文為Middle Kingdom。——譯者注
7. AEgidius Ahenobarbus Julius Agricola de Hammo，這是他的拉丁語姓名，各部分含義分別對應下文的賈爾斯、紅鬍子、農夫、哈莫。——譯者注

在英格蘭島還很愉快地分成許多小王國的那段時期，大家都有一長串堂皇響亮的名號。那個時候時間多，人又少，所以大多數人都是有頭有臉的人物。不過，那個時代已經過去了，所以在接下來的內容裡，我將以通俗的形式給他起個簡化的名字：他就是哈莫的農夫賈爾斯，長了一把紅鬍子。哈莫只不過是個小村莊，但那時的村莊都很自命不凡，而且仍是獨立自主的。

農夫賈爾斯有一條狗，名叫加姆。狗子們能在方言裡有個短名就該知足了：拉丁文的長名是保留給比他們高等的主人使用的。加姆就連狗拉丁文[8]都不會說，不過他能用通俗的語言（那個時代大多數狗都能）來威嚇、吹噓或甜言蜜語。威嚇的物件是乞丐和入侵者，吹噓的物件是其他的狗，對他的主人則要甜言蜜語。加姆對賈爾斯既敬又怕，因為賈爾斯威嚇和吹噓的本事比他更大。

那是個不慌不忙的時代，而例行生活也跟慌忙不沾邊。人們不慌不忙也完成了工作，並且既做了大量的工作又談了大量的話。可談的事兒很多，因為值得記住的事件發生得十分頻繁。不過，在這個故事開始的時候，哈莫事實上已經有相當長一段時間沒發生什麼值得記住的大事了。這正合農夫賈爾斯的心意：他是個慢吞吞的遲鈍人，頗有點墨守成規，只關心自己的事。（他說）他忙得不可開交，要把狼擋在門外[9]；那意思就是，他打算讓自己像先父那樣又胖又安逸。他的狗也忙著幫助他。他倆都沒怎麼想過自家的田地、村莊和最近的集市之外的廣闊世界。

但是廣闊的世界就在那裡。森林就在不遠之處，西邊和北邊是荒山以及令人生畏的邊境山區。當時世間還遊蕩著許多怪物，比如巨人：粗魯、沒有教養，有時還很能惹麻煩。其中有個巨人尤其如此，他比同伴們更高大也更愚

笨。我在歷史文獻上找不到他的名字，不過這無關緊要。他非常魁梧，手杖就像棵大樹，腳步也很沉重。他揮手撥開榆樹就像撥開高高的青草；他踩塌了不知多少路，毀了不知多少花園，因為他的大腳能在地面上踏出深井一般的大洞；如果他一腿絆到一棟房子，那房子就完了。他無論走到哪裡，都要造成滿目瘡痍，因為他的頭遠在屋頂之上，放任腳自己亂踩。他又近視，還耳聾。幸好，他住在遙遠的荒野裡，很少去人類居住的地方，至少不會故意去。他在深山裡有一座破敗不堪的大房子，但是由於他耳聾、愚笨，以及巨人稀少，他幾乎沒什麼朋友。他經常獨自一人在荒山和山腳下空曠的地方漫遊。

在一個晴朗的夏日，這個巨人又外出散步，漫無目的地四處亂逛，在樹林裡造成了很大的破壞。突然，他注意到太陽正在下山，覺得吃晚飯的時間快到了，可是他發現自己來到了一個完全不認識的地方，迷路了。他亂猜了一個錯誤的方向，一直往前走啊走，走到天黑。然後他坐下來等月亮升起。之後，他在月光下走了又走，一心一意大步前進，急著趕回家去。原來，他出門前把他最好的一口銅鍋忘在了火上，這會兒正擔心鍋底要燒焦。但他是背對著群山往前走，已經走到人類居住的地方了。沒錯，這會兒他正朝著埃吉迪烏斯‧阿赫諾巴布斯‧尤利烏斯‧阿格裡柯拉的農莊和（俗稱）哈莫的村落走來。

那是個月光皎潔的夜晚。牛群在農場裡，農夫賈爾斯的狗也跑出去自己遛躂了。狗喜歡月光，也喜歡兔子。當然，他一點也不知道還有個巨人跟他一樣也在外遛躂。這本來會給他一個擅自外出的好理由，不過更是他該乖乖待在廚

---

8. 習語 dog latin 意為不正規的拉丁語，這裡 dog 本是偽劣的意思，作者把它當雙關用了。──譯者注
9. 習語 keep the wolf from the door 意為勉強不用挨餓受凍。──譯者注

房裡的好理由。大約半夜兩點左右，巨人來到農夫賈爾斯的農場，撞毀了圍籬，踐踏了莊稼，把割下的乾草垛踏為平地。在五分鐘之內，他造成的破壞比皇家獵狐隊在五天內造成的還多。

加姆聽到沿著河岸傳來一聲又一聲巨響，趕緊奔到農莊所在的低矮山腳西側，想看看出了什麼事。突然間，他看見巨人一步跨過了河，正踩在主人心愛的奶牛加拉西婭身上，把那可憐的牲畜踏扁了，就像主人踩死蟑螂一樣。

這可把加姆嚇壞了。他驚恐地狂吠一聲，掉頭就跑，狂奔回家。他完全忘了擅自偷溜出來的事，一口氣徑直奔到主人臥室的窗下吠叫。他叫了半天都毫無反應。農夫賈爾斯可沒那麼容易被叫醒。

「要命了！要命了！要命了！」加姆喊道。

窗戶突然打開，一支瞄得準準的瓶子飛了出來。

「嗷！」狗叫著，動作熟練地跳到一旁。「要命了！要命了！要命了！」

農夫探出頭來，說：「滾你的蛋，死狗！你幹啥呢？」

「沒幹啥，」狗說。

「沒幹啥！你給我等著！我明天一早就來剝你的皮。」農夫說著砰的一聲關上窗戶。

「要命了！要命了！要命了！」狗又叫道。

賈爾斯的頭又探了出來：「你再叫一聲，我就宰了你。」他說，「你這個蠢蛋，啥事找上你了？」

「沒事，」狗說，「可是有事找上你了。」

「你這話什麼意思？」賈爾斯發火發了一半，變成嚇一跳。加姆以前從來不會頂撞他。

「你的農場裡有個巨人，超級巨大的巨人，他正朝這邊走過來。」狗說，「要命了！要命了！他正在踐踏你的羊。他還踩爛了可憐的加拉西婭，她被踩得像門前的擦鞋墊一樣扁。要命了！要命了！他壓毀了你所有的圍籬，踩扁了你所有的莊稼。主人，你必須敏捷又勇敢地採取行動，否則你馬上就要一無所有了。要命了！」加姆開始長嚎起來。

「閉嘴！」農夫說，並關上了窗戶。「老天爺保佑！」他自言自語道，雖然這個夜裡很暖和，他卻打了個寒顫，渾身發起抖來。

「回去睡覺，別傻了！」他老婆說，「還有，明天早上淹死那條狗。狗說的話就不用信；每次抓到他們偷溜或偷東西，他們就胡說八道。」

「有可能，愛葛莎，」他說，「不過也有可能不是。總之我農場上一定出了什麼事，不然加姆就不是狗而是兔子。那條狗被嚇壞了。他本來可以等早上送牛奶時偷偷從後門溜進來，哪裡犯得著在夜裡跑來亂嚎？」

「別站在那裡囉唆！」她說，「你要是信狗說的，那就聽他的建議：敏捷點、勇敢點！」

「說得倒是輕鬆！」賈爾斯回答。事實上，他是有點相信加姆的話。在這夜深人靜的時刻，巨人似乎沒那麼不可能出現。

總之，自己的財產是不能無視的；農夫賈爾斯對付入侵者有個絕技，幾乎沒人吃得消。於是，他穿上馬褲，走到廚房，取下掛在牆上的喇叭槍。可能有人會問，什麼是喇叭槍。事實上，據說有人拿這問題去請教過牛津的四位大學者，[10]他們思考之後回答：「喇叭槍是一種口徑很大的短槍，可以發射許多鋼

---

10. 指第一版《牛津英語詞典》的四位編輯，下文定義摘自該詞典。——譯者注

珠或子彈，能在有限射程內不需要精確瞄準就打死人。（在文明國家，現已被其他火器取代。）」

不過，農夫賈爾斯的喇叭槍有個張開如號角一般的大嘴，它不會射出鋼珠或子彈，而是射出他捨得塞進去的任何東西。這槍沒打死過人，因為他很少給槍裝彈，也從來不發射它。光是讓人看到他有這把槍，通常就足以達到目的了。而且這個國家還算不上文明，因為喇叭槍還沒被別的火器取代：當地其實就只有這麼一種槍，而且數量很少。人們更愛用弓箭，火藥主要是拿來放煙火用。

言歸正傳，農夫賈爾斯取下喇叭槍，填裝了大量火藥，以防萬一需要採取極端措施；他在那個大嘴槍口裡塞進了舊釘子、鐵絲、瓦罐碎片、骨頭、石頭以及別的垃圾。然後他穿上高筒靴和外套，穿過菜園走了出去。

月亮低低懸掛在他背後的天上，除了灌木叢和樹木長長的黑影，他什麼也看不見，但他能聽到山坡上傳來可怕的踩踏聲。不管愛葛莎會怎麼說，他都不覺得自己敏捷或者勇敢；但他覺得財產比小命還重要。因此，他雖然嚇得快要掉褲子，也還是硬著頭皮朝山頂走去。

冷不防地，巨人的臉從山側冒了出來，月光反射在他又大又圓的眼睛裡，還把他的臉映得一片慘白。他的腳還在底下遠處，在農場裡踩出大洞。月光使巨人眼花，讓他沒看見農夫；但是農夫賈爾斯看到了他，嚇得魂不附體。他不假思索地扣動扳機，喇叭槍砰地發出一聲巨響。幸運的是，它多多少少對著巨人那張醜陋的大臉，因此槍裡的垃圾、石頭、骨頭、碎片、鐵絲和六、七顆釘子都飛了出去。由於射程確實夠近，憑著運氣而不是農夫的抉擇，這些破爛東西有許多都打中了巨人：一塊瓦罐碎片扎進了他的眼睛，一顆大釘子扎進了他

的鼻子。

「該死！」巨人粗魯地說，「我被蜇了！」他沒聽見射擊的轟響（須知他是聾子），但他不喜歡釘子扎他的感覺。他很久沒遇到能刺穿他那厚皮的昆蟲了；不過他曾經聽人說，在遙遠的東方沼澤裡，有蜻蜓咬起人來像火燙的鉗子一樣。他以為自己肯定是碰到了類似的東西。

「這裡顯然不利健康。」他說，「今晚我可不能再朝這條路走下去了。」

於是，他從山坡上撈起幾隻羊，打算回家吃，然後掉頭跨過河，迅速大步朝西北偏北方走去。他終於找到了回家的路，因為他終於找到了正確的方向；但是他的銅鍋底已經燒穿了。

至於農夫賈爾斯，他在喇叭槍發射的時候，被後座力掀翻在地；他躺在那裡望著天空，胡思亂想著巨人過來時會不會把他也踩扁。但是什麼事都沒發生，轟隆踩踏的腳步聲逐漸遠去消失了。於是他爬起來，揉了揉肩膀，撿起喇叭槍。接著，他突然聽到了大家的歡呼聲。

原來哈莫大多數居民都一直躲在窗後朝外看；有幾個人穿上衣服（在巨人走後）跑了出來。這會兒一些人正邊跑上山坡邊高喊著。

其實村民早就聽到了巨人可怕的隆隆腳步聲，大多數人都立刻鑽進了被子裡，有些則鑽到了床底下。但是加姆對主人既自豪又害怕。他覺得主人生起氣來真是神勇可畏，因此他很自然地認為任何巨人也會這麼想。所以，他一看到賈爾斯帶著喇叭槍走出門來（通常這是暴怒的信號），他就衝到村子裡，又吠又喊：

「出來！出來！快出來！起來！快起來！快來看我偉大的主人！他勇敢又敏捷。他打算射殺一個擅闖進來的巨人。快出來啊！」

村裡大多數房子都能看到山頂。當村民和狗看到巨人的臉從山上冒出來時，全嚇得屏住了呼吸；除了那條狗之外，人人都認為事態嚴重，賈爾斯一定無法應付。接著，只聽喇叭槍發出一聲巨響，巨人就突然轉身離去。他們大驚兼大喜之下，紛紛拍手歡呼，加姆更是興奮狂吠到差點把腦袋都吠掉了。

　　「好哇！」他們大喊，「這回他可學到教訓了！埃吉迪烏斯大師給了他一記狠的。現在他回家去等死了，他活該得到報應。」然後他們又一起歡呼起來。不過，他們一邊歡呼，一邊為了自己好也在心裡暗暗記下，那把喇叭槍原來是貨真價實能發射的。關於這一點，大家曾在村裡的酒館起過爭論，不過現在這事已經證實了。從此以後，農夫賈爾斯就沒遇到擅闖的麻煩。

　　等到一切都顯得安全了，一些膽子比較大的人馬上爬上山，和農夫賈爾斯握手。有幾個人——牧師、鐵匠、磨坊主，還有一兩個有頭有臉的人物——拍了拍他的背。這可沒讓他開心（他的肩膀痛得要命），但他覺得有必要邀請他們到家裡坐坐。他們在廚房裡圍坐成一圈，舉杯祝他健康，大聲稱讚他。賈爾斯毫不掩飾地猛打呵欠，但只要酒還沒喝完，他們就當沒看到。等大家都喝了一兩杯（賈爾斯自己喝了兩三杯），他開始覺得自己確實很勇敢；等大家都喝了兩三杯（他自己喝了五六杯），他覺得自己就像他的狗認為的那樣勇敢了。在眾人像摯友一樣道別時，他也衷心地拍打他們的背。他的大手紅潤又厚實，所以他報了一箭之仇。

　　第二天，他發現這個消息越傳越離奇，他成了當地的大人物。到了下個星期，這消息已經傳遍了方圓二十英里內的所有村莊。他成了「鄉間英雄」。他覺得這真是太令人愉快了。到了下一個趕集日，他在市集上喝了一大堆免費酒水，多到可以泛舟：也就是說，他喝到幾乎漲破肚子，唱著古老的英雄之歌打

道回府。

最後，連國王也聽說了這件事。在那個美好的年代，英格蘭島上的「中央王國」的首都，離哈莫大約二十裡格[11]遠，宮廷裡的貴族通常對各省鄉下人的作為不屑一顧。但如此迅速地驅逐一個危害如此巨大的巨人，似乎值得注意，也值得一點嘉獎。因此，在適當的時候——也就是大約三個月後，在聖米迦勒節[12]那天——國王送來了一封華貴的信。這封信用紅墨水寫在白羊皮紙上，表達了王室對「我們忠誠的臣民和備受愛戴的哈莫地方的埃吉迪烏斯·阿赫諾巴布斯·尤利烏斯·阿格裡柯拉」的嘉獎。

這封信的簽名是一塊紅色的墨漬，但宮廷書記又加了一句：

*Ego Augustus Bonifacius Ambrosius Aurelianus Antoninus Pius et Magnificus, dux rex, tyrannus, et Basileus Mediterranearum Partium, subscribo;*[13]

並且上面還貼著一個大大的紅色封印。所以這封信顯然是真的。它讓賈爾斯十二萬分開心，並且廣受褒獎，尤其當大家發現只要向賈爾斯要求看看它，農夫就會請你在爐火邊坐下喝一杯的時候，它就更受大家歡迎了。

比褒獎狀更好的是隨同賞賜下來的禮物。國王送了一條腰帶和一把長劍。說實話，國王自己從來沒用過這把劍。劍是祖傳下來的，在他的武器庫裡已經掛了不知道有多少年了。武器庫的管事既說不出它的來歷，也搞不清它的用途。這種普通的重劍在當時的宮廷裡已經過時了，所以國王認為給鄉下人當禮

---

11. 一裡格約4.8公里。——譯者注

12. 9月29日。——譯者注

13. 拉丁語，意為「朕，奧古斯都·博尼法修斯·安布羅西烏斯·奧勒良努斯·安東尼努斯，虔誠者，偉岸者，中央王國統領、國王、僭主兼巴西琉斯，簽字恩准。」——譯者注

物正合適。但是農夫賈爾斯收到這禮物很開心，他在當地變得聲名大噪。

　　賈爾斯頗為享受這樣的形勢。他的狗也是，他一直沒挨先前恫嚇的那頓鞭打。賈爾斯認為自己是個公正的人；他內心覺得這件事有一部分要歸功於加姆，不過他從來沒把這念頭說出口。他依舊會在感覺必要時臭罵那隻狗和朝狗扔東西，但對許多小事農夫就睜隻眼閉隻眼了。加姆養成了到很遠的地方閒逛的習慣。農夫走到哪裡都是昂首闊步，諸事順遂。那個秋天和初冬的工作都進行得很順利。萬事如意──直到龍來了。

　　在那個年代，英格蘭島上的龍已經很稀少了。在奧古斯都・博尼法修斯的中央王國裡，已經很多年沒有人見過龍了。當然，王國的西方和北方仍然有險惡的邊境和杳無人煙的山脈，但它們離得很遠。在很久很久以前，那些地方住著好些各式各樣的龍，他們四處掠奪。但那時中央王國的國王騎士以膽量聞名，許多散逛的龍被殺，或者身負重傷逃回老巢，於是其他的龍都不敢再往這邊來了。

　　那時國王的耶誕宴會上仍有以龍尾做一道大菜的習俗，每年都會選出一名騎士去執行獵龍的任務。他應該在聖尼古拉斯節[14]出發，並在不遲於耶誕夜宴會的時候帶著龍尾巴返回。不過，多年來王家御廚已經研發出一種奇妙的仿龍尾巴點心，用蛋糕和杏仁醬做成，上面還有硬糖霜做的精緻鱗片。被選中的騎士會在耶誕夜捧著這道點心進入大廳，與此同時弦樂與號聲大作伴奏。大餐之後，大家在耶誕節享用這道仿龍尾點心，每個人都說（為了取悅廚師）它比真正的龍尾巴美味得多。

當又有一條真正的龍出現時，情況就是這樣。龍的事都要怪那個巨人。在他那趟冒險結束後，他常在山裡走動，去看望散居在各地的親戚，他走訪的次數比以往更頻繁，到了他們難以忍受的地步。因為，他總是想借一口大銅鍋。但是，不管他是不是借得到鍋，他都會一屁股坐下，用他那種拖拖拉拉的方式開始遙想當年所走過的東方美麗鄉野，以及外面廣闊世界上的一切奇觀。他已經認定自己是個偉大又勇敢的旅行家。

「那真是個好地方啊，」他會說，「非常平坦，落腳柔軟，有很多好吃的東西：遍地牛羊啊，你知道吧，只要你仔細看，就很容易發現牠們。」

「但那裡的人呢？」他們問。

「我連個影子都沒看見。」他說，「沒看見也沒聽見有騎士，我的好夥計們。就是河邊上有幾隻討厭的蒼蠅叮人。」

「那你怎麼不回去住在那裡？」他們問。

「這個麼，常言說，金窩銀窩不如家裡的狗窩啊。」他說，「不過，哪天等我想了，我多半就回去。不管怎麼說，我已經去過那裡一次了，這可是多數人比不上的。現在把那口銅鍋借我吧。」

「還有那些肥沃的土地，」對方會急急忙忙地問，「那塊遍地牛羊，沒人看守的美地在哪裡？是在哪個方向？離這裡有多遠？」

「噢，」他會回答說，「在東邊或者東南邊。但是路很遠。」接著他會誇張吹噓自己走了多遠的路，穿過了多少樹林、丘陵和平原，其他那些腿沒他長的巨人都壓根沒去過。總之，談話就這麼沒完沒了地持續。

---

14. 十二月六日。——譯者注

如此，炎夏過去，嚴冬降臨。山裡嚴寒，食物匱乏。巨人益發大聲談到低地牧場的牛羊。山裡的龍都豎起耳朵聆聽。他們都餓扁了，這些傳言對他們具有極大的吸引力。

「看來，屠龍騎士都是神話傳說啊！」那些比較年輕、沒什麼經驗的龍說，「我們一直都是這麼認為的。」

「終於他們像是變得越來越少了。」比較老也比較有智慧的龍這麼認為，「他們離得遠，人數少，不再可怕了。」

有一條龍著實動了心。他名叫克瑞索飛萊斯・戴夫斯，[15] 因為他具有古老尊貴的血統，而且非常富有。他狡猾、好奇、貪婪，全副武裝，不過膽子不是很大。但是，不管怎麼說，他一點也不怕蒼蠅或隨便哪種大大小小的昆蟲；而且他餓得快沒命了。

於是，在寒冬的某一天，大約耶誕節前一星期，克瑞索飛萊斯展開翅膀飛離了窩巢。他在午夜時分悄悄降落在奧古斯都・博尼法修斯國王兼巴西琉斯統治的中央王國。他在短短時間內就造成了巨大的破壞，打爛、燒毀了許多東西，活吞了許多牛羊和馬。

那地方離哈莫其實還很遠，但是加姆受到了生平最大的驚嚇。他出門遊蕩到了很遠的地方，仗著主人的恩寵，冒險在外一兩個晚上都沒回去。他正沿著樹林的邊緣追蹤一股誘人的氣味，沒想到一個轉彎，突然間嗅到了一股從來沒聞過的駭人氣味；他一腦門子撞上了剛剛降落的克瑞索飛萊斯・戴夫斯的尾巴。此前世上就沒見哪條狗曾經像加姆這樣夾著尾巴飛逃回家的。龍聽到他的哀鳴，轉頭噴著鼻子哼了一聲；但加姆已經遠遠跑出龍能抓住的範圍了。加姆

死命狂奔了一整夜，在差不多吃早飯的時候趕到了家。

「要命了！要命了！要命了！」他在後門外吠叫起來。

賈爾斯聽到了他的叫聲，很不喜歡那腔調。那讓他想到在諸事順遂之時，往往會有意外發生。

「老婆，讓那條死狗進來。」他說，「讓他吃頓棍子！」

加姆跌跌絆絆地走進廚房，圓瞪著眼睛，垂著舌頭。「要命了！」他嚎了一聲。

「你這回又在幹啥？」賈爾斯說著，扔了一根香腸給他。

「沒幹啥。」加姆氣喘吁吁地說。他太慌亂了，都沒注意到那根香腸。

「好，那就別再幹了，不然我就剝了你的皮。」農夫說。

「我啥也沒做錯。我也沒想害誰。」狗說，「但是我不小心撞上了一條龍，差點沒嚇死。」

農夫被嘴裡的啤酒嗆到了。「龍？」他說，「你這個沒事找事的混蛋！偏偏在一年中的這個時候，在我忙得不可開交的時候，你去找一條龍來幹什麼？他在哪裡？」

「哦！在北邊，越過山坡以後很遠的地方，比那些巨石陣什麼的還要過去。」狗說。

「哦，在那邊啊！」賈爾斯說，大鬆了一口氣，「我聽說那邊的人都是怪人，他們那裡出什麼事都不奇怪。讓他們操心去吧！別再拿這樣的故事來煩我了。滾出去！」

---

15. 名字源自希臘語和拉丁語，意為黃金守護者．富有者。——譯者注

加姆出了門，把這個消息傳遍了全村。他沒忘記補充說，他的主人一點也不害怕。「他可冷靜了，繼續吃他的早飯。」

村民們在自家門口七嘴八舌談論這事。「多像古代啊！」他們說，「正好就在耶誕節前。太合時宜了。國王一定會非常開心！今年耶誕節他可以吃到真正的龍尾巴了。」

但在第二天傳來了更多消息。這條龍顯然格外巨大和兇猛，他正在造成可怕的破壞。

「國王的騎士在幹啥？」大家開始嘀嘀咕咕。

其他人已經問了同樣的問題。事實上，受克瑞索飛萊斯侵襲最嚴重的幾個村莊，已經派出了信使，這會兒趕到了國王面前。他們鼓足勇氣，盡量大聲又頻繁地問他：「陛下，您的騎士們在幹啥？」

但是騎士們啥也沒幹；他們還沒正式收到龍出現的消息。因此，國王正式且全面地知會了他們這件事，要求他們盡早採取必要的行動。隨後，當他發現他們的「盡早」根本一點也不早，事實上還一天拖過一天時，他著實大發雷霆。

然而，騎士們找出的各種藉口無疑都站得住腳。首先，認為凡事應該按部就班的御廚已經為這個耶誕節做好了龍尾大餐，如果在最後一刻拿進來一條真正的龍尾，肯定會冒犯他，這萬萬不應該，因為他是個非常值得敬重的僕人。

「別管尾巴了！把龍的頭砍下來，結果他就行！」受害最嚴重的村莊來的使者們喊道。

但耶誕節已經到了，而且，最不幸的是，聖約翰節[16]那天還安排了一場盛

大的比武大會，眾多王國的騎士都應邀前來爭奪一份珍貴的獎品。在比武大會結束前派中央王國最好的騎士去獵龍，顯然很不合理，這會破壞他們獲獎的機會。

隨後就是新年假期了。

但是，夜復一夜，龍都在前進；每次前進都讓他更接近哈莫。到了元旦那夜，大家已經能看到遠處的火光了。龍停在離哈莫大約十英里的一片樹林裡，林子燒得不亦樂乎。當他心情好的時候，是一條火辣辣的龍。

之後，村民們開始盯著農夫賈爾斯，在他背後竊竊私語。這讓他十分不自在，但他假裝沒注意到。第二天，龍又逼近了幾英里。這下，連農夫賈爾斯自己也開始大聲批評國王的騎士們是廢物了。

「我真想知道他們是怎麼混飯吃的。」他說。

「我們也想知道！」哈莫的每個人都這麼說。

但磨坊主補充說：「我聽說，有些人仍然能單憑功績獲得騎士封號。說起來，我們的好埃吉迪烏斯已經是個騎士了。國王不是送給他一封紅色的信和一把寶劍嗎？」

「冊封為騎士，可不能只憑一把寶劍。」賈爾斯說，「就我所知，還要有授封儀式之類的。不管怎麼說，我還有自己的活兒要幹。」

「噢！但是，我一點也不懷疑，如果有人要求國王，他一定會舉行儀式的。」磨坊主說，「不如我們去要求他吧，趁還來得及！」

「沒門！」賈爾斯說，「授封儀式可不適合我這種人。我是個農夫，也挺

---

16. 十二月二十七日。——譯者注

自豪當農夫，我就是個平常的老實人，大家都說，老實人在宮廷裡吃不開。這事倒是更適合您啊，磨坊主人。」

牧師笑了，但不是因為農夫的回嘴而笑，而是因為賈爾斯和磨坊主總是針鋒相對，據哈莫當地的說法，他倆是「知心敵人」。牧師突然靈機一動，心中一喜有了主意，但他當時沒再說什麼。磨坊主就不那麼高興了，他皺起了眉頭。

「平常那是肯定的，可能也算老實，」他說，「但是，你用得著先進宮廷當上騎士，然後再去屠龍嗎？我昨天還聽埃吉迪烏斯先生說呢，有勇氣就足夠了。他肯定和任何騎士一樣有勇氣吧？」

所有站在一旁的村民都大喊：「當然沒有！」以及「確實有啊！為哈莫的英雄歡呼三聲！」

隨後，農夫賈爾斯回家了，深感不自在。他發現，想要維護在當地的聲譽，可能需要與時俱進，而那可能相當棘手。他踢了狗一腳，然後把劍藏進廚房的櫥櫃裡。在此之前，它一直懸掛在壁爐上方。


第二天，這條龍前進到了鄰村奎爾斯屯（俗稱橡林屯）。[17] 他不僅吃了羊、牛和一兩個小孩，連屯裡的牧師也吃了，因為牧師魯莽地想勸龍改邪歸正。這消息隨後引發了一場可怕的騷亂。哈莫的全體居民在本地牧師的率領下爬上了山坡，造訪農夫賈爾斯。

「我們都指望你了！」他們說，然後把賈爾斯圍在當中盯著看，直到農夫的臉變得比鬍子還紅。

「你打算什麼時候動手？」他們問。

「呃，我今天沒辦法，這是事實。」他說。

「我的牧工生病了，手頭還有一大堆事要處理。我會想想這事的。」

於是村民都走了；但是到了晚上，有傳言說龍逼得更近了，於是大家又回來找他。

「我們都指望你了，埃吉迪烏斯先生。」他們說。

「那個，」他說，「真是不巧，我的母馬瘸了，母羊又要生小羊。我會盡快想想這事的。」

於是他們再次離開，但是不無怨言和竊語。磨坊主竊笑不止。牧師則待了下來，怎麼趕也趕不走。他不客氣地吃了晚飯，還說了些尖銳的話。他甚至問起那把劍怎麼樣了，並堅持要親眼看一下。

寶劍放在一個櫥櫃裡，架子的長度勉強夠把它擱上去。農夫賈爾斯剛把它取出櫃子，它就從劍鞘裡彈了出來，農夫手裡的劍鞘也一下掉落在地，彷彿它很燙手似的。牧師嚇得跳了起來，連手上的啤酒也打翻了。他小心翼翼地撿起寶劍，試著將它插回劍鞘裡，但是連一英尺也插不進去；並且，他的手一離開劍柄，寶劍就又乾淨俐落地彈了出來。

「天啊！這真是太奇怪了！」牧師說，仔細地查看了劍鞘和劍刃。他是一個識文斷字的人，不像那農夫只吃力地勉強識得幾個大字，甚至連自己的名字都未必讀得出來。這就是為什麼賈爾斯從來沒有注意到劍鞘和劍上那些模糊可見的奇怪字母。至於國王的武器庫管事，他對劍和劍鞘上的符文、名稱和其他象徵力量與意義的符號，已經司空見慣，所以他壓根就沒動腦筋；反正，他認

---

17. 奎爾斯屯（Quercetum）是橡林屯（Oakley）的拉丁語翻譯。——譯者注

為它們已經過時了。

　　但是牧師看了很久，並皺起了眉頭。他原本期待在劍或劍鞘上發現一些文字，這正是他昨天想到的事；但他現在對眼中所見感到驚訝，因為文字和符號確實存在，但是他怎麼也看不懂。

　　「這把劍的劍鞘上有銘文，啊，劍上也可以看到一些銘文符號。」他說。

　　「真的？」賈爾斯說，「那有什麼特別的意思嗎？」

　　為了爭取時間，牧師說：「這上面的文字很古老，語言也原始，我得再仔細地檢查一下。」他請農夫把劍借給他帶回家過夜，農夫欣然把劍給了他。

　　牧師回到家，從書架上取下許多學術書，一直讀到深夜。第二天早上，大家發現龍逼得更近了。哈莫的村民們全都拴上門，關上窗；那些有地窖的人都躲到地窖裡去，坐在燭光中瑟瑟發抖。

　　可是牧師卻悄悄溜出門，挨家挨戶地走訪，把他在書房裡的發現告知所有願意從門窗縫隙或鑰匙孔中聆聽的人。

　　他說：「我們的好埃吉迪烏斯，拜國王之賜，現在是名劍考迪莫達克斯的主人了，這把劍在通俗騎士傳奇裡有個更粗俗的名稱，叫做『咬尾劍』。」

　　那些聽到這個名字的人，通常會打開門。

　　他們都聽過「咬尾劍」的威名，因為那把劍屬於王國裡最偉大的屠龍者貝洛馬里烏斯。有些傳說聲稱他是國王的高外祖父。有許多歌謠和故事講述他的英雄事蹟，就算宮廷裡已經忘了這位英雄，民間仍然記得他。

　　牧師說：「只要方圓五英里內有龍在，這把劍就不會歸鞘。毫無疑問，只要這把劍在勇士手中，絕對是萬龍莫敵。」

於是，大家又開始振作起來；有些人打開窗戶，探出頭來。最終，牧師說服了一些人跟他一起去遊說，但只有磨坊主是真心願意加入遊說的行列。在他看來，能看到賈爾斯進退兩難地出醜，就值得冒這個險。

他們一邊爬上山坡，一邊焦慮地朝北邊河對岸探頭探腦。沒看見龍的蹤跡。他很可能睡著了；整個耶誕節期間，他都吃得又飽又好。

牧師（和磨坊主）捶了捶農夫家的門。沒有人應門。於是他們捶得更大聲。最後，賈爾斯出來了。他滿臉通紅。他和牧師一樣一直坐到深夜，喝了好多麥酒；起床之後他又繼續喝。

他們圍攏在他身邊，喊他「好埃吉迪烏斯」、「勇敢的阿赫諾巴布斯」、「偉大的尤利烏斯」、「可靠的阿格裡柯拉」、「哈莫的驕傲」、「鄉間的英雄」。他們說起考迪莫達克斯、咬尾劍、不肯歸鞘的劍、不成功便成仁。又說起農夫的榮耀、國家的脊梁，以及同胞的利益，直到賈爾斯被說得頭昏腦脹、眼花繚亂。

「行了！一次一個人說！」他一有機會趕緊插嘴，「這是幹什麼？這都是幹什麼？你們很清楚，我早上忙得很。」

於是大家讓牧師解釋了一番。接著，磨坊主開心地看到農夫著實是進退兩難了。但是，事情的結果卻沒有遂了磨坊主的願。首先，賈爾斯已經喝了好多烈性麥酒。其次，當他得知他的劍竟是鼎鼎大名的「咬尾劍」時，他冒出了一種驕傲又鼓舞的古怪感覺。他小時候就非常愛聽貝洛馬里烏斯的故事，在他懂事之前，他有時會幻想自己擁有一把神奇的英雄寶劍。於是，他突然決定，他要帶著「咬尾劍」去屠龍。不過，他這輩子討價還價慣了，因此他又做了一次努力來推遲行動。

「什麼！」他說，「要我去屠龍？就穿著這身老舊的綁腿和馬甲？據我所知，屠龍可是需要穿鎧甲的。我家裡什麼鎧甲都沒有，這是事實。」

他們都承認這事有點棘手，但他們派人請來了鐵匠。鐵匠聽完搖搖頭。他是個慢吞吞、陰沉沉的人，大家喊他「陽光山姆」，不過他的真名是法布裡修斯・孔克塔托爾。他幹活時從不吹口哨，除非他預言的災難（例如五月降霜）當真發生了。他成天都在預言各種各樣的災難，因此幾乎沒什麼壞事是他沒預見到的，他也就能把這些成功的預言都歸功給自己。這是他最大的樂趣，所以他當然不願意做任何事來避免災難發生。他又搖了搖頭。

「我不能憑空就造出盔甲來。」他說，「而且這不是我的專長。你最好請木匠給你做個木盾牌。倒不是說木盾牌能有多大幫助。畢竟他是隻火辣辣的龍。」

他們聽了臉都是一垮；但是磨坊主可沒那麼容易改掉把賈爾斯送去屠龍的計畫，如果他肯去的話；要是他最後不肯去，那麼他在本地也會聲名掃地。「那鎖子甲呢？」他說，「鎖子甲肯定有用，而且也沒必要做得很精細。它是打造來實用的，不是為了穿去宮廷裡炫耀。吾友埃吉迪烏斯，你那件舊皮背心呢？鐵匠鋪裡有一大堆鍊環。我猜，法布裡修斯師傅自己都不知道那裡有什麼壓箱寶呢。」

「你這話太外行了。」鐵匠說，心情好了起來，「你指的要是真正的鎖子甲，那你是得不到的。做鎖子甲需要矮人的手藝，每個小環都得扣上另外四個小環。就算我有那個手藝，我也得做好幾個星期才行。而不等做完，我們就已經都入土啦，」他說，「或者乾脆進了龍肚子裡。」

他們全都沮喪地絞著手，鐵匠則露出了笑容。但是大家這會兒都驚慌失

措，不願放棄磨坊主的計畫，於是他們向他尋求建議。

「這個嘛，」他說，「我聽人說，從前啊，那些買不到南方出產的鋥亮鎖子甲的人，會把鐵環縫在皮衣上，覺得這就能解決問題。我們能不能這麼做呢？」

於是，賈爾斯不得不拿出他的舊皮背心，鐵匠則匆忙趕回了他的鐵匠鋪。大家把鋪子裡的邊邊角角都翻了個遍，把那堆舊金屬翻了個底朝天，它們都很多年沒人碰了。正如磨坊主所說，他們在金屬堆底下找到了一大堆鏽得發黑的小鐵環，不知是從哪件被遺忘了的鎖子甲上掉下來的。任務似乎越來越有希望，但鐵匠山姆變得越來越不情願，越來越沮喪，他不得不當場就開始工作，收集、分類和清潔那些鐵環；（他很高興地指出）對一個像埃吉迪烏斯先生這樣背闊胸寬的人來說，這些鐵環顯然不夠，於是大家又要他把舊鍊條拆開，把鍊環鎚打成他能做出的最精細的鐵環。

他們把小些的鐵環縫在皮背心的胸前，把大些也笨重些的鐵環縫在背後；然後，由於還有更多的鐵環被做了出來（可憐的山姆被逼迫得不輕），他們拿來一條農夫的馬褲，把鐵環縫上去。磨坊主還在鐵匠鋪一個黑暗角落裡的架子上找到一個舊頭盔的鐵框架，他叫鞋匠也開始幹活，盡量用皮革包住它。

這些活計耗掉了當天剩餘的時間，以及第二天一整天——這天是十二夜，也就是主顯節[18]前夕，但是大家都沒顧上慶祝。農夫賈爾斯灌了比往常更多的麥酒來慶祝這個節日；萬幸的是，龍在呼呼大睡，暫時把飢餓和刀劍忘得乾乾淨淨。

---

18. 一月六日。——譯者注

主顯節一大早，他們捧著手工精心製作的奇特成果上山了。賈爾斯正等著他們。現在他也找不到藉口拖延了。於是，他穿上縫滿鐵環的背心和馬褲。磨坊主暗自竊笑不已。接著，賈爾斯穿上馬靴，裝上一對舊馬刺，並戴上了皮套頭盔。但臨到最後，他戴上一頂舊氈帽蓋住了頭盔，又在鎖子皮背心外披上了他那件灰色的大斗篷。

　　「先生，你這是為什麼？」大家問。

　　「這啊，」賈爾斯說，「你們可能覺得屠龍要像坎特伯雷的鈴鐺一樣叮噹作響，[19] 但我可不那麼看。要我說，一路招搖讓龍早早就知道你要來，那可不聰明。頭盔的意思一看就懂，是要挑戰死鬥。讓那條大蟲看見冒出樹籬的只是我的舊氈帽，也許我能在麻煩開始之前走得更近一點。」

　　他們縫鐵環的方式是環環相疊，每個環都鬆鬆地垂在底下的環上，確實搞得叮噹作響。披在外頭的斗篷倒是起到了阻隔叮噹聲響的作用，但賈爾斯這身行頭著實顯得很奇怪，這一點他們沒告訴他。他們費了好大的勁才把腰帶繫在他的腰上，再把劍鞘掛在腰帶上；但他必須把劍拿在手上，因為除非全力按住，否則劍不肯待在劍鞘裡。


　　農夫叫來加姆。在他看來，自己這人挺公正的。「狗子，」他說，「你得跟我來。」

　　那條狗嚎叫起來。「要命了！要命了！」他喊道。

　　「立刻給我閉嘴！」賈爾斯說，「不然我就讓你嘗嘗我的厲害，比任何龍都厲害。你認得那條大蟲的氣味，說不定你能證明一次你不是個廢物。」

　　接著農夫賈爾斯叫來他的灰母馬。她斜睨了他一眼，又嗅了嗅馬刺。但她

讓他上了馬，然後他們就出發了，人、馬、狗誰都不覺得高興。他們小跑著穿過村莊，所有人都鼓掌歡呼起來，不過多數是從窗戶裡發出來的。農夫和他的母馬盡可能地擺出好臉色；但是加姆毫不知羞，垂著尾巴從旁偷偷溜過。

他們過了村莊盡頭河上的橋，等走到村民都看不見的地方以後，立刻就放慢了腳步。但不管走多慢，他們還是很快就出了屬於農夫賈爾斯和其他哈莫居民的土地，來到了龍曾經到過的地方。只見斷樹殘枝、燒毀的樹籬和焦黑的草地，還有一種詭異可怕的寂靜。

陽光燦爛，農夫賈爾斯不禁覺得自己要是有膽子脫下一兩件衣服多好；他也疑惑自己是不是有點喝多了。「這個耶誕假期到頭來不錯啊，」他想，「我要能不活到頭，那就算我走運了。」他拿一塊大手帕抹了抹臉——手帕是綠的不是紅的；因為紅色布料會激怒龍，至少他是這麼聽說的。

但是他沒有找到龍。他騎著馬沿著許多寬路和窄徑走過，也穿過了其他農夫的荒蕪田地，但是他仍然沒有找到龍。當然，加姆完全就是個廢物。他一直緊跟在母馬後面，不肯用鼻子探尋。

最後，他們來到了一條蜿蜒曲折的小路上，這條路沒受到什麼破壞，看起來寧靜又祥和。順著路走了半英里以後，賈爾斯開始琢磨，自己這算不算已經盡了義務，把維護名譽該做的都做完了。他認定自己已經找得夠久也夠遠了，正想著掉頭回家去吃晚飯，告訴他的朋友龍一看到他來就飛走了，這時他拐了個急彎。

龍就在那裡，橫臥在一道垮塌的樹籬中間，嚇人的腦袋就在路中央。「要

---

19.《坎特伯雷故事集》中朝聖者馬上的鈴鐺。——譯者注

命了！」加姆喊完掉頭就跑。灰母馬噗通一屁股坐在地上，農夫賈爾斯倒栽進了溝裡。當他探出頭時，龍正精神奕奕地看著他。

「早安！」龍說，「你看起來很驚訝。」

「早安！」賈爾斯說，「我是很驚訝。」

「打擾一下，」龍說。他豎起了一隻耳朵，心裡滿是疑慮，因為剛才農夫摔倒時他聽見有鐵環叮噹作響。「恕我冒昧，你該不是碰巧在找我吧？」

「不，絕對不是！」農夫說，「誰想得到會在這裡碰到你呢？我只是出來騎馬兜個風而已。」

他忙不迭地從溝裡笨手笨腳地爬出來，往後退向那匹灰母馬。她這時已經站起來了，正在啃路邊的青草，一副事不關己的模樣。

「那我們真是巧遇啊，」龍說，「這是我的榮幸。我猜，你穿的是節日服裝吧。也許是一種流行新款？」農夫賈爾斯的氈帽已經掉下來了，灰斗篷也滑開了；但他還是硬著頭皮應付。

「是的，」他說，「是全新的款式。但我得去追我的狗了。我猜他是去追兔子了。」

「我猜不是，」克瑞索飛萊斯舔了舔嘴唇（表明他覺得此事頗有趣）說，「我想他到家會比你早得多。不過，請您繼續走吧，先生——讓我想想，我還不知道您的名字呢？」

「我也不知道你的，」賈爾斯說，「我們這就挺好。」

「悉聽尊便，」克瑞索飛萊斯說，又舔了舔嘴唇，但假裝閉上了眼睛。他的心腸邪惡（所有的龍都是這樣），但不怎麼勇敢（這也不罕見）。他更喜歡吃不必費力就能吃到的餐點，但在睡了一頓好覺之後，他又胃口大開了。橡林

屯的牧師太柴了，他已經多年沒嘗過肥滋滋的胖子了。現在，他下定決心，要嘗嘗這頓送上門來的人肉，他只是在等那老傻瓜放鬆戒備。

不過，這老傻瓜並不像表面上那麼蠢，他眼睛一直盯著龍，甚至在嘗試上馬時也不鬆懈。然而，那匹母馬卻另有想法，在賈爾斯嘗試上馬時她又踢又閃。龍不耐煩了，蓄勢要撲上來。

「打擾一下！」他說，「你是不是掉了什麼東西啊？」

這是個老把戲，但它成功了；因為賈爾斯確實掉了東西。他剛才摔倒的時候，把考迪莫達克斯（俗稱咬尾劍）掉在地上了，這會兒它就躺在路邊。農夫彎腰把劍撿起來；那條龍立刻一躍而起，但是沒有咬尾劍快。劍一到農夫手裡，立刻往前一躍，寒光一閃，直刺龍的眼睛。

「嘿！」龍緊急剎住去勢說，「你手裡拿的什麼？」

「只不過是咬尾劍，是國王賜給我的。」賈爾斯說。

「是我錯了！」龍說，「請您原諒。」他卑躬屈膝地趴下，農夫賈爾斯開始感到安心了一點。龍說：「我認為你這樣對我不公平。」

「哪裡不公平？」賈爾斯說，「再說，我為什麼要對你公平？」

「你隱瞞了自己的赫赫威名，假裝我們是偶然相遇。但你顯然是家世顯赫的騎士。先生，按照過去的騎士慣例，在這種情況下，要先正式交換頭銜和資格，然後才下戰帖。」

「也許過去是這樣，也許現在還是這樣。」賈爾斯說，開始自鳴得意。無論是誰，如果有一條龐大又尊貴的龍伏在他面前卑躬屈膝，難免都會有點洋洋得意的。「不過你這條老大蟲犯的錯可不止一個。我不是什麼騎士。我是哈莫的農夫埃吉迪烏斯；我不能容忍入侵者。我以前拿喇叭槍射過巨人，而他造成

的破壞可不如你。當時我也沒下什麼戰帖。」

龍這下心驚膽顫了。「那個該死的巨人竟是個騙子！」他想，「可悲的我被騙了。現在面對這個勇敢的農夫和一把如此鋒利、咄咄逼人的劍，我到底怎麼辦才好？」他搜腸刮肚，也想不出有應付的先例。「我名叫克瑞索飛萊斯，」他說，「富有的克瑞索飛萊斯。我能有幸為您效勞嗎？」他補充了一句奉承話，一隻眼睛盯著寶劍，希望能夠逃過一戰。

「你這硬皮的老壞蛋可以滾了。」同樣希望能夠逃過一戰的賈爾斯說，「我不想再看見你。馬上離開這裡，滾回你骯髒的老巢去！」他朝克瑞索飛萊斯走去，雙臂亂揮，就好像在嚇唬烏鴉。

這對咬尾劍來說是足夠了。它突然騰空迴旋，然後砍落，正砍在龍右翼的關節上；這乾脆俐落的一擊把龍嚇壞了。當然，賈爾斯全然不懂屠龍的正確方法，否則寶劍就會砍在龍身上比較柔軟的地方了；但是咬尾劍在一個缺乏經驗的人手中已經盡了力。這一擊對克瑞索飛萊斯來說也是足夠了——他好幾天都用不了翅膀了。他爬起來轉身要飛，卻發現自己飛不起來。農夫跳上母馬的背。龍開始拔足狂奔。母馬也是一樣。龍飛奔過一片田野，氣喘吁吁。母馬也是一樣。農夫咆哮吶喊，就好像在看賽馬似的，而且一直揮舞著咬尾劍。龍跑得越快，就越暈頭轉向。這一路上，灰母馬始終拚盡吃奶的力氣，緊追在龍的後面。

他們從田間小路呼嘯而過，穿過籬笆的缺口，越過一片又一片的田野，橫過一條又一條的小溪。龍冒著煙，吼叫著，徹底迷失了方向。最後，他們突然來到哈莫的橋，從橋上呼嘯而過，又一路咆哮著穿過村裡的街道。這時加姆厚顏無恥地從小巷中溜出，加入了追逐的行列。

所有的人都站到了窗前或爬到了屋頂上。

有些人大笑，有些人歡呼；有些人敲打白鐵桶、平底鍋和燒水壺；還有一些人吹號角、吹笛子、吹口哨；牧師也敲響了教堂的大鐘。哈莫已經有一百年沒這麼熱鬧過了。

龍跑到教堂外時，終於放棄了。他躺在路中央喘著粗氣。加姆跑過來嗅聞了他的尾巴，但克瑞索飛萊斯已經顧不上擔心丟臉了。

他氣喘吁吁地說：「好心的人們，勇敢的戰士。」農夫賈爾斯策馬上前，村民們也手持乾草叉、杆子和撥火棍聚攏過來（不過在安全的距離外）。「好心的人們啊，別殺我！我非常富有。我會賠償我所造成的一切損失。我會支付所有被害者的葬禮費用，特別是橡木屯的牧師；他會擁有一座高貴的紀念碑——雖然他實在是太瘦了。我還會送你們每人一件大禮，只要你們放我回家去拿。」

「給多少？」農夫說。

「這個麼，」龍一邊說，一邊快速計算。他注意到村民的人數可不少。「每人十三鎊八便士？」

「胡說八道！」賈爾斯說。「亂開價！」大家說。「騙鬼！」狗說。

「每人兩幾尼金幣，小孩半價？」龍說。

「那狗呢？」加姆問。「繼續講！」農夫說，「我們都聽著呢。」

「每人十英鎊和一包銀幣，每隻狗都給個金項圈？」克瑞索飛萊斯焦急地說。

「殺了他！」開始失去耐心的村民們喊道。

「每人一袋金子，外加給女士們鑽石？」克瑞索飛萊斯急忙說。

農夫賈爾斯說：「這才像話，但還不夠。」加姆說：「你又把狗忘了。」男人們說：「袋子多大？」他們的妻子說：「多少鑽石？」

「天哪！天哪！」龍說，「我要破產了。」

「你活該。」賈爾斯說，「你可以選擇破產，還是當場去世。」他揮舞著咬尾劍，龍畏縮後退。「趕快決定！」大家喊道，都越來越大膽，湊得越來越近。

克瑞索飛萊斯眨了眨眼睛，但內心深處卻暗暗笑了起來：大家都沒注意到那無聲的顫動。眾人的討價還價開始讓他感到好笑。大家顯然都期望從他這裡撈點油水，卻對這廣闊又邪惡的世界知之甚少——事實上，現在整個王國中都沒人有過與龍打交道的實際經驗，也不了解龍的詭計。克瑞索飛萊斯緩過氣來，理智也恢復了。他舔了舔嘴唇。

「你們自己開個價吧！」他說。

聽了這話，大家立刻七嘴八舌開始搶著說。克瑞索飛萊斯饒有興致地聽著。只有一個聲音讓他覺得不安，那就是鐵匠的聲音。

「記住我的話，這不會有好結果的。」他說，「隨你們怎麼說，大蟲不會回來的。[20]但是不管回不回來，都不會有好結果。」

村民們對他說：「如果你這麼想，那就別摻和討論。」然後繼續討價還價，不再理會那條龍。

克瑞索飛萊斯抬起頭來；但是，如果他想撲向村民，或者想在爭論中開溜，他就要大失所望了。農夫賈爾斯就站在旁邊，嘴裡嚼著一根稻草，若有所思；但他手裡握著咬尾劍，眼睛正盯著龍。

「你給我好好躺著！」他說，「否則不管有沒有金子，都會叫你好看。」

龍只得老實躺平。最後，牧師被推舉成代言人，他走到了賈爾斯身邊。

「壞大蟲！」他說，「你必須把你所有的不義之財都搬到這裡來；等賠償了你所傷害的人之後，我們自己會公平地分享剩下的。然後，如果你鄭重發誓不再打擾我們的地界，也不再慫恿任何別的怪物來騷擾我們，我們就讓你全鬚全尾地離去，返回你自己的家。現在，你先按著大蟲的良心發個重誓，願意（帶著贖金）回來。」

克瑞索飛萊斯裝模作樣地遲疑了一會兒之後，接受了。他甚至流下了滾燙的眼淚，哀嘆自己的破產，直到路上都出現了幾個冒著熱氣的水坑，但所有人都不為所動。他只好發下好些驚人的重誓，說會在聖希拉留斯和聖菲力克斯節[21]前帶著所有的財富回來。這給了他八天的時間，即使是那些對地理一無所知的人也能想到，這時間實在太短，根本不夠來回一趟。儘管如此，他們還是讓他走了，而且還一路送他到橋頭。

「下次見啊！」他邊過河邊說，「我相信我們全都很期待再見的時刻。」

「沒錯！」他們說。當然，他們非常愚蠢。因為，雖然他發的誓本來應該會使他的良心背負著悲傷和對災禍的極大恐懼，但是，唉！他根本沒有良心啊！倘若頭腦簡單的村民想像不到尊貴血統竟有如此缺憾，那麼至少有學問的牧師也該猜到的。也許他確實猜到了。他是個語法學家，無疑比其他人更能預見未來。

鐵匠搖了搖頭，返回他的鐵匠鋪。「不祥的名字。」他說，「希拉留斯和菲力克斯！我可不愛聽這兩個詞。」[22]

---

20. A worm won't return，仿擬習語 a worm will turn（最溫順的生物也會報復）。──譯者注

21. 一月十四日。──譯者注

22. 這兩個人名的本義是「歡快」。──譯者注

國王當然很快就聽說了這個消息。它像野火一樣迅速傳遍了王國，一點細節都沒漏下。國王深受觸動，原因多種多樣，尤其是錢財那一項。他馬上決定親自騎馬去哈莫一趟，那裡似乎經常發生這類奇事。

龍離開四天後，國王騎著他的白馬，帶著眾多騎士和號手，以及一列龐大的輜重隊，過橋而來。所有的村民都穿上了最好的衣服，夾道歡迎。車隊在教堂大門前的空地上停下來。農夫賈爾斯被引薦給國王，他在國王面前跪下；但國王讓他起身，竟然還拍了拍他的背。騎士們都假裝沒注意到這個親熱的舉動。

國王命令全村村民都到河邊農夫賈爾斯的大牧場上集合，等大家（包括加姆，他覺得自己也算在內）都聚集起來以後，奧古斯都·博尼法修斯，國王兼巴西琉斯慷慨而愉悅地向他們發表講話。

他仔仔細細地解釋說，那條惡龍克瑞索飛萊斯的財富都是屬於他的，因為他是這片土地的主人。他輕描淡寫地說自己是這片山野的藩王（這事是有爭議的）；但是，「毫無疑問，」他說，「那條大蟲的所有財寶都是從朕的祖先那裡偷走的。然而，眾所周知，朕既公正又慷慨，朕善良的臣民埃吉迪烏斯理當得到適當的獎勵；同理，在場所有朕忠誠的子民，從牧師到最小的孩童，都會得到象徵尊重的信物。因為哈莫令朕十分滿意。至少在這裡，一群強壯又廉潔的人尚在，仍然保留著朕之民族古老的勇氣。」底下的騎士們則在自顧自地討論帽子的新款式。

村民們鞠躬行禮，恭敬地感謝他。但是如此一來，他們反而希望自己當初答應了龍提出的每人十鎊的提議，把這件事保密。畢竟他們還算明白，國王的信物肯定不會有這麼多。加姆注意到國王沒提到狗。農夫賈爾斯是村民裡唯一

真正滿意的人。他很確定自己會得到一些回報，並且非常高興自己能從這件麻煩事裡全身而退，同時在當地的名聲比以前更響亮了。

　　國王並沒有走。他在農夫賈爾斯的牧場上搭起了大帳，好在遠離首都的這個可憐的村莊裡盡量過得快活，等待一月十四日到來。在接下來的三天裡，王家隨從幾乎吃光了這裡所有的麵包、黃油、雞蛋、雞、培根和羊肉，喝光了每一滴陳年麥酒。然後，他們開始抱怨吃不上飯。不過，國王大方支付了所有的費用（把這一切全掛在國庫的帳上，他希望國庫很快就能重新充盈起來）；因此，哈莫的居民心滿意足，因為他們不知道國庫的實際狀況。

　　一月十四日到了，就是聖希拉留斯和聖菲力克斯節，所有的人都早早起身。騎士們都穿上盔甲。見到那位農夫也穿上本村自製的鎖子甲外套，騎士們全笑起來，直到看見國王皺起了眉頭。農夫也佩上了咬尾劍，它像抹了油一樣輕鬆地滑進劍鞘，安穩待在那裡。牧師死死地盯著那把劍，暗自點頭。鐵匠哈哈大笑。

　　正午到了。人們等得心焦，都吃不下飯。下午慢慢地過去了。儘管如此，咬尾劍仍然沒有躍出劍鞘的跡象。山丘上的守望者和爬到大樹梢上的小男孩，無論在空中還是陸地上，都看不到任何預示龍歸來的跡象。

　　鐵匠吹著口哨四處踱步，但一直到夜幕降臨，群星出現，村裡的其他人才開始懷疑龍根本沒打算回來。不過，他們想起他發的那些驚人的重誓，還是繼續抱著希望。然而，當午夜降臨，約定的這一天結束時，他們失望極了。鐵匠卻很開心。

　　「我早就告訴你們了。」他說。但是大家還是不相信。

一些人說：「他畢竟受了重傷。」

其他人說：「我們給他的時間不夠。回山區的路長得很吶，他又要帶很多東西。說不定他不得不去找幫手了。」

但是第二天過去了，接著又一天過去了。這下大家都放棄了希望。國王氣炸了。食物和飲料全部告罄，騎士們都在大聲抱怨。他們想趕快回到宮裡享樂。但是國王想要錢啊。

他向他忠誠的臣民告別，言詞冷淡簡潔，並且取消了一半掛給國庫的帳單。他對農夫賈爾斯相當冷淡，點了點頭就把他打發了。

「稍後你們會接到朕的消息。」他說，帶著騎士和號手一起驅馬上路了。


村民中比較樂觀，頭腦也比較簡單的人認為，宮廷裡很快就會傳來消息，召喚埃吉迪烏斯先生去晉見國王，至少封他為騎士。過了一個星期，消息來了，但跟他們想的不一樣。這消息是書面形式，一式三份並簽了名：一份給賈爾斯，一份給牧師，還有一份要釘在教堂的大門上。只有寄給牧師的那份抄本是有用的，因為宮廷的書寫字體很怪異，對哈莫的人來說就像是天書一樣看不懂。但牧師把它翻譯成通俗的語言，在講壇上朗讀給大家聽。這封信簡明扼要（就王家書信而言）；國王顯然下令十分匆促。

「朕奧古斯都·B. A. A. P. 與 M.，國王等等宣布，為了我們國家的安全，為了維護朕的榮譽，朕決定對自稱『富有的克瑞索飛萊斯』的大蟲或龍進行追捕，並對他的輕罪、重罪、失職罪和偽證罪予以嚴懲。謹此命令所有王家騎士，整裝待發，只等埃吉迪烏斯·A·J·阿格裡柯拉先生一到達朕的王宮，立即出發執行這項任務。埃吉迪烏斯既已證明其人值得信賴，能力足以對付巨

人、龍和其他擾亂國王安寧的敵人，朕由此命令他立刻騎馬出發，以最快的速度加入朕的騎士隊伍。」

大家說這是至高無上的榮譽，跟被封為騎士也差不多了。磨坊主很嫉妒。「咱們的老朋友埃吉迪烏斯這下揚名四海了，」他說，「我希望他回來的時候還認得我們。」

「也許他永遠不會。」鐵匠說。

「你夠了你，老馬臉！」農夫怒氣沖沖地說，「榮譽個屁！要是我還回得來，就連磨坊主來陪我，我都很歡迎。不過，想到我有一陣子用不著看見你們倆了，多少讓人好受點。」說完他就走了。

對國王的召喚你就不能像對鄰居那樣大找藉口了；所以，不管母羊有沒有生小羊，不管田地要不要耕作，不管用不用擠牛奶或是打水，他都得騎上他的灰母馬出發。牧師為他送行。

「我希望你隨身帶了結實的繩子？」牧師說。

「幹嘛？」賈爾斯說，「我好拿來上吊用嗎？」

「不是！振作起來，埃吉迪烏斯先生！」牧師說，「在我看來，你有非常可靠的運氣。但是你要帶上一條長繩子，因為你可能需要它，除非我的預測不準確。這就再會了，祝你平安歸來！」

「行吧！等我回來，我會發現我的房子和田地全都荒涼了吧。該死的龍！」賈爾斯說。然後，他把一大捆繩子塞進馬鞍旁的袋子裡，爬上馬背出發了。

他沒有帶上那條狗，因為那傢伙一整個上午都躲得不見蹤影。但是等他走了以後，加姆偷偷溜回家，待在家裡整夜嚎叫，然後被打了一頓，卻還是繼續

嚎叫。

「要命了，嗚要命了！」他嚎道，「我再也見不到親愛的主人了，他是那麼神勇可畏。我真希望能跟他一起去，真的。」

「閉嘴！」農夫的妻子說，「不然你別想活著看到他是不是會回來。」

鐵匠聽到了狗的嚎叫，幸災樂禍地說：「這真是個凶兆啊。」

很多天過去了，沒有任何消息傳來。「沒有消息就是壞消息。」他說，放聲高歌起來。

農夫賈爾斯抵達王宮時，滿身塵泥，疲憊不堪。但騎士們個個身穿擦得鋥亮的鎧甲，頭戴閃閃發光的頭盔，都站在自己的馬旁整裝待發。國王的召令和農夫的加入惹惱了他們，所以他們堅持照著字面上的意思執行命令，賈爾斯一到就出發。可憐的農夫連蘸酒麵包都沒來得及嗑一口，就又上路了。那匹母馬氣壞了。幸好她對國王的看法沒法表達出來，因為非常大逆不道。

那時天色已晚。賈爾斯想：「這會兒已經太晚了，不可能開始獵龍的。」他們也確實沒走太遠。騎士們出發之後就不著急了。他們優閒地騎在馬上，拉長成一條散亂的隊伍，騎士、侍從、僕人和馱著行李的小馬，三三兩兩地前進；農夫賈爾斯騎著疲憊的母馬在後面慢慢跑著。

夜幕降臨時，他們停下來搭起了帳篷。沒人給農夫賈爾斯準備任何補給，結果他不得不到處去借。母馬怒不可遏，發誓再也不效忠奧古斯都·博尼法修斯家族。

次日，他們騎著馬繼續前進，接下來的一天也一樣。到第三天，他們遠遠看見了朦朧又荒涼的山脈。不久，他們走進了並不完全擁護奧古斯都·博尼法修斯為王的地區。於是他們更小心謹慎地前進，更緊密地聚攏在一起。

第四天，他們抵達了荒山和險惡地帶的邊界，據說那裡居住著傳說中的各種生物。突然，有個打頭陣的人在溪邊的沙地上發現了不祥的腳印。他們把農夫叫來。

「這些是什麼，埃吉迪烏斯先生？」他們問。

「龍的腳印。」他答。

「你領路吧！」他們說。

於是，他們就在農夫賈爾斯的帶領下，向西前進，他皮衣上所有的鐵環都叮噹作響。那沒什麼要緊，因為所有的騎士都在說說笑笑，還有個吟遊詩人騎著馬唱著歌跟他們一起前進。他們不時唱起副歌，大夥兒一起唱，歌聲響亮又有力。這很讓人感到鼓舞，因為這是一首好歌——這是在很久以前，在戰爭比比武會更常見的日子裡作的歌曲；但他們這樣喧嘩很不明智。現在，這片土地上的所有生物都知道他們來了，西邊所有洞穴裡的龍都豎起了耳朵。他們再也沒有機會趁老克瑞索飛萊斯打盹的時候抓住他了。

也許是運氣使然（或者是那匹灰母馬自己的傑作），當他們終於來到黑沉沉的山脈陰影下時，農夫賈爾斯的母馬瘸了。他們現在已經開始沿著陡峭多石的山路騎行，吃力地往上爬，同時心裡越來越不安。母馬一點一點地退到後面去，跌跌撞撞，一瘸一拐的，顯得逆來順受，令人十分不忍，最後，農夫賈爾斯不得不下馬步行。很快，他們就發現自己落在馱行李的小馬後面，但是沒有人注意到他們。騎士們正忙著討論優先順序和禮儀問題，注意力都被分散了。否則，他們一定會注意到現在龍的腳印不但明顯，而且數量眾多。

事實上，他們已經來到了克瑞索飛萊斯經常出沒的地方，或者是他每天在空中鍛鍊後棲落之地。低矮的山丘和小路兩邊的斜坡上，遍布著燒焦和遭到踐

踏的痕跡。這裡幾乎沒有草，燒黑的歐石楠和荊豆扭曲的殘枝挺立在大片的灰燼和燒焦的大地上。多年來這裡一直是龍的遊樂場。一堵黑壓壓的山牆若隱若現地橫在他們面前。

農夫賈爾斯很擔心他的母馬；同時他也很高興終於有藉口不用再出頭惹眼了。在這麼陰沉又險惡的地方，騎在這樣一支馬隊前面當領頭人，讓他十分忐忑。又過了一會兒，他更高興了，有理由感謝他的好運（和他的母馬）。大約正午時分——這天是聖燭節[23]，也是他們出發後的第七天——咬尾劍躍出了劍鞘，龍也從洞穴裡出來了。

龍沒有事先警告，也沒有客套，一衝出來就發動了攻擊。他咆哮著朝他們直撲而下。儘管他擁有古老尊貴的血統，但先前他在遠離自己窩巢的地方時，並沒有表現很勇猛大膽。但是，此刻他滿腔怒火，因為他是在自己家門口戰鬥，並且得保衛他所有的財寶。他繞過山肩，勢如萬鈞雷霆，聲如狂風閃電。

關於排名優先權的爭論戛然而止。所有的馬無不東躲西藏，有些騎士摔下了馬背。馱著行李的小馬和僕人們立刻轉身就跑。他們對排名順序毫不在意。

突然間，一股濃煙噴來，他們紛紛感到窒息，就在濃煙中，龍撞上了隊伍的最前端。好幾個騎士甚至還沒來得及發出正式的挑戰就喪命了，另外有些騎士連人帶馬被掃落山坡。至於其餘的人，不管他們願不願意，他們的馬都作主載著主人轉身快逃。絕大多數人也確實只想快跑。

但是那匹老灰馬文風不動。也許她害怕在陡峭的石道上摔斷腿。也許她太累了，跑不動。她從骨子裡知道，長了翅膀的龍追在你身後比擋在你面前更糟糕，你得跑得比賽馬更快才行。此外，她之前見過這位克瑞索飛萊斯，記得在自己的家鄉追著他跑過田野和小溪，直追到他在村裡的街道上乖乖趴下為止。

不管怎麼說，她撐開四腿站直了，還打了個響鼻哼了一聲。農夫賈爾斯的臉色白得不能更白，但他站定在她身邊，因為似乎也做不了別的了。

於是，順著隊伍一路衝下來的龍冷不防見到了手裡還握著咬尾劍的宿敵。這他可萬萬沒料到。他像隻大蝙蝠一樣急轉向一旁，撲倒在靠近路邊的山坡上。那匹灰母馬走了過來，完全忘了要裝作跛腳。備受鼓舞的農夫賈爾斯則已經急忙攀上了馬背。

「打擾一下啊，」他說，「你該不是碰巧在找我吧？」

「不，絕對不是！」克瑞索飛萊斯說，「誰想得到會在這裡碰到你呢？我只是在附近隨便飛飛而已。」

「那我們真是巧遇啊，」賈爾斯說，「這是我的榮幸，因為我一直在找**你**。還有啊，我要跟你抱怨一件事，其實是好幾件事。」

龍打了個響鼻。農夫賈爾斯揮動手臂想驅開熱風，咬尾劍卻順勢一閃向前劈去，差點砍上了龍的鼻子。

「喂！」龍喊，趕緊停止噴氣。他開始發抖後退，全身的火都熄了。「我希望您不是來殺我的吧，好先生？」他哀叫道。

「不！不！」農夫說，「我根本沒提殺啊。」那匹灰母馬吸了吸氣。

「那麼，我能不能問一下，你跟那些騎士在一起幹嘛？」克瑞索飛萊斯說，「騎士專幹屠龍的事，要是我們不先宰了他們的話。」

「我跟他們沒有任何關係。他們對我來說啥也不是。」賈爾斯說，「反

---

23. 二月二日。——譯者注

正，他們現在死的死，逃的逃。話說，你上次在主顯節說的話還算不算數？」

「怎麼了？」龍焦急地說。

「你遲了近一個月都沒回去，」賈爾斯說，「該交的錢還沒到帳呢。我是來討債的。你給我添了這麼多麻煩，得請我原諒。」

「我確實要請你原諒！」龍說，「我真希望你沒費這麼大麻煩來一趟。」

「這次要把你的寶藏一點不剩全拿走，而且別跟我要花樣。」賈爾斯說，「否則保證你沒命，我會剝了你的皮掛在我們教堂的尖頂上，當作警告。」

「這太殘酷了！」龍說。

「交易就是交易。」賈爾斯說。

「既然要我付現，那我能不能留一兩枚戒指和一點點金子？」他說。

「一個銅釦子都別想留！」賈爾斯說。就這樣，他們繼續討價還價了半天，像在集市上的人一樣斤斤計較爭個不休。然而，結果正如你所預料的，就算你有三寸不爛之舌，在講價這件事上很少有人比農夫賈爾斯更能堅持不讓。

龍不得不一路走回洞穴去，因為賈爾斯緊握著咬尾劍跟在他身邊。盤山而上只有一條狹窄的小徑，幾乎容不下他們兩個並行。

母馬緊跟在後面，一臉若有所思的模樣。

這段路只不過五英里，但是非常陡峭難行；賈爾斯走得非常吃力，氣喘吁吁，不過雙眼一直緊盯著那條大蟲。最後，他們走到了山的西側，來到了洞口前。那洞又大又黑，令人望而生畏，黃銅大門在巨大的鐵柱上擺動。顯然，在早已被遺忘的年代裡，這裡曾是一個金碧輝煌的地方；因為龍造不出這樣的工事，也挖不出這樣的礦洞，而是在有機可乘時，住進古代英雄和巨人的墳墓和寶庫裡。這座深山寶庫的大門是敞開的，他們在門投下的陰影裡停下腳步。到

目前為止，克瑞索飛萊斯還沒有逃脫的機會，不過他現在來到了自家的大門口，他往前一躍，準備鑽進去。

農夫賈爾斯用劍身猛拍了他一下。「停！」他說，「在你進去之前，我有話對你說。你要是不馬上拿些值錢的東西出來，我就進去找你，並從你的尾巴開始剁起。」

母馬抽了抽鼻子。她無法想像農夫賈爾斯真能為了任何錢財獨闖龍穴。但是克瑞索飛萊斯挺願意相信的，因為咬尾劍顯得那麼雪亮銳利。也許他是對的，儘管那匹母馬很聰明，但她還不明白主人身上發生的改變。農夫賈爾斯有好運做靠山，在兩次遇龍之後，他開始幻想沒有一條龍能對抗他了。

不管怎樣，克瑞索飛萊斯馬上就出來了，捧著20（金衡）磅的金銀，還有一箱子戒指、項鍊和別的漂亮寶物。

「給你！」他說。

「給我啥？」賈爾斯說，「你要是指這些，這些連你當初答應的一半都不到。我敢說，這更不到你所擁有的一半。」

「當然不到！」龍說，他發現農夫似乎變得比那天在村裡更聰明了，這讓他頗為不安。「當然不到！但我沒辦法一下子全捧出來啊。」

「我敢打賭，兩次也捧不完。」賈爾斯說，「你再進去，而且出來的速度再快一倍，不然我就讓你嘗嘗咬尾劍的厲害！」

「千萬別啊！」龍說，立刻以兩倍的速度跳進去又奔出來。「給你！」他說，放下好大一袋黃金和兩箱鑽石。

「再搬一次！」農夫說，「再加把勁搬！」

「太難了，太殘酷了。」龍一邊說，一邊又進去了。

但是，灰母馬這時候開始為自己擔心了。「我說，誰要負責把這麼重的一大堆東西搬回家啊？」她一邊想，一邊憂心忡忡地久久盯著那些袋子和箱子，農夫猜到了她的心思。

「姑娘，別擔心！」他說，「我們會讓那條老大蟲來搬。」

「發發慈悲吧！」龍第三次從洞穴裡出來時無意中聽到了這句話，他這次扛著的寶物最多，還有一堆華麗的珠寶，像翠綠和鮮紅的火焰。「發發慈悲吧！這所有的東西如果都要我扛，我怕是就要累死，而再多一袋我就扛不動了，殺了我也扛不動。」

「就是說，裡面還有更多寶物是嗎？」農夫說。

「是的，」龍說，「足夠讓我保持體面。」他說的竟然接近事實，這著實是個少見的奇蹟，而且事實證明他這麼說很明智。「如果你肯把剩下的留給我，」他非常狡猾地說，「我將永遠做你的朋友。我會把這些財寶送到閣下您自己的家，而不是國王那裡。而且，我還會幫您保住它。」

農夫聽了，左手掏出一根牙籤，苦思了一分鐘。然後他說：「一言為定！」他表現出的判斷力值得稱道。換了一名騎士的話，就會為整個寶藏挺身而出，並給寶藏落下詛咒。同樣的，如果賈爾斯把大蟲逼入絕境，他最終可能背水一戰，不管對方手裡有沒有咬尾劍。如此一來，賈爾斯就算自己不送命，也會被迫殺掉他的運輸工具，把他大部分收穫留在山裡。

總之，事情就這麼了結了。農夫把身上的口袋都塞滿珠寶，以防萬一；他還拿了一小批財寶讓灰母馬馱著。剩下的東西他都裝在箱子和袋子裡，綁在克瑞索飛萊斯的背上，直到他看起來像個王家搬運車一樣。他不可能飛，因為他馱的東西太多了，何況賈爾斯還把他的翅膀綁上了。

「這根繩子可算是派上大用場了！」他想，滿懷感激地想起了牧師。

於是，龍小跑著出發，噴著氣冒著煙，母馬緊隨在後，農夫握著閃閃發亮、充滿威脅的考迪莫達克斯。龍一點也不敢耍花招。

儘管馱著沉重的負擔，母馬和龍回去的速度還是比騎士隊伍來的速度快。因為農夫賈爾斯很著急，尤其考慮到他袋子裡就沒剩多少食物，另一方面，他不信任發下重誓還能違背的克瑞索飛萊斯，還有，他想不透要怎樣才能既不送命又不遭受重大損失地安度這一夜。不過，在夜幕降臨之前，他又碰上了好運，因為他們追上了六七個匆忙逃離的僕人外加小馬，他們因為驚恐四散奔逃，這會兒正在荒山中迷路，但賈爾斯喊住了他們。

「嘿，夥計們！」他說，「回來！我有份差事要給你們，辦好了保證報酬豐厚。」

他們很高興能有嚮導，於是就去為他效勞了。他們想，現在他們的報酬可能真的會比往常來得更高。於是他們繼續前進，一共有七個人，六匹小馬，一匹母馬和一條龍。賈爾斯開始覺得自己像個貴族老爺，不禁挺起了胸膛。他們盡量減少停歇的次數。到了晚上，農夫賈爾斯用繩子把龍的四條腿分別拴在四個尖樁上，派了二個人輪流看守他。但灰母馬一直半睜著一隻眼睛注意著，以防那幾個人為了自己的利益耍什麼花招。

三天後，他們越過邊界回到了自己的國家；他們的到來引起了從東海岸到西海岸前所未有的驚奇和騷動。在他們駐足的第一個村莊，不但免費向他們提供大量吃喝，村裡一半的年輕人還想加入他們的隊伍。賈爾斯挑了十二個有出息的小伙子，答應給他們優厚的報酬，並給他們買了他能買到的最好的馬匹。他開始有了打算。

休息了一天以後，他又騎馬上路了，新的護衛緊隨其後。他們唱著歌頌他的歌：粗獷又即興，但聽在他耳裡十分悅耳。有些人歡呼，有些人大笑。這是一幅既歡樂又美妙的景象。

　　不久，農夫賈爾斯向南拐了個彎，朝自己的家園走去，根本沒走近國王的宮廷，也沒給宮廷送任何口信。但是埃吉迪烏斯先生歸來的消息像星火燎原一般從西方傳開了；這讓人大為吃驚，同時不知所措。因為就在他現身之前，剛送到一份王家公告，要求所有的城鎮和村莊為那些在山中隘口壯烈犧牲的勇敢騎士們哀悼。

　　結果，賈爾斯所到之處，哀悼都被拋到腦後，鐘聲大作，人們聚集在路邊，高聲歡呼，並揮舞著帽子和圍巾。但他們對那條可憐的龍發出噓聲，到後來他開始為自己做的交易後悔不已。對一個擁有古老尊貴血統的生物來說，這實在是奇恥大辱。當他們回到哈莫時，所有的狗都輕蔑地朝他狂吠。只有加姆沒吠，因為他的眼睛、耳朵和鼻子全都忙著注意他的主人了。不瞞你說，他簡直瘋了，沿街一路翻著筋斗。

　　哈莫當然熱烈歡迎了賈爾斯，但最讓他開心的，莫過於看見磨坊主不知所措，以及鐵匠狼狽萬分。

　　「這事還沒完，記住我說的！」鐵匠說，但他想不出比這更觸霉頭的話了，所以只能喪氣地低下頭。農夫賈爾斯帶著六個僕人和十二個有出息的小夥子，還有龍和所有的寶物，上了山坡，在家安靜地待了一陣子。只有牧師被邀請到他家小坐。

　　消息很快傳到了首都，大家忘了現在是國殤時期，也忘了自己的生意，全都聚集在街道上。現場人聲鼎沸，喧囂不已。

國王在他巨大的宮殿裡，咬著指甲，扯著鬍子，在悲痛和憤怒（還有對財政的焦慮）的夾擊下，他的情緒十分陰沉，以至於沒有人敢和他說話。但城中的喧嘩終究傳到他耳中，那聽起來既不像哀悼，也不像哭泣。

「這是在吵什麼？」他質問，「告訴百姓們進屋去，體面地哀悼！這聽起來簡直像在趕鵝集。」[24]

「陛下，龍回來了。」臣子們回答說。

「什麼！」國王說，「快召喚朕的騎士，不管還剩多少都召來！」

「沒有必要，陛下。」臣子們回答，「有埃吉迪烏斯先生跟在後面，那龍馴良乖順得很。或者說，我們是這麼聽說的。消息才剛傳來，而且眾說紛紜，互相矛盾。」

「上天保佑啊！」國王說，看起來大鬆了一口氣。

「想想看，朕還下令後天為那個傢伙唱悼歌呢！把這事取消！朕的財寶有消息嗎？」

臣子們回答：「陛下，據報財寶貨真價實地堆積如山。」

「什麼時候會送到？」國王急切地說，「這位埃吉迪烏斯真是好樣的，他一來就立刻送他來見朕！」

這話讓大家有些遲疑，無法啟齒。最終，有人鼓起勇氣說：「陛下明鑒，我們聽說那位農夫直接打道回府了。不過，毫無疑問，時機一到他就會打扮妥當，趕到這裡來。」

「毫無疑問。」國王說，「但是，去他的打扮！他沒有理由不來報告就回

---

24. 一個一年一度的英國傳統集市。——譯者注

家去。朕對此大大不悅！」


　　時機出現了，然後又過去了，同樣許多將來的時機也是如此。事實上，農夫賈爾斯已經回來整整一個星期，甚至更久了，可是他依舊沒給宮廷裡送去任何消息。

　　到了第十天，國王的怒火爆發了。「派人去把那傢伙找來！」他說。他們就派人去了。從王宮到哈莫，來回都要辛苦騎一天的路。

　　兩天後，信使回來顫抖著報告：「陛下，他不肯來！」

　　「天打雷劈！」國王怒道，「命令他在下週二到，否則判他終身監禁在大牢裡！」

　　到了週二，倒楣到家的信使獨自回來報告：「陛下明鑒，他還是不肯來。」

　　「十倍的天打雷劈！」國王罵道，「把這個笨蛋打入大牢！現在就去，派幾個人把那個小氣鬼用鐵鍊捆了給朕捉拿回來！」他對站在一旁的大臣們咆哮。

　　「派多少人？」他們結結巴巴地問，「他那裡有一條龍，還有……還有咬尾劍，以及……」

　　「以及掃帚棍和提琴弓！」[25]國王罵道。接著他命人牽來他的白馬，召集他的騎士（剩下的幾位），並帶上一隊武裝士兵，怒氣沖沖地出發了。所有的人都驚訝地跑出家門來觀看。

　　但是農夫賈爾斯現在已經不僅僅是個鄉下英雄了：他現在是國家的寵兒。人民在騎士和武裝士兵經過時並未歡呼，不過他們仍然向國王脫帽致敬。

國王離哈莫越近，臉色就變得越難看；有些村子的村民直接關上門，連臉都不露。

　　於是，國王從滔天暴怒變成了暗自惱火。當他終於到了河邊，對岸就是哈莫與那位農夫的家園時，他一臉陰沉。他內心真想一把火燒掉這個地方。但是農夫賈爾斯騎著灰母馬立在橋上，手裡握著咬尾劍。除了躺在路當中的加姆，看不見任何其他的人。

　　「早安，陛下！」賈爾斯開心得像明亮的白晝，沒等國王開口便說。

　　國王冷冷地看著他。「你的言行舉止不配出現在朕面前。」他說，「但這不能成為你被召進宮時不來的藉口。」

　　「事實上，陛下，我沒想過這事。」賈爾斯說，「我有自己的一堆事要忙，而且我已經為了辦你的差事浪費掉太多的時間了。」

　　「十倍的天打雷劈！」國王又暴怒吼道，「你如此傲慢無禮，該下地獄！從現在起，你不會得到任何獎賞；你要是能逃過絞刑，算你運氣。除非你現在就請求朕原諒，把劍還給朕，否則朕就絞死你。」

　　「咦？」賈爾斯說，「我想，我已經拿到我的獎賞了。我們這裡有句俗話：誰發現，誰保管；誰保管，就歸誰。我想啊，咬尾劍和我在一起比和你的人在一起更好。不過，請問這些騎士和士兵是來幹嘛的？」他問，「如果你是來拜訪我，那麼少帶點人才會受到歡迎。如果你是想抓走我，那你需要帶更多人來才行。」

---

25. fiddlestick，比喻無用的瑣事。——譯者注

國王被噎得說不出話來，騎士們滿臉通紅，全低頭看著自己的鼻尖。有些士兵因為國王背對著他們，忍不住咧嘴笑了。「把我的劍還給我！」國王好不容易發出聲音吼道，但忘記了用「朕」來代替「我」。

　　「把你的王冠給朕！」賈爾斯說。這話令人震驚，中央王國自開國以來，還沒有人敢說這樣的話。

　　「天打雷劈！把他抓住捆起來！」國王當然怒不可遏地吼道，「你們還在等什麼？還不趕緊抓住他，殺了他！」

　　士兵們策馬上前。

　　「要命了！要命了！要命了！」加姆喊道。

　　就在那時，龍現身橋上。他一直躺在河中，藏在對岸下方。現在他噴出可怕的蒸氣，因為他喝了許多加侖的水。橋上登時濃霧瀰漫，霧中只能看見龍血紅的雙眼。

　　「滾回家去，你們這些笨蛋！」他吼道，「不然我就把你們撕成碎片。山隘上還躺著一些騎士冰冷的屍體呢，很快河裡會躺更多。所有國王的馬和所有國王的人！」[26] 他咆哮著。

　　接著他縱身向前，一爪抓向國王的白馬，白馬奔竄逃開，速度快得恰似國王的口頭禪「十倍的天打雷劈」。其他的馬也緊跟著撒腿就跑：有些先前就見過這條龍，還記憶猶新。全副武裝的士兵們使出吃奶的力氣四散飛奔，不過避開了往哈莫的方向。

　　那匹白馬只被抓傷，沒跑多遠就又被國王帶了回來。不管怎麼說，他是馬的主人，而且也不能讓人說他害怕這世界上任何一個人或一條龍。當他返回原

地時，霧已經散了，不過所有的騎士和人馬也都散了。現在，局面完全不同了，國王只剩孤身一人，卻要和手持咬尾劍還帶著一條龍的粗壯農夫談判。

　　但是空談無用。農夫賈爾斯很固執。他不會讓步，也不肯動手，雖然國王當場挑戰他，要單打獨鬥。

　　「不，陛下！」他笑著說，「回家去冷靜冷靜吧！我不想傷害你；但你最好趕緊離開，否則我可不為這條大蟲的行動負責。日安！」

　　這就是哈莫橋一役的結局。國王沒有得到哪怕一分錢的財寶，農夫賈爾斯也沒有說任何一句道歉的話，他開始自我感覺無比良好。更有甚者，從那一天起，中央王國在本地的管轄權就告一段落。方圓數英里內，人們都把賈爾斯當作他們的領主。國王不管用哪種頭銜，都使喚不動哪怕一個人去對抗叛亂的埃吉迪烏斯，因為他已經成了國家的寵兒，歌謠的主角；要壓制所有頌讚他英勇事蹟的歌謠，根本做不到。其中最受歡迎的一曲，是用一百句仿英雄雙行體所描述的哈莫橋之會。

　　克瑞索飛萊斯在哈莫逗留了很長時間，這對賈爾斯大有裨益，因為養著馴服的龍的人，自然會受到尊敬。在牧師的允許下，龍住在儲納什一稅物的穀倉裡，被十二個有出息的小夥子看守。就這樣，賈爾斯的第一個頭銜出現了：Dominus de Domito Serpente，用俗話來說，就是馴龍勳爵，簡稱「馴爵」。因此，他廣受尊敬；但他仍然象徵性地向國王納貢：六條牛尾和一品脫苦酒，在聖馬提亞日[27]，也就是橋上之會那天送出。不過，不久之後，他的頭銜從勳爵

---

26. 這句的原文是 all the King's horses and all the King's men，引自英國童謠《蛋頭先生》（Humpty Dumpty）。——譯者注
27. 二月二十四日。——譯者注

晉升為伯爵,而「馴伯」的綬帶可真是長呢。

幾年後,他成了尤利烏斯·埃吉迪烏斯親王,不再納貢了。賈爾斯既然非常富有,自然為自己建造了一座富麗堂皇的廳堂,並召集了一大批強壯的武裝士兵。他們聰明又快樂,因為他們用的是錢能買到的最好的裝備。

那十二個有出息的小夥子都成了隊長。加姆有了金項圈,並在有生之年都可以隨心所欲地遊蕩。他是一條驕傲又快樂的狗,令同伴們都受不了;因為他有個神勇可畏的主人,他期待所有狗都會尊敬他。那匹灰母馬得享天年,並且從未透露她對這一切的想法。

最後,理所當然,賈爾斯成了小王國的國王。他在哈莫以埃吉迪烏斯·德拉康納瑞烏斯[28]的名號加冕;但大家還是更習慣稱他為馴龍的老賈爾斯。因為在他的宮廷裡流行的是村言俚語,他講話時從來不用拉丁文。他的妻子成了體型壯碩又威嚴的王后,並對家庭用度嚴加管束。繞過愛葛莎王后辦事可不容易——起碼得繞很遠的路才行。

如此這般,賈爾斯終於成了受人尊敬的長者,留著一把垂到膝蓋的白鬍子,有個非常受人尊敬的宮廷(在這個宮廷裡美德經常受到獎賞),還有一個全新的騎士團。他們被稱為「龍衛」,旗幟以龍為記:十二個有出息的小夥子當上了長官。

我們必須承認,賈爾斯的崛起絕大部分歸於運氣,雖然他在過程中也展現出了一定的機智。好運和機智伴隨了他的一生,並讓他的朋友和鄰居都沾了大光。他給了牧師非常豐厚的報酬,就連鐵匠和磨坊主也分得一份。因為賈爾斯負擔得起慷慨大方。但在他成為國王之後,他頒布了一道嚴格的法律,禁止不祥的預言,並規定磨坊為王室壟斷行業。鐵匠轉行做了殯儀業,磨坊主卻成了

奉承王室的僕人。牧師當上了主教，並將他的座堂設在哈莫的教堂，哈莫的面積也已經擴大了不少。

　　如今，那些仍然生活在小王國中的居民，會注意到在上述這段歷史中，一些城鎮和村莊的名稱跟我們今天所說的有所不同。因為對此類事物深有研究的學者告訴我們，作為新王國首府的哈莫，由於在哈莫之主（Lord of Ham）和泰姆之主（Lord of Tame，亦即馴爵）之間的自然混淆，導致眾所周知的後一個名稱保留到了今天；畢竟Thame裡多出個h是沒有正當理由的愚蠢之舉。[29]為了紀念令他們名利雙收的龍，德拉康納瑞烏斯家族在賈爾斯和克瑞索飛萊斯初次相遇的地方，也就是泰姆西北四英里處，建造了一座宏偉的廳堂。這地方在整個王國裡被稱為奧拉·德拉康納瑞亞，或者通俗地稱為「龍廳」（Worminghall），是以國王的名字和他的旗幟命名的。

　　從那時起，大地的面貌發生了不少變化，王國改朝換代，森林覆沒，河川改道，唯有山丘還在，但它們也被風雨侵蝕了。但那地的名稱仍然流傳，儘管現在大家叫它烏勒（至少他們是這麼告訴我的）；因為村莊昔日的光采已經褪盡了。但在這個故事所講的年代裡，它是「龍廳」，是王室居所，龍的旗幟在樹頂上飄揚；在咬尾劍尚存於世時，那裡一切都很美好又快樂。

---

28. Draconarius本義為「與龍有關的人」，歷史上指羅馬軍隊裡的龍旗手，這裡解作「馴龍者」。——譯者注

29. Thame是得名自泰晤士河的小鎮，名稱中的h不發音。本故事為它杜撰了另一個名稱來歷。——譯者注

# 後記

克瑞索飛萊斯經常懇求放他自由；事實上，要養活他的成本很高昂，因為他還在一直長大——龍就像樹一樣，只要還活著，就會一直長個不停。因此，幾年以後，當賈爾斯覺得自己地位穩固之後，他就讓這條可憐的大蟲回家了。他們以各種方式互道珍重，並簽署了互不侵犯的協定。在龍的壞心腸裡，他對賈爾斯所懷的好感勝過對任何人。要知道，有咬尾劍的存在，他本來會輕易送命，失去所有財寶。事實上，他的老巢裡確實還有一大堆寶藏（正如賈爾斯所懷疑的）。

他緩慢而吃力地飛回山上，因為翅膀太長時間沒用，變得笨拙僵硬，並且他的體型和鱗甲都大大增加了。一回到家，他立刻趕走了一條小龍，那條小龍趁克瑞索飛萊斯不在的時候，膽大妄為地定居在這洞穴裡。據說，二龍大戰的響聲傳遍整個維奈多提阿。[30] 等他把落敗的對手吞下肚後，他感到了極大的滿足，心情也好多了，恥辱留下的傷疤也撫平了，於是他沉睡了很長一段時間。不過，最後，他突然驚醒，起身去找那個最高又最笨的巨人，那個在很久以前的一個夏夜裡挑起了所有麻煩的始作俑者。他狠狠地罵了巨人一頓，那可憐的傢伙沮喪不已。

「原來是喇叭槍嗎？」他撓著頭說，「我還以為是馬蠅呢！」

Finis

或用俗話說

完結

---

30. Venedotia，格溫內斯王國的拉丁語名稱。這是中世紀威爾士西北部的一個王國。——譯者注

# 湯姆・邦巴迪爾歷險記

## The Adventures of Tom Bombadil

# 前言

　　《紅皮書》裡有大量詩歌。其中一些出現在「魔戒之主的敗亡」的記述中，或者在附錄的故事與編年史中，還有更多散見於未編輯的紙頁，有些則是隨手寫在頁緣與空白處。最後這一類大多是胡言亂語，如今即使字跡可以辨認，通常也是無法理解的，不然就是記憶不清的片段。編號第四、十二及十三首，就是從這些邊角料整理出來的；不過更能代表其共同性質的則是一段信筆塗抹，寫在比爾博記錄「當冬寒開始侵膚欺骨」的那一頁上：

> 風向雞被大風吹得團團轉
> 沒法再把尾巴翹得老高；
> 鶇鳥被嚴霜一口口凍咬
> 連一隻蝸牛都抓不起了。
> 「我全身都凍硬啦！」鶇鳥哭喊，
> 「羽毛全不管用，」風向雞這麼答；
> 於是他倆開始高聲哀號。

　　本選集取自較早的作品，主要是關於第三紀元末夏爾的傳說與笑話，顯然都是霍比特人的作品，尤其出自比爾博與他的友人們，不然就是他們的直系後人；不過這些作者很少署名。敘事以外的這類東西出自許多人之手，而且很可能是從口耳相傳記錄下來的。

據《紅皮書》說，這裡的編號第五首是比爾博所作，第七首是山姆・甘姆吉所作。第八首標示了「SG」，歸為山姆所作應該可以接受。第十一首也標示了「SG」，不過山姆最多只是潤色了一下霍比特人似乎很喜愛的一個古老的動物寓言（bestiary）傳說。至於第十首，在《魔戒》裡山姆說過，這是夏爾的傳統歌謠。

第三首則代表了另外一種似乎能逗霍比特人開心的類型：一段詩歌或者故事，在結尾處又回到了開頭，因此可以一直念到聽眾不想再聽為止。《紅皮書》裡有幾個例子，但其他的都很簡單粗糙。第三首是最長的，也最精緻。這首顯然是比爾博所作，因為它明顯與比爾博在埃爾隆德之家朗誦的長詩有關，而那首長詩是比爾博自己的作品。那首長詩的原版是一首「無意義的詩歌」，但是這個幽谷版本將其轉型，運用在高等精靈與努門諾爾的埃雅仁迪爾傳說上，雖然稍嫌不協調。這很可能是因為比爾博發明了它的格律，並引以為豪。這些格律並沒有出現在《紅皮書》的其他詩歌中。此處收錄的是較早的形式，必定是早期比爾博歷險歸來之後所做。雖然從中可以看到精靈傳統的影響，但並沒有認真對待，使用的名字（德爾裡林、塞爾拉米依、貝爾瑪瑞依、艾瑞依）也只是模仿精靈風格發明的，實際上根本不是精靈語。

在其餘詩歌中，都可看出第三紀元末那些事件的影響，以及夏爾接觸幽谷與剛鐸之後擴展眼界帶來的影響。第六首在此處雖然與比爾博的月仙一詩放在一起，但是與最後的第十六首一樣，必定都源自剛鐸。這兩首顯然以人類的傳說為基礎，這些人類居住在海岸地區，熟悉流入海洋的河流。第六首明確提到了貝爾法拉斯（貝爾〔Bel〕的多風海灣），以及多阿姆洛斯的提力斯艾阿爾

（Tirith Aear），即向海之塔。第十六首提到南方王國裡流入大海的七條河流[1]，並使用了高等精靈語形式的剛鐸人名費瑞爾，意為「凡人之女」。[2]在長灘與多阿姆洛斯，有許多傳說是關於古代精靈的住地以及墨松德河口的海港，「向西的船」早在第二紀元末埃瑞吉安陷落時就已開始從那處海港離去。因此，這兩首詩歌只是對南方王國故事的再創作，不過比爾博可能是經由幽谷得知這些故事的。第十四首也是依託於幽谷的精靈及努門諾爾傳說，涉及第一紀元末的英雄歲月，似乎也有關於圖林與矮人密姆的努門諾爾故事的影子。

　　第一及第二首顯然來自雄鹿地。對於這片地區以及林木繁茂的柳條河谷即溪穀（Dingle）[3]，這兩首詩流露出的認知很可能是澤地以西的霍比特人並不具備的。這兩首詩也顯示出，雄鹿地的住民知道邦巴迪爾[4]，不過無疑的是，他們對他的力量所知甚少，就像夏爾居民也不了解甘道夫的力量；邦巴迪爾與甘道夫都被視為仁慈之人，也許神祕莫測，但卻充滿喜劇色彩。第一首年代較早，是以霍比特人的各種邦巴迪爾傳說拼湊而成。第二首也採用了類似的傳統，不過邦巴迪爾在這裡對朋友們的譏諷是開玩笑的，而朋友們的反應則是感到有趣（帶點畏懼）；這首的完成年代很可能要晚得多，是在弗羅多與同伴們造訪邦巴迪爾之家以後。

　　這裡收錄的霍比特人詩歌通常有兩個特點：喜歡用奇特的詞彙，而且喜歡押韻與格律的把戲——單純的霍比特人顯然把這些特點視為優點或者魅力，但無疑只是在模仿精靈的慣常作法。至少從表面上看，這些詩歌還是輕鬆或輕佻的，但有時人們會不安地懷疑其中含意遠不止於此。明顯源自霍比特人的第十五首則是例外。它是年代最晚的作品，屬於第四紀元，但它被收錄在這裡，因為有人在詩前潦草地寫下了「Frodos Dreme」[5]。這一點很值得注意，雖然這

首詩不大可能出自弗羅多之手，但從標題可以看出，這首詩與弗羅多在最後三年的三月與十月所做的黑暗絕望的夢有關。但其中肯定還有其他傳說，涉及染上「漫遊狂熱」的霍比特人，這些人後來即使回來了，也變得古怪且難以溝通。在霍比特人的想像中，大海始終隱隱存在；但是在第三紀元末，夏爾的普遍情緒則是對大海的恐懼，以及對於所有精靈傳說的不信任，而且這種情緒並沒有因為第三紀元末發生的事件與變化而完全消散。

## 1  湯姆・邦巴迪爾歷險記

老湯姆・邦巴迪爾，樂天老夥計；

他身穿外套天藍色，腳蹬黃皮靴，

套褲全皮製，繫著綠腰帶；

頭頂高帽子，插著天鵝羽。

---

1. 原注：萊芙努伊河、墨松德河－奇利爾河－凜格羅河、吉爾萊恩河－色爾尼河、安都因河。

2. 原注：一位剛鐸公主以此為名，阿拉貢南方王國一系的血統正是源自於她。山姆之女艾拉諾也有一個女兒叫這個名字，但如果她的名字與這首詩有關，一定是直接取自這首詩；它不可能源自西界。

3. 原注：柵牆（Grindwall）是柳條河北岸的一個小碼頭；它在高籬之外，所以受到一道延伸至水中的「grind」或柵欄的嚴密監視和保護。荊丘村（Breredon，意為 Briar Hill，「荊棘丘」）是一個小村，位於這個碼頭後面的高地上，高籬盡頭與白蘭地河之間的狹長河岬中。在夏爾溪（Shirebourn）的出水口──溪口（Mithe），有一處浮橋碼頭，那裡有條小徑通往深岸村，然後一直延伸到穿越燈芯草島及斯托克的堤道。

4. 原注：事實上，他的這個名字很可能就是他們起的（是雄鹿地的形式），除此之外，他還有許多更古老的名字。

5. 譯注：「弗羅多的夢」。

他住在上頭那座小山下，在那邊
草地泉眼湧出柳條河，流進溪谷裡。

夏日裡，原野上老湯姆四處逛
這裡追著影子跑、那裡摘點毛茛花，
逗弄花叢裡大黃蜂嗡嗡忙，
更有溪邊閒坐，消磨無數時光。

湯姆一把長鬍鬚，不覺垂進水中央，
河婆的女兒名金莓，浮上來
扯住鬍子往下拽。湯姆噗通一聲
咕嘟咕嘟喝著水，沉到睡蓮下。

「嘿，湯姆‧邦巴迪爾！你要上哪兒去？」
美麗的金莓說：「你滿嘴吐泡泡，
嚇壞了棕河鼠、小鰭魚，
驚擾了小鸊鷉，還淹了你的羽毛帽！」

「可愛的姑娘，請你幫我拿回來！」
湯姆說：「我倒不在乎泡點水。
河流的女兒，然後你快回家！
在柳樹根下，蔭涼深水裡睡一覺。」

年輕的金莓往下游，回到母親家裡
在最深的水底。但湯姆沒跟隨；
他坐在虯曲的柳樹根上，好太陽底下，
曬著黃皮靴，還有羽毛濕答答。

頭頂上，甦醒的老柳樹開始唱，
晃悠的枝椏下，湯姆入了夢鄉；
突然樹枝喀噠響，一把抓個正著，
湯姆‧邦巴迪爾，還有外套帽子和羽毛。

「哈，湯姆‧邦巴迪爾，你打什麼主意？
往我裡面偷看，看我坐在自家木屋裡
大口喝河水，又拿羽毛搔我癢癢，
澆我一臉水，就像陰雨天滴滴答答？」

「柳樹老頭！快放我出去！
你的樹根不比枕頭，又彎又硬，
硌得我渾身疼。你喝你的河水！
然後學學河流的女兒，回家睡覺去！」

聽他這麼說，老柳樹放開他；

鎖上自家木屋大門，坐在樹裡
自言自語，咕咕噥噥吱吱嘎嘎。
湯姆出了柳樹窩，來到柳條河。
好一會兒他坐在樹蔭底下
聽枝頭鳥兒啁啾鳴唱。
蝴蝶繞頭翩翩飛舞，
直到灰雲四合，夕陽西下。

湯姆起身往回趕。大雨劈啪，
流淌的河水上圈圈漣漪濺響。
一陣風過，落葉雨滴披披紛紛；
湯姆蹦蹦跳跳，竄進地洞把身藏。

老獾布洛克[6]探出腦袋一片雪白
黑色的眼睛亮閃閃。就在山底
他和一大家子挖土安居。他們
攥住湯姆的藍外套，
把他拉進地底，拽著他往下
一路鑽進地道裡。

他們在隱蔽的家裡坐下，低聲盤問：
「嚇！湯姆‧邦巴迪爾！你從哪裡

發著抖闖進我家大門？大獾一家逮住你。
我們進來的這條路，你永遠也出不去！」

「老獾布洛克，你給我聽好，
現在馬上讓我出去！我這就得走。
給我帶路去你家後門，在野玫瑰叢下；
洗洗你髒兮兮的爪子，擦擦鼻頭的泥！
然後學學美麗金莓和柳樹老頭，
抱著你的乾草枕頭，回家睡覺去！」

野獾一家說：「真是對不起！」
他們給湯姆帶路，走到玫瑰叢下，
然後回家躲起來，瑟瑟發抖，
把每一道門都堵上，一起把土挖。

大雨已停。天空放晴，夏日薄暮已降臨
老湯姆‧邦巴迪爾回家路上笑哈哈，
他打開門鎖，推開窗板，
廚房裡飛蛾繞著油燈飛；
湯姆望見窗外，甦醒的星星眨巴眼，

---

6. Badger-brock是疊名，布洛克（brock）在古英語中就是「獾」的意思。──譯者注

纖細新月已經早早向西。

小山下黑夜已至。湯姆點起蠟燭；
嘎吱嘎吱走上樓，打開房門。
「哈哈哈，湯姆‧邦巴迪爾，看看黑夜給你送了啥！
我一直躲在門後。現在可把你抓！
你不記得了吧，山頂那圈
石陣底下
屍妖住在古老墓塚裡！
他又逃出來啦，要把你拖進地底下。
他要把你變得蒼白冰冷，湯姆‧邦巴迪爾倒楣啦！」

「滾出去！關上門，永遠別再來！
帶上你閃爍的眼睛，空洞的笑聲！
滾回草地下的墓穴，把你的骷髏
枕在石頭上，學學柳樹老頭，
學學年輕的金莓、地洞裡的野獾！
回去抱著陪葬的黃金、早已遺忘的怨仇！」

屍妖跳出窗戶，跟跟蹌蹌，
像個幽影穿過院落，翻過圍牆，
哀號著跑上山頂，頹圮的石陣，

鑽回冷清的古塚，一身骨頭喀喀響。

老湯姆‧邦巴迪爾高枕安眠，
睡得比金莓更甜，比老柳樹更酣，
比野獾一家舒服，比屍妖溫暖；
睡得像陀螺四平八穩，鼾聲似風箱。

他在晨曦中醒來，吹著八哥的口哨，
唱著：「來吧，嗒哩咚，歡樂咚，我心愛的你！」
拍打風塵僕僕的帽子、羽毛、皮靴與
外套，
敞開窗子，迎接燦爛的陽光普照。

睿智的老邦巴迪爾，謹慎的老夥計；
他身穿外套天藍色，腳蹬黃皮靴，
山頂還是溪谷裡，誰都沒法抓住他，
林中小徑、柳條河畔，他隨意徜徉，
有時乘著小舟，在蓮花叢間遊蕩。
有一天，他捉住了河流的女兒，
她身穿綠衣，長髮飄飄，坐在急流裡，
朝著樹上的鳥兒，吟唱古老的水中歌謠。

湯姆抓緊她，嚇得河鼠四處逃

蘆葦嘶鳴，蒼鷺啼叫，她的芳心狂跳。

湯姆說：「可抓住了你，我的漂亮女郎！

宴席已經備好，請跟我一起回家！

黃奶油，蜜蜂蠟，白麵包塗黃油；

窗台上的玫瑰花，都往屋裡探頭。

請你來到山腳下！別惦記你母親

她在蘆葦塘，深水裡你可找不著好夫婿！」


湯姆·邦巴迪爾的婚禮喜氣洋洋，

他頭戴金毛茛，羽毛帽子擱一旁；

新娘身穿銀綠衫，頭冠是勿忘我

與鳶尾花。他哼著曲子好似蜜蜂嗡嗡，

和著小提琴，猶如八哥歡唱，

一邊摟住纖腰，乃是他的河之女郎。


小屋裡油燈火光閃爍，被褥一片

潔白；

蜜月皎潔光下，野獾一家悄悄來，

山坡下跳起舞，柳樹老頭

輕輕打拍子，敲打窗玻璃，夫妻二人

安眠枕上，

河岸蘆葦間，河婆輕聲嘆息

聽見山頂上，古塚屍妖哭泣。


嘆息、哭泣、敲打、舞步鬧了一夜，

老湯姆‧邦巴迪爾充耳不聞，

他安穩睡到出太陽，然後猶如八哥歡唱：

「嘿！來吧，噠哩咚，歡樂咚，我心愛的你！」

他坐在門口台階上，劈開柳枝椏，

美麗的金莓梳理著金黃色的秀髮。


## 2　邦巴迪爾划船去


一年老去漸轉秋褐，西風又在

呼喚；

林木飄搖，湯姆接住山毛櫸葉一片。

「抓住了微風吹來的快樂一天！

這就趁興出發，何必再等明年？

今天我就要修好小船，隨它漂流

順著柳條河西下，滿足我的心願！」

小柳鶯坐在樹枝上。「喔呵[7]，湯姆！我聽到啦。
我猜啊，我猜我知道你的心願是啥。
要不要，要不要我去給他帶個話？」

「別多嘴，長舌鳥，不然我就剝皮吃了你，
別往每隻耳朵裡叨叨跟你沒關係的事！
你敢告訴柳樹老頭我的去向，我就燒了你，
串在柳枝上烤來吃，你就不會再多管閒事！」

小柳鶯翹起尾巴，飛走了還高聲嚷：
「你來抓我，抓我呀！我壓根不必多嘴。
我只要停在他耳邊上，消息自然就清楚啦：
我就說：『太陽下山的時候，打溪口過來。』
趕快呀，趕快！那就是該喝兩杯的時候啦！」

湯姆猶自笑哈哈：「看來我倒該去一趟。
雖然能走別的路，不過今天就划船去吧。」
他打磨了槳，修補了船；把船拖出
隱密的溪流
穿過蘆葦叢、黃華柳，歪斜的榿樹，
順流而下，他唱：「傻呼呼，黃華柳，
順著柳條河，漂過深淺照樣流！」

「喂咿！湯姆・邦巴迪爾！你去哪兒？
搖搖晃晃划著小舟，順流而下？」

「也許順著柳條河去白蘭地河；
也許我那些住在籬尾的朋友
會為我生起火。都是些小傢伙，
夜晚來臨時很好客。我不時去那邊做做客。」

「幫我帶個話給親戚，為我打聽點他們的消息！
告訴我哪裡可以潛水，還有哪裡躲著魚！」

「還是算了吧，」湯姆說，「我只是划船
不辦事，就想聞聞河水之類的氣息。」

「咿嘻！神氣活現的湯姆！別搞翻了你的浴缸！
當心絆著柳樹根！看見你翻船，
我會笑嘻嘻！」

「閉嘴吧，藍翠鳥！省省你的好意！

---

7. 原文是Whillo，與柳樹（willow）諧音。——譯者注

飛遠點把你的魚骨頭細細嚼！
雖然你挺著紅胸脯，神氣活現蹲樹枝，
其實是個無賴髒兮兮，住在臭烘烘的窩巢裡。
我聽說，可以把翠鳥喙高高掛起
當成風向標；魚可就再也捉不了！」


翠鳥閉上喙，眨眨眼，湯姆
唱著歌兒
劃過樹底。呼喇一聲，翠鳥拍翅而去，
落下一根羽毛寶石藍，陽光下閃亮晶瑩，
湯姆接在手裡，這禮物倒是很美麗。
舊羽毛拋在一旁，新羽毛插上高帽，
「現在湯姆戴上藍羽，這顏色歡樂又持久！」


小船周圍漣漪陣陣，氣泡顫顫。
湯姆使勁拍槳，啪啦一聲，拍中水裡陰影。
「呼哧！湯姆·邦巴迪爾！好久沒見，
現在成了船夫啊？不怕我掀翻你？」


「什麼？嘿，鬍鬚小子，我要騎著你遊河。
手指抓緊你，讓你渾身抖不停。」

「噗呼，湯姆・邦巴迪爾！我要去告訴媽媽；」
『趕緊把家人都叫來，姊姊哥哥和爸爸！
湯姆發瘋了，跟那些木頭鴨子一樣傻：他正在
柳條河上拍著槳，小船活像舊浴缸！』」

「我要送給屍妖你這身水獺皮。他們
會把你做成皮褲子！
再用金圈沉甸甸壓住你！就算你媽媽
看見了，
也認不出她兒子，除非看見你的鬍鬚！
不，別惹老湯姆，直到你跑得夠快能逃命！」

「嗚噓！」水獺小子濺起河水，
澆濕湯姆的帽子和全身；推得小船左右擺，
潛到小船下，最後趴在岸邊偷偷看，
目送湯姆開開心心唱著歌，逐漸遠行。

鴻鵠島的老天鵝，昂首游過船邊，
他瞪了湯姆一眼，響亮地嗤之以鼻。
湯姆哈哈笑：「老傢伙，你想念自己的羽毛？
舊的已受風吹雨打，快給我一根新的。
你要能對我說句好聽話，我會更喜歡你；

你有長脖子、啞嗓子，高高在上冷冰冰！
哪天國王歸來，把你趕去也說不定，
給你的黃喙烙上印[8]，教你不再這麼神氣！」
老天鵝惱火地搧翅膀，發嘘聲，劃水更使勁；
湯姆尾隨他劃槳，搖搖晃晃往前行。

湯姆來到柳條堰。河水浮著白浪
水花飛濺，流進柳條灣；
他像風吹落的枝葉，打著旋兒越過礁石，
像軟木塞浮浮沉沉，來到柵牆的碼頭。

「嘿！這不是森林裡的湯姆，留著山羊鬍！」
籬尾與荊丘村的小種人居民哈哈笑。
「當心啊，湯姆！我們會彎弓搭箭
射死你！
我們不讓森林裡的居民、古塚裡的妖怪
坐著小舟渡船，把白蘭地河穿行。」
「喊！你們這些小矮胖子！可別這麼開心！

我見過霍比特人挖個洞躲起來，
被山羊野獾看一眼也要膽戰心驚，
被月光嚇得半死，躲著自己的投影。

我去叫奧克來抓人，嚇得你們飛奔逃命！」

「儘管去啊，森林裡的老湯姆，儘管吹牛
把鬍子都吹光。
三支箭射中你的帽子啦！我們可不怕你！
你現在要去哪裡？要是想喝啤酒，
荊丘村的酒桶太淺，可不夠你牛飲！」

「順著夏爾溪，我本要去白蘭地河，
但現在水流太急，小舟無法前進。
要是小種人能讓我搭渡船，
我祝福他們擁有美好的夜晚、諸多快樂的黎明。」

晚霞燃起白蘭地河一片鮮紅，
夏爾的太陽落山，河水隨之黯如灰燼。
溪口階梯空無一人，堤道無聲寂靜。
沒人來迎接湯姆。他說：「好一場歡迎！」

路上湯姆步履沉重，天光漸暗。

---

8. 這裡指的是對英國國王擁有的天鵝的年度普查，自十二世紀開始。天鵝被驅趕到一起，方便鳥喙被打上缺口做記號。——譯者注

前方燈芯草島燈火閃爍。他聽見背後

有人呼喊。

「誰在那裡？」小馬止蹄，車輪猛然滑停。

湯姆頭也不回，蹣跚前進。


「喝！澤地裡打滾的叫花子！

來這裡幹什麼？滿滿的羽箭射穿了帽子！

這是給人趕跑了吧，鬼鬼祟祟抓個正著？

你給我過來！說說你到底在找什麼？

肯定是夏爾的麥酒，雖然你一毛錢都沒有。

我去叫他們鎖緊大門，你甭想沾哪怕一滴酒！」


「瞧瞧你，泥腿子！沒趕上在溪口碰頭，

招呼打得倒真是無禮！

你這胖老頭走路都喘不過氣，

被馬車馱著像麻袋，能不能稍微討人歡心。


長了腳的浴缸，一毛錢也計較的小氣鬼！叫花子我挑剔不起，

不然我就叫你走，吃虧的就是你。

馬戈特，來扶我上車！現在你可欠我一大杯。

雖然四下裡黑黢黢，老朋友總該認出我是誰！」

他倆一路笑開懷，經過燈芯草島卻沒停下，

雖然客棧敞開門，已聞見酒香。

馬車走上馬戈特家小路，顛得吱嘎響，

顛得車斗裡湯姆上下蹦跳，左搖右晃。

星光映照豆園莊，馬戈特家

燈火點亮；

歡迎晚歸的旅人，廚房裡爐火興旺。


兒子們在門口鞠躬，閨女們屈膝

行禮，

老伴兒為口渴的他們端出麥酒

一杯杯，

大家歡唱說笑，晚飯後還有

舞蹈；

老好人馬戈特腆著肚子蹦老高，

湯姆暢飲後表演一支角笛舞，

閨女們把躍圈舞來跳，老伴兒只顧著哈哈笑。


各人蓋穩羽毛被，乾草床上安眠，

只有老湯姆與老農夫，圍坐爐邊，

頭碰著頭，把每一個消息談論

從古塚崗到塔丘：徒步的

騎馬的；

小麥穗與大麥穀，播種與收成；

作坊、磨房與市集的傳言，布理的

古怪故事；

樹林的竊竊私語，松林中的南風，

渡口邊高大的守衛，還有邊境上的陰影。


爐火燃盡，老馬戈特在椅子裡沉沉睡熟。

破曉前，湯姆已經離去，猶如模糊的夢境，

有歡樂，有哀傷，還有隱約的警醒。

沒人聽見打開門鎖的聲音；清晨的

一陣雨

洗去他的足印，他在溪口沒有留下蹤跡，

也無人在籬尾聽見他的歌聲或者沉重的足音。


他的小舟在柵牆的碼頭停了三天，

某天早晨又回到了柳條河。

霍比特人說，是水獺一族趁夜鬆開纜繩，

把小舟拖過柳條堰，推著它往上游去。


鴻鵠島的老天鵝游出來，

喙裡銜住纜繩，在水上拖曳，

莊重堂皇；水獺一家游在四周

繞過柳樹老頭的盤根，為她導航；

翠鳥立在船頭，柳鶯在划手座上鳴啼，

帶著小舟回家，大家開開心心。

他們來到湯姆門前小溪。水獺小子說：

「嗚噓！

這可怎麼好？木鴨子沒了腿，魚沒了鰭！」

嗐！傻呼呼的黃華柳！他們把船槳

忘得一乾二淨！

船槳就這麼留在柵牆碼頭，等著哪天

湯姆去找尋。


# 3　漫遊記

有一位快活的旅人，

他是信使，是航海家：

造了一艘泥金平底舟

四處漂航，船上載著

他的行糧，有麥片粥，

還有滿滿的柳橙鮮黃；

他把小船熏香，用的是香花薄荷

薰衣草，還有小豆蔻。

河流橫亙，耽擱了行程，
風兒吹動大船滿載，
被他召喚前來
送他越過十七條河。
他孤身一人，停靠在
滿是鵝卵石的河灘，
德爾裡林河水湍急
輕快奔流日夜不息。
接著他穿越草原
走過荒涼的陰影之地
從山腳攀爬，翻過山頂
在迢迢長路上漫行。

他坐下來，唱一支歌，
暫停這趟漫遊的旅程。
一隻蝴蝶翩翩飛過，
他向漂亮的她求婚，
她嘲弄他，不屑一顧，
毫不留情拿他取笑；
從前他鑽研法術多年，

還有巫術與鍛造。


他織出輕盈如風的薄紗
好將她誘捕；又給自己裝上
甲蟲雙翅，燕鳥的羽翼，
在後追尋她的蹤跡。
他以蜘蛛網的遊絲
抓住了驚慌失措的她；
他用百合花為她造了
輕軟樓閣，新娘的睡床
鋪的是薊草絨與鮮花
好讓她安歇，舒適休憩；
他為她打扮，穿的是
銀白朦朧的絲織新裝。


他為她把寶石串成項鍊，
她毫不在乎，一把扯散，
與他大吵大鬧；
傷心的他重新上路，
顫抖著遠走逃避，
獨留她逐漸凋零。
他揮動燕鳥的雙翼

乘著季風，往遠方飛去。

他經過列島的海域
那裡金盞黃花盛開，
還有無數銀泉噴湧，
更有仙境般的金色山脈。
他加入戰爭與探險，
航越大海，參與侵襲，
又漫遊了貝爾瑪瑞依
塞爾拉米依與範塔西[9]。

他用珊瑚與象牙
鍛造了盾牌與無面罩的頭盔，
一柄寶劍是祖母綠，
與他較量的個個驍勇
其中有精靈騎士
族屬艾瑞依與仙境
眼中有光的金髮遊俠
拍馬而來向他挑戰。

他的劍鞘是玉髓打造，
無袖的鎖甲是水晶織就；

他的長矛以烏木為柄

銀白如滿月的正是矛鋒。

他手中投槍，乃是以

孔雀石與鐘乳石鑄成，

他克敵致勝，與空中的

龍蜻蜓搏鬥。


他對抗釀蜜的蜂群

還有嗡嗡蠅、大黃蜂，

拿到了金黃的蜂巢蠟；

陽光燦爛的海上，他飛馳返家

樹葉與蟬翼紗造好海船

遮陽的華蓋是怒放的鮮花，

他坐下唱著歌，一面

把全副披掛打磨擦亮。


他在那些孤零零的

小島上，消磨些許時光，

島上只有野草被風吹響；

9. 如前所述，貝爾瑪瑞依（Belmarie）、塞爾拉米依（Thellamie）、範塔西（Fantasie）都是模仿精靈語造出的地名，實際上並不是精靈語。——譯者注

最後他重新上路，
帶著金黃蜂巢蠟返家，
突然他想起自己的差使，
還有消息必須送達！
他冒險犯難，身披榮光，
卻遺忘了任務，只顧
耀武揚威，四處遊蕩。

駕著他的平底小舟
現在他必須再次啟航，
他依然是那位信使，
一個漂泊者，一個旅人，
猶如羽毛一般飄盪，
一個任由風吹的航海家。

## 4　予予公主[10]

有一位予予公主
她可愛美麗
如精靈歌曲傳述：
秀髮飾以珍珠

編結分明歷歷；

頭紗來自蛛絲

再以黃金染色，

頸上戴著銀鍊

串著燦爛星辰。

她身著輕盈長衣

是蛾蠶吐絲織就

如月光潔白純淨，

她的長裙腰間

腰帶緊緊圍繫

綴著鑽石般的露珠。


她在白日漫步

身披灰色斗篷

兜帽如陰雲灰藍；

她在夜裡出行

星光照耀的夜空下，

全身晶瑩璀璨，

腳上便鞋輕軟

縫製以魚鱗取材

---

10. 原文為 Princess Mee。Mee 與 Me（「我」）同音，故譯為「予予」。——譯者注

隨腳步閃閃發亮

前往她跳舞的池邊，

池水平靜無波，

彷彿清涼的鏡面。

銀色的舞步輕快

在水上搖曳跳躍

猶如一片輕霧

四處飄忽迴旋

她雙腳所到之處

如玻璃細細閃爍。


她抬頭仰望

無垠的天空，

又眺望遠方海岸；

然後轉回身來，

她垂下雙眼

看見就在腳下

一位公主名伊伊

和予予一般美麗：

足尖抵著足尖！她倆共舞。


伊伊輕盈

如同予予，一樣光明；

奇怪的是，伊伊

頭下腳上

星光點綴的冠冕

在無底的泉水裡！

伊伊的閃亮雙眼

充滿了訝異

望著予予的眼睛：

多麼奇妙啊，

起舞翩翩頭朝下

腳下是星光海洋！


她倆無法碰觸

只有雙腳相抵；

也許有條路

通往某個國度

那裡人們腳不落地

而是懸在天上

可是沒有故事

也無人聽說

在精靈所有的歌謠裡。

因此她依然

精靈獨自起舞

一如往常

秀髮綴珍珠

美麗長裙

輕軟便鞋

取材魚鱗，裝扮著予予：

取材魚鱗

輕軟便鞋

美麗長裙

秀髮綴珍珠，裝扮著伊伊！


## 5　月仙睡太晚[11]

古老的灰色山丘下，

有座溫馨老客棧，

釀成麥酒色深褐，

酒香飄飄，佳釀誘人，

月仙趁夜也來品。


馬夫有隻小醉貓，

小貓會拉五弦琴，

琴弓上下飛不停，

高聲呀呀，低聲咪咪，

還有中音嘎嘎鋸。


店主有隻小小狗，

小狗愛把笑話聽，

每當旅客開懷飲，

小狗豎耳，到處留心，

哈哈大笑岔了氣。


客棧有隻帶角牛，

架子大得像王后，

聽曲開心如飲酒，

搖頭晃腦，牛尾掃掃，

綠草地上撒蹄跑。


噢，看那銀盤排成列，

銀杓也來排成隊，

---

11. 這是《魔戒》第一部《魔戒同盟》卷一，第九章〈躍馬客棧〉當中弗羅多唱的歌，「他乾脆豁出去，唱起一首比爾博相當喜歡（其實相當自豪，因為歌詞就是他自己寫的）的荒唐歌。」——譯者注

週六午後先齊備，

細心擦擦，閃閃發光，

等待週日擺上桌。


月仙放量飲佳釀，

小貓放聲吱哇唱，

銀盤銀杓對對舞，

菜園裡，母牛狂踢蹬，

追尾巴，小狗環環撞。


月仙豪飲更一杯，

杯盡醉臥坐椅下，

好夢正酣夢佳釀，

不知不覺，天色微亮，

黎明就要來到啦！


馬夫對貓把話講：

「拉動月亮的白馬，

嘶鳴且把銀銜咬，

月仙還在睡大覺，

太陽可要來到了！」

高高低低，小貓忙把琴聲奏，
快板一曲，足把死人吵活了，
吱吱嘎嘎，曲調急速，
店主則把月仙喚：
「天快亮啦您可快醒醒！」

齊心合力慢慢扶，
月仙送進月車裡，
白馬放蹄使勁推，
母牛蹦跳，好像野鹿，
銀盤跟著杓子跑。

吱吱嘎嘎，小貓狂奏，
嗚嗚汪汪，小狗狂吼，
白馬母牛拿大頂，
好夢驚醒，一躍而起，
旅客也來團團舞。

嘎嘣一聲琴弦斷，
母牛跳過了月亮，
小狗開心高聲笑，
週六銀盤，一溜小跑，

跟著週日銀匙去了。


圓圓的月亮滾下山，
太陽女仙爬上來，
火眼親見猶未信，
這些傢伙，大白天裡，
睡著回籠覺還不起！


# 6　月仙來太早


月仙穿銀鞋，
留著銀色長鬍鬚；
頭冠裝飾著蛋白石
腰帶綴滿了白珍珠，
有一天，他身披灰色長斗篷
走過閃亮的地板，
水晶鑰匙藏手中
悄悄打開一道象牙門。


梯上花紋如閃爍髮絲纏繞
他輕輕走下樓梯，

終於自由啦，他興高采烈

決心來一次瘋狂的遊歷。

白亮鑽石，再也不能讓他歡喜；

月石砌成的這座高塔

矗立在月亮山上孤零零

也早已令他厭倦。


他願挑戰一切危險，求得綠玉紅寶石

把自己蒼白的衣裳裝扮，

還有光輝的寶石各種各樣，

藍鋼玉與祖母綠，把新頭冠點綴。

寂寞的他無所事事

只能盯著金色的地球

耳邊傳來的只有它

歡快旋轉的遙遠低鳴。


滿月時分，銀色的月亮裡

他在心中嚮往的是火焰：

他不愛慘白月石的透明光輝

鮮紅色才是他心中所願，

玫瑰花，深紅色，餘燼紅光，

還有燃燒的火舌烈焰，

在暴風雨之日的清晨，

高升旭日點亮的緋紅天邊

他還想要藍色的海洋，

林木草澤的綠意生機；

他渴望大地上稠密人煙的歡樂

還有人類的紅潤血色。

他希求歌曲、長久的笑聲、

熱呼呼的美食與葡萄釀，

暢飲私家釀造的淡酒

吃著潔白糕餅撒滿雪花糖。

他腳步輕快，心裡惦記

肉食、胡椒、無盡的香料酒；

沒提防在樓梯上滑一跤，

彷彿一顆流星，飛翔的星星，

他一路閃光往下溜

從梯上摔進起浪的海水

就在那颳著風的貝爾灣[12]

在冬至節期的前一天。

他擔心自己融化下沉，於是思考

自己到底該如何是好，

一艘漁船遠遠看見他漂在海上

船上漁夫們吃驚不小，

他們的網裡晶瑩閃爍

濕漉漉一片磷光朦朧

參差藍白與貓眼石般的乳白

還有一絲絲綠色流光。


他不情不願跟著清早漁獲

一股腦兒被打包上了岸；

「你最好去找個客棧住店，」他們說；

「鎮子就離這裡不遠。」

有氣無力的溫吞鐘聲

來自朝海那座高高的鐘樓[13]

宣告這群被月光晃暈的漁人歸來

在這早得過了分的時辰。


這個又冷又濕的清晨，

沒有爐火，也沒有早點，

---

12. 即貝爾法拉斯灣（Belfalas），屬於剛鐸。——譯者注
13. 即提力斯艾阿爾（Tirith Aear），位於貝爾法拉斯一處海岬上。——譯者注

火焰只餘灰燼，泥塘換了草地，
太陽活像小巷背街裡
冒著煙的黯淡油燈。他也沒遇見人，
沒有響亮的悠揚歌聲；
只有鼾聲處處，所有人都還在高臥
而且還要沉睡好一陣。

他沿路拍打緊閉的門扉，
白費力氣大喊大叫，
終於來到一處點著燈的客棧，
把窗玻璃輕輕敲。
瞌睡的廚子瞅他一眼，
問道：「你要啥？」
「我要火焰、黃金、古老歌曲
還要紅酒隨意喝！」

「這些都沒有，」廚子不懷好意笑一笑，
「不過你可以進來。
銀子我很缺，也穿不起絲綢—
也許我能讓你住店。」
打開門鎖要價銀幣一枚，
跨過門檻得付珍珠一顆；

牆角爐邊挨著廚子找個座兒

還得再掏珍珠二十顆。


他又飢又渴，卻沒得吃喝

直到交出斗篷與頭冠；

換來擱了兩天的冷粥

一只粗陶碗

煤煙熏黑，破破舊舊

用一把粗木杓往嘴裡送。

可憐的傻瓜，想吃冬至節布丁加蜜棗，

卻來得太早：

來自月亮山脈的他踏上瘋狂征程

是個冒冒失失的旅人。


# 7　食人妖[14]

食人妖獨坐在石凳上，

嚼啊啃著一根老骨頭；

好多年啦他只啃這一根，

---

14. 譯注：《魔戒》第一部卷一第十二章，山姆・甘姆吉唱了這首歌。

因為活人不打這兒過。

都不過！沒人過！

山裡的洞穴他自己住，

活人全不打這兒過。


湯姆穿著大靴子上山來，

「請問你啃的那是啥？

倒像是我老叔提姆的小腿骨，

不過他老人家此時該在墓中躺。

穴中躺！土中躺！

提姆走了多年啦，

他該安眠墓中躺。」


「小夥子，這是我挖到的骨頭。

骨頭埋在土堆裡能抵啥用？

你老叔早就冰涼又死透，

我就拿了他的小腿骨頭。

冷骨頭！瘦骨頭！

他就行行好給我這老鬼塞牙縫，

反正他用不著這根老骨頭！」


湯姆說：「你這貨色也沒問問，

我老爸家的小骨頭老骨頭，
怎能讓你隨便啃；
快把骨頭還給我！
交過來！滾過來！
就算老叔已死透，骨頭他的可沒錯！
快把骨頭交給我！」

食人妖，咧嘴笑：「小指頭都不用動，
我也能把你嚼嚼吞下肚。
鮮肉順口又滑溜！
現在拿你磨磨牙！
現在磨！現在咬！
受夠了厚皮老骨頭，
現在拿你打牙祭！」

食人妖以為抓個正著，
誰知居然兩手空空，
湯姆腳底抹油溜到身後，
狠踹一腳給點顏色瞧瞧！
踹一腳！狠一腳！
一腳踹在屁股上，湯姆想
叫老妖一輩子忘不了！

可是深山老林長年坐，
老妖皮肉倒比石頭硬，
腳上皮靴就像踹上山腳，
踹上老妖活像撓癢癢！
撓癢癢！太輕啦！
湯姆只叫疼，老妖笑哈哈，
疼的不是屁股是腳丫！

廢了一條腿，湯姆逃回家，
從此穿不上靴老瘸著，
老妖怪可管不著，
照舊呆坐把老骨頭嚼，
骨頭嚼！骨頭咬！
食人妖的屁股依然完好，
牙裡照樣把老骨頭咬！


## 8　溫克爾家的佩里 [15]

寂寞食人妖，坐在石頭上
嘴裡唱著傷心的歌：

「為什麼啊為什麼，我只能

在這遠荒山上孤零零？

鄉親們何時離開已記不清

他們也不再把我想起；

我一個人被拋下多孤寂

從風雲頂到大海邊，只有我自己。」


「我不搶金銀也不喝酒，

我還從來不吃肉；

可是人類聽見我走近，

就怕得甩上大門拴緊。

唉呀我多希望我的腳乾淨，

兩隻手也不是這麼粗氣！

可是我有柔軟的一顆心，笑容甜蜜，

還有做菜的好手藝！」


「哎，得了，」他心裡想，「這樣下去可不行！

我得出門交個朋友；

我會輕手輕腳慢慢逛

---

15. 原題是 Perry-the-Winkle。periwinkle 是一種可食的海螺。Perry-the-Winkle 把這個詞拆開，玩了一個文字遊戲。——譯者注

從頭到尾把夏爾走遍。」
於是他穿上毛皮靴
下山走了一整夜。
黎明時分他來到大洞鎮[16]，
人們剛開始出門上街。

他東張西望，四下無人
只有那邦斯老太太
沿街走來，挽著提籃與陽傘；
他面帶微笑，停步招呼：
「夫人，早安！祝您一天愉快！
您身子骨肯定還硬朗？」
只見她撒手甩開陽傘提籃，
放聲尖叫，心驚膽寒。

老鎮長波特正在遛彎；
聽見這動靜直肝顫，
嚇得他臉色紅又紫，
趕緊找個地洞往裡鑽。
寂寞食人妖好傷心：
「別走！」他輕輕說，
可是邦斯老太太瘋了似的跑回家

躲在床下不肯出來。

食人妖來到市集上
探著腰往畜欄偷眼瞧；
見了他的臉，綿羊炸了窩，
大鵝飛過牆去把命逃。
老農霍格嚇灑了手裡的酒，
肉販子比爾甩過去一把刀，
他的狗兒名叫利爪，
夾起尾巴撒腿就跑。

老食人妖坐下哀哀哭
就在牟洞大門邊，
溫克爾家的佩里悄悄走過來
把他的禿頭輕輕拍。
「傻大個兒，你為啥哭？
你出來走走總比自己待著強！」
他把食人妖親親熱熱捶了一下，
開心看見他也咧嘴笑哈哈。

---

16. 原文是 Delving，即大洞鎮（Michel Delving）。——譯者注

「溫克爾家的佩里啊，」他大喊，
「哎，我看就是你！
如果現在你有興兜個風，
我就帶你回家喝茶去。」
佩里跳到他背上抓緊，
喊一聲：「這就走！」
這一晚他坐在老食人妖膝頭，
享受了好一頓宴席。


端上來的有小圓茶點、雞蛋糕、
果醬、奶油、還有黃油麵包片。
佩里鼓勁吃得所剩無幾，
衣服釦子差點全迸飛。
爐火正熱，壺水歡唱，
褐色的茶壺大又高。
茶水足可把他沒了頂，
佩里努力喝個飽。


肚子吃撐了，衣服也嫌緊，
他倆安安靜靜休息，
然後食人妖說：「我現在要露一露
麵包師傅的傳世手藝，

一種美味的大麥餅，

烤成褐色深深淺淺；

你就躺在石楠葉鋪成的床上

枕著小貓頭鷹絨毛枕頭睡一覺。」


「小溫克爾，你上哪兒去了？」大家說。

「我去吃了一頓茶，美得不得了，

我感覺自己胖了不少，因為我

大嚼了一種大麥麵包。」

他們說：「小夥子，那是在夏爾什麼地方？

還是得出遠門到布理鎮上？」

「我不說。」

佩里板起腰，直截了當。


「我知道在哪，」愛偷窺的傑克說，

「我看著他走的，

就坐在那個老食人妖背上

去了遠荒山的方向。」

所有人卯足勁上了路，

趕著車，騎著驢子和小馬，

終於來到山裡一座小屋前，

看見煙囪上一縷炊煙。

他們把食人妖的家門使勁擂。

「啊！請為我們烤一個、兩個

美味的大麥麵包，越多越好；

求求你烤吧！快烤！」

「你們趕緊走！回家去！」老食人妖說。

「我可從來沒請你們來作客，

我只在星期四做麵包，

而且就做那麼幾個。」


「你們趕緊走！回家去！這裡頭必定有誤會。

我這房子實在太小；

也沒有小圓茶點、奶油、雞蛋糕；

因為佩里早就吃了個飽！

傑克、霍格、老邦斯，還有波特

我一個都不想再見到。

現在快走開！全都給我走！

只有溫克爾家那個男孩才是我的朋友！」


到如今溫克爾家的佩里長那麼胖

全是因為吃了許多大麥麵包，

他的坎肩扣不上，頭頂也

從來戴不下什麼帽；

每逢星期四他都去喝茶，

坐在廚房地板上，

食人妖也顯得不像從前那麼高大，

因為佩里自己愈來愈壯。


最後佩里成為偉大的麵點師

歌謠裡依然把他傳頌；

自海邊到布理，他的麵包

每一種都名聲遠揚，無論是大還是小。

不過這些都比不上大麥麵包；

也從來沒有奶油那般濃郁豐盛

比得上當年每個星期四的佐茶

老食人妖為溫克爾家的佩里備好。


# 9　喵吻


喵吻所在的陰影

黑且濕如墨水，

它們的鐘聲慢慢輕輕，

就像你陷入黏泥地。

你膽敢來敲它們的門，
就陷進那一攤黏泥，
獰笑的滴水石怪盯著你
從嘴裡吐流毒液。

腐臭的河灘旁邊
萎靡的柳樹悲泣，
陰沉的食腐鴉停在樹上
睡著了還嘶啞啼鳴。

漫漫長路越過莫洛克山，
霉爛的山谷裡樹木灰暗，
一潭深黯的死水無風無瀾，
不見日月，池旁就躲著喵吻。

喵吻所在的石窖
幽深、陰濕、冰冷
只有一根蒼白的燭火；
它們在這裡點數自己的黃金。

石壁潮濕，頭頂滴水；

它們的腳踩著地板
黏糊糊的啪噠聲響
輕輕挨近門邊。

它們從門縫往外瞧
指頭蠕動摸索，
等到吃完之後，它們就把
你的骨頭收在麻袋裡。

孤獨長路，越過莫洛克山，
穿行在蜘蛛影與蟾蜍澤，
走過吊人樹與絞刑草，
你就找到喵吻——喵吻就能吃個飽。


## 10　毛象

我顏色如鼠灰，
身巨如房屋，
鼻子像長蛇，
沉緩過草原，
腳步震大地，

沿途樹木摧。

生長在南方，

嘴裡有長角，

大耳扇扇搖。

年歲數不清，

腳步不停歇，

不必臥地倒，

甚而永不死。

我乃大毛象，

身形最巨大，

又高又壯年紀老，

你若見到我，

永遠難忘懷。

若只憑傳言，

不信我是真。

我是老毛象，

從來不說謊。


## 11 　法斯提托卡隆[17]

你們看！那就是法斯提托卡隆！

這個小島頗為荒涼，

不過依然適合靠岸。

來吧，離開大海！一起來

奔跑，起舞，躺下曬太陽！

看到了吧，海鷗也停上岸！

當心！

海鷗可不怕溺水。

牠們隨意走動，整理羽毛，

就是給大家看看，

有沒有人想要

在小島上落腳，

哪怕只是暫時休憩

躲開海水與暈眩，

或者只是燒一壺水。


唉！這些傻瓜，在**他**身上靠岸，

生起小小火堆

居然還想著茶水！

沒錯，**他**身披厚殼，

---

17. 譯注：據《托爾金書信集》信件第255號，托爾金使用了一個盎格魯－撒克遜的動物寓言片段，但其中也有一點古
希臘色彩。在托爾金的設定中，這是霍比特人簡化並重寫的一則精靈故事，原本的精靈語名稱應該是 *Aspido-chelöne*，
「有著圓形背甲的海龜」，霍比特人傳訛的名稱為 *astitocalon*，然後加上了字母 F 首碼，使其具有頭韻。

他貌似沉睡；但他行動敏捷，

而且他浮在海上

意圖欺騙。

等到他聽見人們的腳步，

或者隱約察覺突然的炙熱，

他就面露微笑

往海中下潛。

然後滴溜溜翻個身

把他們都掀進深海，

出其不意

讓他們都丟了小命。

放聰明點！

海中有許多怪獸，

但是屬他最兇險，

法斯提托卡隆外殼崎嶇，

強大同類都已絕跡

是最後一隻海中巨龜。

如果你想留得性命

就聽我一言：

留意水手們的古老傳說，

別靠近未知的海岸！

做到這一點

如此還能常保

你在中洲的日子

平安愉快！


# 12　貓

墊子上的胖貓

似乎在夢想

吃不完的老鼠

還有奶霜；

可是也許，他正在

盡情想像

自己高傲不屈，

矯健的同族，

在東方咆哮搏鬥，

或者在巢穴深居

大啖各種野獸

與鮮嫩人類。


巨大的獅子

掌帶鐵爪，

血污的巨口

生著無情利牙；

豹子身披斑點，

有輕捷腳步，

從高處躍下

撲擊獵物

在那幽暗叢林──

如今已遠，

他們自由兇猛

而他已被馴服；

墊子上的胖貓

雖是一隻寵物，

卻未曾把一切遺忘。


## 13 灰影新娘

從前有一個男子，

如石像獨坐寂靜

任憑日夜流逝，

卻沒有任何投影。

寒冬的月光下

白鴉棲息在他頭頂；

六月的星空下

牠們擦抹著喙，認為他已殞命。


來了一位灰衣女士

暮色中如此閃耀：

她彷彿永不靜止，

秀髮間花朵纏繞。

他驀然清醒，從岩石裡一躍而出

掙脫了詛咒束縛；

他將她整個人緊緊擁抱，

讓她的身影把自己圍繞。


無論天上是日月星辰

她再也不曾自由來去；

她留在這幽深處所

既沒有夜，也沒有日。

一年只有一次

岩穴開啟，隱藏的一切甦醒，

他倆共舞直到黎明

融為一個身影。

# 14 寶藏

當年月亮猶新，太陽尚幼

諸神將白銀與黃金歌詠：

青草間他們把白銀遍撒，

白水裡他們把黃金沉藏。

洞窟尚未開挖，地府還未敞裂

矮人未曾誕生，惡龍尚無繁衍，

翠綠山丘下與幽靜谷地裡

只有古時的精靈與強大咒語

他們歌唱著鍛造物事優美，

以及精靈王的輝煌冠冕。

然而厄運降臨，歌聲不再，

他們慘罹斧鉞，枷鎖臨身。

唇邊再無笑容，貪婪不知歡唱，

黑暗地洞裡堆積著寶藏，

鐫刻的白銀，鏤雕的黃金：

精靈家園籠罩著滾滾暗影。


黑暗山洞裡有個老矮人

他以雙手將金銀加工；

鐵錘敲打，石砧上剪鉗夾穩，

磨破手指見了骨頭，

他做出戒指成串，金銀錢幣，

自忖足以買下諸王的權柄。

但他的耳音漸鈍，雙眼昏花，

蒼老的頭顱上膚色蠟黃；

他看不見閃耀的白色寶石

從枯骨般的手爪之間流溢，

他聽不到腳步，儘管大地搖震，

乃是一頭年輕的火龍在洞穴門前

渴飲河水，蒸騰起迷煙，

陰冷的地面燃起熊熊火焰，

矮人獨自在烈焰中死去；

骨骸化為火澤中的灰燼。


棲身灰色石窟是上了年紀的火龍；

他獨臥洞中，雙眼閃爍赤紅。

青春精力已逝，歡欣不再，

渾身糾結起皺，四肢蜷曲

全為了多年看守自己的黃金；

胸膛裡的熱火早已衰熄。

肚皮上黏泥沾滿了寶石一層層，

他還把黃金與白銀舔舐嗅聞；

自己黑色肉翅下最小的一枚戒指

他都確知藏在哪個位置。

堅硬的睡床上，他提防著小偷

睡夢裡大啖他們的皮肉，

暢飲鮮血，再把骨頭嚼碎；

他的呼吸漸緩，雙耳下垂。

他聽不到，幽深洞穴裡的鏘然環甲。

還有一個人的話音迴盪：

那是一名青年武士，利劍皎然

向他挑戰，能否把自己的寶藏保全。

他的利牙如刀，身披鱗角，

但終究被斬於刀下，熄滅了火焰。


高高寶座上，是年老的國王：

長長白鬚，垂在枯瘦的膝上；

他的舌頭嘗不出肉食美酒，

耳中聽不清歌聲；他只惦記

那一只箱蓋雕花的巨大寶箱

裡面把白色寶石與黃金珍藏

在漆黑地底的隱密寶庫；

堅牢大門有鋼鐵封固。

他的麾下貴族，如今寶劍鈍鏽，
他的榮光頹圮，統治不公，
宮廷空虛無人，殿堂冷清，
不過這位大王擁有精靈的黃金。
他聽不見山口崗哨的號角響起，
嗅不到遭踐踏的綠草灑滿血腥，
宮殿終遭火焚，王國覆滅；
他被拋屍在荒冷的坑穴。


昏暗岩洞裡是古老的寶藏，
重門深鎖，已被人遺忘；
沒有人能跨進陰森的大門。
土丘上滿是綠草瑩瑩；
羊群在此覓食，雲雀高飛，
來自海岸的長風呼嘯，
古老的寶藏由黑暗守護，
大地靜靜等待，精靈沉眠。



## 15　海上鐘聲

我在海邊漫步，濕潤的海沙上

潮水帶給我一枚星芒，

在我沾濕的手心裡顫抖；

是一隻白色貝殼，彷彿海濱的鐘鈴花。

我在指間把它搖晃，聽見裡面

琤然叮噹，港灣沙洲旁

浮標搖盪，無垠海上傳來

縹緲悠遠的呼喊迴響。


我看見一只灰色小舟

乘著夜潮漂流，靜默空蕩。

「已經要遲了！我們為何還不出發？」

我跳上小船，大喊一聲：「帶我上路吧！」

迷霧籠罩，眠夢纏繞不醒，

濺了一身飛浪，小舟載我前進，

來到被遺忘的淺灘，一處陌生土地。

超越盡頭深淵，暮色微光裡

我聽見海上鐘聲，叮咚，叮咚

愈來愈響，還有碎浪濤聲

拍打著海下潛藏的礁石險巇；

終於我抵達一道長長海岸，

潔白閃爍，海水微波猶如

白銀網住了明鏡般的群星；

岸邊石崖光潔如鯨牙[18]

在月光般的浪花中閃耀晶瑩。

閃閃發亮的海沙從指間流瀉，

那是珍珠寶石的粉塵碎粒，

貓兒眼形如號角，珊瑚如薔薇，

還有綠玉與紫晶狀似長笛。


高聳的石崖下，有幽暗的洞穴，

野草掩藏，昏暗漆黑；

一陣冷風吹亂我的頭髮，

光線消逝，我趕緊抽身後退。

山上流下一道綠色小澗；

任我放心隨意暢飲。

順著山泉往上，是一片美麗平原

我在每個傍晚造訪，從遠處海邊

攀上搖曳掩映的這片草地：

鮮花處處，如星辰墜落，

一潭如鏡湖水，清涼幽藍，

睡蓮朵朵，宛如漂浮明月。

河水潺湲，水草激起連漪

---

18. 原文為 ruel-bone，鯨牙的舊說法。——譯者注

垂柳低泣，檟樹沉睡

鳶尾如寶劍，守衛著淺灘，

還有綠草如矛，蘆葦如箭。


在河谷中整個傍晚

歌聲迴盪；許多物事

四處奔跑；雪白的野兔，

田鼠探頭出洞；飛翔的蛾子

眼睛如燈火；野獾吃了一驚

悄悄往暗處的家門外張望。

我聽見舞蹈，音樂飄飄，

綠地上腳步迅疾。

但無論我去往何處，總是

腳步遠走，萬籟俱寂；

從來不曾相遇，山間的

笛聲、歌曲、號角，無聲無息。


我用水中的葉子與燈芯草

編織一件翠綠的披風，

手執一根長木杖，與一支金鳶尾；

我的雙眼明亮彷彿星光。

我頭戴花冠站在土丘上，

高聲大喊彷彿公雞報曉

自得自豪：「你們為何躲藏？

為何我所到之處，沒有人開腔？

我是這片土地的王，現在我

身佩鳶尾劍、蘆葦杖，

你們必須回應我的呼喚！快快現身！

開口對我說話！讓我看看你們的臉！」


忽然黑雲籠罩如夜幕，

我像黑暗中匍匐的鼹鼠，

趴倒在地，雙手摸索

佝僂屈背，盲不見物。

我爬到一棵樹旁，它靜靜站立在

自己的枯葉裡，枝頭光禿。

我只能坐在這裡，胡思亂想，

貓頭鷹在樹洞裡打著呼嚕。

我在此處待了一年又一天：

朽木林裡甲蟲窸窣爬動，

蜘蛛結網，霉堆裡野菌[19]

---

19. Puffball, 馬勃菌，俗稱馬蹄包，一種真菌，外觀如白色球體或雞蛋，孢子在子實體內部成熟後，子實體爆裂，孢子散出如煙霧一般。——譯者注

噴吐孢子，圍繞我的膝頭。


終於光明降臨我的長夜，

我看見自己長髮灰白。

「雖然我已弓腰駝背，我還是要回到海邊！

我已迷失了自己，也不辨方位，

可是我得離開！」我步履蹣跚，

彷彿夜獵的蝙蝠被黑暗籠罩；

可畏的風聲在耳邊呼嘯，

我只能以蓬亂的荊棘蔽體。

我的雙手割裂，磨破了雙膝，

年歲沉重，壓彎了我的背脊。

終於臉上的雨水帶著鹹味，

我聞到了岸邊海藻的氣息。


海鳥回翔，哇哇啼鳴；

我聽見有聲音在冰冷的山洞，

海豹高聲吠叫，海浪拍岸咆哮，

岩穴裡海水鼓蕩吞湧。

很快冬天到來；我走進迷霧，

背負歲月重擔，走向陸地盡頭；

風中飛雪，冰霜凝結在我的髮間，

遠方的海岸上，一片漆黑。

那只小船依然在岸邊等待，
船首起伏，隨著浪潮漂蕩。
疲憊的我躺在船底，任它帶我離去，
波濤升湧，大海橫亙，
我經過老船的空殼，群鷗棲集
還有大船燈火通明，
終於在深夜，來到一處避風港
如渡鴉漆黑，如雪靜謐。

人家門窗緊閉，風聲低語，
路上空空蕩蕩，我坐在一扇門前，
飄飛的細雨從排水口澆灌
我在這裡拋棄了一切：
緊握的手心裡是一點海砂，
還有一顆無聲的海貝，已然死去。
那鐘聲我的雙耳不再聽聞，
我的雙腳不再踏上海邊，
一切不再，我衣衫襤褸
在傷心的小巷，隱蔽的胡同與漫漫長街
蹣跚獨行。我自言自語；

因為我遇見的人們依然緘口不言。


# 16  最後的航船

凌晨三點，費瑞爾眺望窗外：
黯淡的夜正在離去
報曉啼聲高昂清亮
是遠處一隻金色雄雞。
樹影濃暗，晨曦尚淺，
睡醒的鳥兒吱喁，
隱約的樹葉窸窣
一陣清風微微吹動。


她看著玻璃窗上的微光變亮，
直到白日光明照耀
大地與枝頭；草地上
微亮的晨露閃爍。
潔白雙足悄悄走動，
輕輕巧巧下了樓梯，
踏著舞步，穿過
遍撒露珠的草地。

她身著寶石鑲邊長裙，
往前方奔向河畔，
然後斜倚在垂柳樹旁，
看著河水流去潺潺。
一隻翠鳥閃著藍光
彷彿石子落水深潛，
蘆葦在風中微微彎腰，
睡蓮葉舒展在水面。

她悄然而立，如此耀眼，
長髮在如火晨曦中飛揚
披散在肩頭如水波流洩
此時忽然傳來一段樂聲。
長笛吹奏，豎琴撥動，
還有隱約歌唱，
好似清越的風聲、
遠方的鐘鈴動響。

一艘純白木船緩緩而至，
金色的是船頭尖喙與船槳；
前方有水上天鵝開道，

高高的船首引領方向。
划船的是仙靈之民
來自精靈之地，身著淺銀衣裳
費瑞爾看見還有三位站在船上
戴著頭冠，閃耀的長髮飄揚。


他們手中豎琴和著歌聲
船槳隨著節奏慢慢擺盪：
「大地翠綠，草葉長，
鳥兒正在歌唱。
一天又一天，金色黎明
將把這片土地點亮，
一朵又一朵，含苞鮮花
將在麥田成熟前開放。」


「美麗的舟子，你們要到哪裡去，
如此這般順流而下？
去往那隱約燈火與祕密角落
隱蔽在那廣大的森林？
去往那北方諸島與崎嶇岩岸
乘著天鵝的強壯羽翼，
隨著冰冷的海浪去獨自隱居

相伴的只有白鷗鳴啼？」

他們繼續唱：「不！我們要
走上遠方的最後航路，
從西邊的灰港出發，
冒險航越暗昧的海面，
回到精靈家園，
在那裡白樹茁壯，
那顆明星照耀著
最後一道海岸的浪花。」

「我們要向凡人的土地告別
永遠離開中洲！
在精靈家園，那座高塔上
清亮的鐘聲正在敲響。
此間綠草衰黃，木葉凋落，
太陽與月亮也在隱滅，
我們已經聽見了遙遠的呼喚
催促我們往彼岸出發。」

他們停下槳來，向她靠岸：
「凡人的少女啊，你是否也聽見那呼喚？

費瑞爾！費瑞爾！」他們喊。

「我們的船尚未坐滿。

只能再帶上一位。

來吧！此間時日所剩無幾。

來吧！美如精靈的凡人少女，

聽取我們最後的呼聲。」


費瑞爾在河岸上看著，

又往前走近一步；

她的雙腳陷進泥中，

於是只好停下腳步目送。

水上輕輕激起漣漪

精靈的白船緩緩駛過：

「我沒法一起走！」精靈聽見她喊。

「我生來是中洲的女兒！」


裙襬不再有明亮的寶石

她離開翠綠的草坪，

走在重重屋宇的陰影中，

頭上是暗沉的門窗與屋簷。

她換上鐵鏽色的長罩衫，

梳起長髮結成了辮子，

走向自己的勞作與活計。
沒有多久，陽光消黯。

年復一年，七河之水
隨著歲月流逝；
白雲悠悠，陽光照耀，
蘆葦與垂柳搖擺
好似晨夕倏忽去來，
可是在凡人的河海
精靈的歌聲已經止息
再也不見向西的航船。

# 大伍屯的鐵匠

## Smith of Wootton Major

從前有個村莊，對記憶長久的人來說，算不上很久以前，對腿長的人來說，也稱不上特別遙遠。村莊名叫大伍屯，因為它比數哩開外，坐落在樹林深處的小伍屯大。其實它也不是很大，不過在那時很繁榮，村裡住著不少人，有好人，有壞人，還有普普通通的人，一如往常。

這個村莊有其獨到之處，村裡擅長各種手工的高超匠人在周邊鄉野都十分有名，但最出名的還要數廚藝。村裡有個大廚房，歸村議會管轄，大廚則是個重要的人物。大廚的家和廚房就在大屋旁邊，大屋是當地最大、最古老，也最美的建築。它用上等的石材和優質的橡木建成，人們把它維護得很好，不過不像從前那樣給它粉刷或塗金了。在大屋裡，村民們集會、論辯，還舉辦公共宴會和家庭聚會。所有這類場合，大廚都得提供得體的飯菜，因此他總是很忙。每逢節日 —— 一年裡可有不少節日呢 —— 飯菜要稱得上得體，更要很豐盛才行。

有那麼一個節日是人人都盼望的，因為它是冬天裡唯一的一個節日。它持續一週時間，在最後一天的日落時分，會舉辦一場名叫「好孩子盛宴」的狂歡，受邀參加的人不是很多。無疑，有些本該收到邀請的被遺漏了，有些不該收到邀請的則被誤請了；世情如此，不管組織這類事務的人有多小心。總而言之，孩子能不能參加「廿四盛宴」，大體要看他們的生日，因為這種宴會每二十四年才舉辦一次，只有二十四個孩子會收到邀請。為了這個場合，大廚需要拿出看家本領，除了諸多美食，依照慣例他還要做一個大蛋糕。他這輩子的名聲如何，主要就看這個大蛋糕有多可口（或多難吃）了，因為一個人當大廚的時間不可能長到能做第二個大蛋糕。

不過，有這麼一次，當時的大廚出乎所有人的意料，突然宣布他需要放個假，這種事前所未有。他走了，誰也不知道去了哪裡，幾個月後他回來時似乎變了一個人。他以前是個喜歡看別人開心的好人，自己卻很嚴肅，並且寡言少語。如今他開心多了，言行常常非常滑稽；他會在宴會上親自唱起歡快的歌謠，人們可不覺得這是大廚該做的事。他還帶回了一個學徒，這把整個村子都驚動了。

　　大廚收了學徒這事本身並不驚人，這其實很正常。大廚到了時候就會選一個學徒，把一身本事傾囊以授。隨著大廚和學徒年歲漸長，學徒承擔的重要工作也越來越多，到大廚退休或去世的時候，學徒也就做好了準備，接班成為新一代的大廚。但這位大廚從來不曾選過學徒。他總說「時間還足夠」，或「我在留心，我會選的，選個我覺得合適的」。但他這會兒帶回了一個男孩，而且不是村裡長大的。這孩子比伍屯的孩子們輕盈、敏捷，言語更溫和，非常有禮貌，但年輕得過分，從外貌來看才剛滿十歲。儘管如此，選擇學徒仍然是大廚的事，旁人沒有權利干涉；因此這個男孩留了下來，住在大廚家裡，到他年紀大到可以搬出去自己住為止。人們很快就習慣了他的身影，他交了幾個朋友。他的朋友們和大廚都叫他艾爾夫，但旁人都只是叫他「學徒」。

　　僅僅過了三年，意外就又發生了。春天的一個清晨，大廚摘下潔白的高帽子，摺好乾淨的圍裙，掛起白外衣，取了一根結實的白蠟木手杖和一個小包裹，就動身離開了。他向學徒告了別。沒有旁人在場。

　　「艾爾夫，暫時別了，」他說，「我留下你盡力管好事務，你向來做得非常出色。我覺得不會有問題的。如果我們再次相會，我希望聽你細說。告訴他

們我又去度假了，但這次我不會再回來。」

　　學徒把他的口信傳達給來到廚房的村民時，村裡頗起了一陣騷動。「這辦的叫什麼事啊！」他們說，「沒有預兆，也沒告別！我們沒有大廚要怎麼辦？他沒留下什麼人繼承他的職位。」討論從頭到尾，都沒有一個人想到讓年輕的學徒接任大廚。他雖長得高了一點，但看起來仍然是個孩子，而且他只當了三年的學徒而已。

　　最後，因為沒有更好的人選，他們就任命了村裡一個家常廚藝還說得過去的人。他年輕的時候曾經在忙時幫過大廚，但大廚從來沒青睞過他，也不肯收他做學徒。現在他有妻有子，是個可靠的人了，並且很會精打細算。「不管怎麼說，他是不會不告而別的，」人們說，「廚藝糟糕也聊勝於無。離下一次做大蛋糕還有七年，到那時候他應該就能做好了。」

　　這個人名叫諾克斯，他對這個安排非常開心。他一直希望成為大廚，而且從不懷疑自己能做好。有一段時間，他獨自在大廚房裡時，會戴上潔白的高帽子，望著自己在擦亮的平底鍋上映出的模樣，說：「大師，您怎麼樣？那頂帽子可真是適合您，就像給您訂做的一樣。我希望您一切順利。」

　　情況發展得還好，因為諾克斯起初盡了全力做事，而且他還有學徒幫忙。諾克斯暗中觀察學徒的舉動，著實從學徒那裡學到了很多，但這一點他從來不承認。不過，廿四年盛宴如期臨近，諾克斯必須考慮要怎麼做大蛋糕。私下裡他很擔心，儘管他練習了七年，能為普通場合做出過得去的蛋糕和點心了，但他明白人們迫不及待想見識他的大蛋糕，這個蛋糕得滿足那些嚴苛的評判人，而那可不僅僅是孩子們。來為盛宴幫廚的人會得到用同樣的原料烤出來的一個

小蛋糕。人們還期望大蛋糕有獨出心裁、令人驚喜的地方，而不僅僅是重複以往。

他主要的構思是蛋糕要非常甜，要加很多奶油；他決定要給它整個覆上一層糖霜（學徒手巧，精於此道）。「那會讓它又漂亮又有仙子味兒，」他想。他對孩子們的品味所知甚少，仙子和甜食就是其中之二。他覺得人長大就不會喜歡仙子了，但甜食他一直都很喜歡。「啊！仙子味兒，」他說，「我有主意了。」他想到，他要在大蛋糕中央做個小尖塔，上面插個小玩偶，她一身潔白衣裙，手裡拿著一根小魔杖，魔杖尖上嵌著一顆閃亮的星星，腳下要用粉色的糖霜寫上「仙子女王」。

但當他著手準備做蛋糕的材料時，他發現自己記不清大蛋糕裡都要放什麼了，因此他去查了前任大廚們留下的老配方。他們的字跡他倒是能分辨出來，但他被這些配方搞糊塗了，因為它們提到了很多他從來沒聽說過的東西，還有一些他忘掉了結果現在沒時間去找來的東西。但他覺得他可以試試配方書裡提到的一兩樣調味料。他抓耳撓腮，想起一個舊的黑色盒子，裡面有好幾個格子，上一任大廚曾用它來裝做特殊蛋糕用的調味料和別的東西。自從接手，他還沒看過它，不過他找了一番之後，在儲藏室裡一個高處的架子上找到了它。

他把盒子拿下來，吹掉了蓋子上的灰塵。但他打開盒子之後，發現裡面沒剩多少調味料，剩下的那點也乾結發霉了。不過，在角落的一個格子裡，他發現了一顆小小的星星，差不多就跟我們的六便士硬幣一樣大，顯得烏沉沉的，就好像它是銀子做的，已經失去了光澤。「真可笑！」他說，把它舉到光亮下。

「不，它不可笑！」他身後有人說，他猝不及防，嚇了一跳。說話的是學徒，他從來不曾用那種語調對大廚說過話，事實上，他根本就不怎麼跟諾克斯

說話，除非諾克斯先對他說。一個小年輕這樣是再妥當不過了；他做糖霜是挺靈巧的，但可學的還多得很——諾克斯就是這麼看的。

「小子，你什麼意思？」他問，很不高興，「這不可笑的話，又是什麼？」

「它是**仙子的**，」學徒說，「它來自仙境。」

大廚一聽，大笑起來。「好，好，」他說，「差不多是一個意思，但你愛那麼說就隨你好了。總有一天你會長大的。現在快去給葡萄乾去籽吧，你要是注意到哪個有可笑的仙子味兒，就告訴我。」

「大師，您要拿那顆星星怎麼辦？」學徒問。

「當然是把它放進蛋糕裡，」大廚說，「就這麼放進去，尤其是它有仙子味兒，」他吃吃地笑起來，「我敢說，你自己去過孩子們的聚會，而且離上次去還沒過多久呢。像這樣的小玩意兒，還有小硬幣之類的東西會給攪進蛋糕料裡。總之我們在這個村子裡這麼做，這會讓孩子們開心。」

「但是大師，這並不是個小玩意兒，它是一顆仙子之星。」學徒說。

「這你已經說過了，」大廚打斷了他，「行了，我會告訴孩子們。它會讓他們哈哈大笑的。」

「我認為不會，大師，」學徒說，「但那麼做是正確的，非常正確。」

「你以為你在跟誰說話？」諾克斯說。

大蛋糕按時做好，烘烤完畢，敷上了糖霜，這幾乎全是學徒做的。諾克斯對他說：「你既然對仙子這麼固執，仙子女王我也交給你做好了。」

「沒問題，大師。」他答道，「你要是太忙，我動手就是。但這是你的主意，不是我的。」

「我才需要拿主意，而不是你。」諾克斯說。

在盛宴上，大蛋糕被安放在長桌的中間，周圍插了一圈共二十四根紅蠟燭。蛋糕頂上堆起了一座小小的白色山峰，山體上插著小小的樹木，微光閃爍，就像披著霜；在山頂單足立著一個小巧玲瓏的人像，如同一個白雪少女在起舞，她手裡拿著一根閃光的纖巧冰魔杖。

孩子們瞪大了眼睛看著它，有一兩個拍著手叫道：「真是太漂亮啦，真有仙子味兒！」大廚聽了很高興，但學徒並不顯得開心。他們兩人都在場，師傅到時候要切開蛋糕，學徒則要把刀磨利，遞給師傅。

終於，大廚拿過刀子，走到桌子旁。「親愛的，我得告訴你們，」他說，「這層好看的糖霜裹著一個蛋糕，它是用很多好吃的東西做成的，但蛋糕裡還混進了很多漂亮的小東西，就是小裝飾小硬幣之類。我聽說，你要是幸運的話，就能在你那份蛋糕裡找到一個。大蛋糕裡放了二十四樣東西，如果仙子女王公平的話，你們每人都會有一個。但她可不總是公平的，她是個狡猾的小傢伙。你們問問學徒就知道了。」學徒扭開頭，審視著孩子們的臉龐。

「等等，我差點忘了，」大廚說，「今晚蛋糕裡有二十五樣東西，另有一顆小銀星，它有特殊的魔法——總之學徒先生是這麼說的。所以要當心啊！你們要是把漂亮的門牙嗑壞了，這顆魔法星星可不會把它補好。不過我還是得說，得到它是件特別幸運的事。」

蛋糕很好吃，誰也挑不出毛病，至多是有點供不應求。切開之後，每個孩子都得到了一大塊，但一點都沒剩，再要就沒有了。蛋糕很快就吃完了，不時有人發現小飾品或小硬幣。有些人發現了一個，還有些人發現了兩個，有幾個人則一個也沒發現——運氣就是這麼回事，蛋糕上有沒有一個拿著魔杖的小人

都一樣。但當大蛋糕全部吃完後，誰也沒見到魔法星星的蹤影。

「啊呀！」大廚說，「這麼說它不可能是銀子做的，肯定已經融化了。要麼就是，學徒先生是對的，它真的有魔法，就那麼消失了，回歸了仙境。依我看，這可不是個好把戲。」他皮笑肉不笑地看向學徒，學徒則目光陰鬱地回望，臉上沒有一絲笑意。

不過，那顆銀色的星星真的是一顆仙子之星，這種事學徒是不會誤判的。事實是，盛宴上有個男孩不知不覺地把它吞了下去，雖然他在自己那份裡發現了一個小銀幣，把它給了坐在旁邊的小女孩奈爾，因為她在她那份蛋糕裡沒找到任何幸運的東西，顯得失望極了。他有時會想那顆星星究竟到哪兒去了，他完全不知道它就在他體內，藏在一個感覺不到的地方——它就是這樣的。它在那裡等了很長時間，直到時機成熟。

盛宴在隆冬季節舉辦，眨眼已到六月，入夜也幾乎不會天黑。男孩在破曉前起來，因為他不想睡了，這天是他十歲的生日。他從窗子裡往外眺望，世界顯得安靜又滿懷希望。一陣微風吹來，涼爽又芬芳，吹動了正在甦醒的樹木。曙光接踵而至，他遠遠聽到鳥兒們開始唱起迎接黎明的歌，歌聲趨近，漸漸壯大，漫過了他，注滿了房子周圍的全部土地，像一道音樂的波浪那樣湧過，撲向了西方，與此同時，太陽升到了世界的邊緣上方。

「這讓我想起了仙境，」他聽到自己在說，「但在仙境，人們也歌唱。」接著他便開始歌唱，高亢清亮，唱的是陌生奇特的歌詞，彷彿他心中熟知；在那一刻，星星從他口中掉落出來，他張開手掌接住了它。它現在是亮閃閃的銀色

了，在陽光中閃爍；但它顫動並升起了一點點，彷彿就要飛走了。不假思索，他抬手按住了額頭，星星就留在了他前額正中，他戴了它很多年。

村子裡沒幾個人注意到它，儘管只要留心就能看見。它變成了他面容的一部分，通常完全不發光。它的光芒有一部分注入了他的雙眼，還有他的嗓音——星星一到他手上，他的嗓音就開始變得美妙，隨著他年紀漸長，嗓音也越來越動聽。人們喜歡聽他說話，哪怕那只不過是一句「早安啊」。

他在家鄉出了名，不只是在他自己的村子，還在周圍的很多村子裡，因為他手藝高超。他父親是個鐵匠，他則跟著父親學手藝，青出於藍。他父親還在世的時候，人們叫他「史密森」，後來就只是「史密斯」了[1]。因為那時他已經成了遠東屯到西伍德最好的鐵匠，他能在鐵匠鋪裡做任何鐵製品。當然，絕大多數東西都樸實有用，為日常需要而做：農具，木工的工具，廚具和炊具，門梁、門栓、合頁，鍋子掛鉤，壁爐柴架，以及馬蹄鐵之類。它們結實耐用，但同時還蘊含著一種美好的品質，形狀美觀，用著順手，看著養眼。

不過，他有時間的時候，還做了一些東西用來自娛。它們很美，因為他能把鐵做成奇妙的形狀，看著就像一簇葉子和花朵那樣輕盈脆弱，但保留了鐵的堅固，甚至猶有過之。人們走過他製作的大門或格窗時，很少有人能不駐足欣賞，而它們只要關上，就沒人能闖過。他做這類東西的時候會唱歌，當史密斯開始唱歌時，附近的人會停下手上的活計，到鐵匠鋪來聆聽。

---

1. 英語中smith既是鐵匠的意思，也是人名，後者源自從事鐵匠這一職業的人。史密森（Smithson）即「史密斯之子」。本文中，作為人名時譯為史密斯，作為職業時譯為鐵匠。——譯者注

大多數人對他就了解這麼多而已。這其實足夠了，村子裡的男男女女多半都沒做到這一點，哪怕那些手藝不錯、幹活也勤奮的。但關於他還不止於此。史密斯變得熟悉了仙境，他對其中一些區域的了解在凡人中堪稱翹楚。不過，太多的人已經變得就跟諾克斯一樣，所以他沒對別人提起，只告訴了他的妻子和孩子們。他的妻子就是奈爾，他給了銀幣的那個小女孩；他女兒叫奈恩，兒子則叫奈德・史密森。他反正也不可能對他們保守祕密，因為他們有時會看見星星在他前額上閃光，當他晚上偶爾獨自外出漫步很久，或從旅途中歸來的時候。

　　他不時會外出，有時步行，有時騎馬，名義上通常是去辦事；有時確實如此，有時則不是，總之不是去接訂單，買生鐵、煤炭或其他用品，不過他精心打理這類事務，用別人的話說，他懂得如何體面地理財。但他在仙境有獨特的事務，在那裡受到歡迎；因為星星在他額頭上閃耀，他身為凡人在那片危險的鄉野十分安全。尋常邪惡都避開那顆星星，更大的邪惡則無法衝破它的防禦。

　　他為此心生感激，因為他很快就變得睿智，理解了仙境的神奇事物若不冒險就不可能接近，而諸多邪惡若是沒有強大的武器就不能挑戰，然而那些武器的威力太大，凡人無法駕馭。他始終是個學習者、探索者，不是戰士；儘管他最終能在自己的世界裡打造擁有足夠力量的武器，它們可以成為偉大傳說裡傳唱的題材，可以價值連城，但他心知肚明，它們在仙境裡不足掛齒。因此，他所打造的一切，沒有哪怕一樣是劍、長矛或箭頭。

　　起初，他在仙境裡靜靜地行走，大部分時候都是在尋常居民和溫和生物當中，在美麗山谷中的樹林和草地上，在明亮的水邊——夜幕降臨，水中會有陌生星辰的鏡像閃耀，而在黎明時分，水中遙遠山峰的倒影閃閃發光。有時他只

是短暫來訪，只看了一棵樹或一朵花；但後來旅程漸長，他見到了一些既美麗又恐怖的東西，他無法清楚地記住，也無法向他的朋友們講述，儘管他知道它們深藏在他心中。但有些東西他並沒有遺忘，它們作為奇蹟和奧祕留存在他腦海中，他經常回想。

當他第一次在沒有嚮導的情況下開始遠行，他以為他會發現這片土地更遠的邊界；但大山在他面前矗立，他走了很遠的路才繞過，最後來到了一片荒涼的海岸。他站在寧靜風暴之海邊緣，那裡蔚藍的波濤就像覆雪的山嶺，從無光之地悄然湧來，撲上漫長的海岸，承載著白船自黑暗之境的戰鬥中歸來，而凡人對那地一無所知。他看到一艘大船被拋上陸地的高處，海水無聲無息地化成泡沫退落。精靈水手們高大可畏；他們利劍雪亮，長矛閃耀，眼裡蘊含著刺目的光芒。驀地，他們提高嗓音，唱起了凱旋之歌，鐵匠的心因恐懼而顫抖，他撲倒在地，而他們從他身邊走過，隱入了回聲縈繞的山嶺。

之後，他不再去往那片海灘，相信他身在一座被大海環抱的島國上。他轉而對群山發生了興趣，渴望前往島國的中心。在這些漫遊中有一次，他被一片灰霧所籠罩，不知所措地走了很久，直到霧氣退去，他才發現自己身處一片遼闊的平原上。遠方有大山一般的陰影，從那團陰影中，也就是大山的基底，他看到國王之樹萌芽生長，一重重樹冠相疊，直衝雲霄，放出的光芒猶如正午的驕陽；樹上同時長著數不清的葉子、花朵和果實，每一樣都與其他長在樹上的絕不雷同。

他再也沒有見過那棵樹，但他經常去尋找它。在一次攀登外緣山脈的旅程中，他來到了山中的一座深谷，谷底有一座湖，平靜無波，但有微風吹動周圍的樹林。在那座山谷裡，光就像夕陽那樣紅，但光是從湖裡射出來的。他從懸在湖面上的一處低崖上俯瞰，覺得自己看到了不可估量的深處；在那裡，他見到了形狀奇怪的火焰，就像海峽幽谷中的巨大海草一樣彎曲、分叉、搖曳不定，如火的生靈來回穿梭其間。他滿懷驚奇地走到水邊，伸腳去試探，然而那並不是水：它比石頭還硬，比玻璃更滑。他踏足其上，重重地摔倒，只聽轟隆一聲，響聲越過湖面，迴盪在湖岸邊。

剎那間，微風化成了狂風，猶如一頭咆哮的巨獸，把他掀起颳到岸邊，它將他逼上山坡，暈頭轉向，如同一片枯葉般跌倒。他伸出雙臂抱住一棵年輕白樺的樹幹，死死地抱緊它，狂風與他們激烈地搏鬥，試圖把他扯開吹走；但白樺被強風吹彎，直至觸地，將他環抱在自己的樹枝當中。當狂風終於過去，他直起身，看到白樺樹變得光禿禿的。它被剃去了每一片葉子，它哭了，淚水如雨，從樹枝上紛落。他伸手撫摸潔白的樹皮，說：「上天保佑你，白樺樹！我該怎樣才能醫治你，或答謝你？」他感到樹的回應通過他的手傳來：「不必，」它說，「快走！狂風在追捕你。你不屬於這裡。快走，永遠都別回來！」

他掉頭爬出了那座山谷，路上感到白樺樹的淚從他臉上滴滴滑落，沾在唇上，滋味苦澀。在漫長的歸途中，他心中難過，有那麼一段時間他沒有再去仙境。但他捨棄不了它，當他回來時，他想要深入那片土地的渴望反而更加強烈。


最後他找到了一條穿過外緣山脈的路，一直走到了內環山脈，群山高峻，

令人生畏。然而，他終於發現了一處他能攀上的隘口，在命定的一天，他斗膽穿過一道狹窄的裂谷，向下望去。雖然他不知道，但他望進的正是永晨谷[2]，那裡的綠超過了仙境外緣的茵茵綠草，就像他們的綠草在春天勝過我們的。那裡的空氣是如此澄澈，以至於能夠看清那些在山谷對面的樹上唱歌的鳥兒的紅舌，須知山谷相當寬闊，鳥兒也不比鷦鷯更大。

在山谷內側，群山下降，伸出綿長的山坡，到處是汩汩的瀑布聲響，史密斯大為欣喜，加緊了前進的步伐。當他踏上谷中的草地時，他聽到了精靈的歌聲，在一條生滿睡蓮的明亮河邊的草坪上，他撞見許多少女翩翩起舞。她們的迅捷、優雅和變化無窮的舞姿讓他著迷，他舉步走向她們圍成的圓圈。突然間，她們駐足靜立，一個長髮飄飄、身穿褶裙的少女越眾而出，來迎接他。

她笑語道：「星額，你真是越來越莽撞了，不是嗎？你難道不擔心女王知道的話會怎麼說？還是你已經得到了她的許可？」聞言他心生羞愧，因為他意識到了自己的想法，並且知道她也看透了：他額上的星星就是讓他隨意前往任何地方的通行許可。現在他知道了，它並不是。但她再次開口時含著微笑：「來吧！既然你到了這裡，就和我一起跳舞吧。」她拉起他的手，把他領進了圈子。

他們在那裡共舞，有那麼一刻，他懂了與她相伴可以帶來什麼樣的敏捷、力量和快樂。只是那麼一刻。很快，他們就停了下來，她彎下腰，從腳前拿起一朵白花，插在他髮間。「別了！」她說，「倘若女王允許，也許我們能再相會。」

---

2. 永晨谷（Vale of Evermorn）。——譯者注

他對那次相會後的歸途毫無印象，直到他發現自己在家鄉的道路上騎馬而行。在一些村子裡，人們驚奇地盯著他，目送他離開視野。當他到家時，他的女兒跑了出來，高興地迎接他——他回來得比預料中早，但對那些等著他的人來說卻是算不上早的。「爸爸！」她喊道，「你去哪兒了？你的星星正在發光，真的好亮！」

當他跨過門檻時，星星又變暗了；但奈爾牽著他的手，把他帶到壁爐前，在那裡她轉身看著他。「親愛的，」她說，「你去了哪裡，看到了什麼？你的髮間有一朵花。」她把它從他頭上輕輕摘下，它躺在她的掌上，看起來彷彿遠在天邊，但又近在眼前，有光自它發出，在房間的牆壁上投下了陰影，隨著傍晚來臨，房間正在變暗。她面前那個人的影子赫然聳現，巨大的頭顱俯瞰著她。「爸，你看起來像個巨人，」他的兒子這時說，之前他一直沒有說話。

那朵花既沒有枯萎，也沒有變暗；他們把它當作祕密和寶藏保存起來。鐵匠為它做了一個配有鑰匙的小匣子，它就放在匣子裡，在他的家族中流傳了很多代；那些繼承了鑰匙的人有時會打開匣子，久久地看著這朵長生花，直到匣子再次關閉：關閉的時間不由他們選擇。


在村子裡，歲月並沒有駐足不前。如今，很多年已經過去了。鐵匠在得到那顆星星的好孩子盛宴那年，還不到十歲。然後是下一次廿四盛宴，這時艾爾夫已經成了大廚，並且選擇了一個新的學徒，名叫哈珀[3]。過了十二年，鐵匠帶著長生花回來了；現在，又一次孩子們的廿四盛宴將在即將到來的冬天舉辦。那年的一天，史密斯在仙境外緣的森林裡散步，當時是秋天。金燦燦的樹葉掛

在枝頭，紅彤彤的樹葉落在地面。腳步聲從他身後傳來，但他沒有注意到，也沒有轉身，因為他正在沉思。

在那次造訪中，他接到了召喚，進行了一次遠行。對他來說，這次似乎比以往所有的旅程都長。他被引導、被保護著，但他不記得走過的路，因為他經常被迷霧或陰影蒙住眼睛，直到最後，他來到高處，在綴滿無數星星的夜空下。在那裡，他被帶到女王本人面前。她沒戴王冠，也不坐王座。她威嚴莊重地立在那裡，四周的人群熙熙攘攘，就像天上的星星一樣閃閃發光；但她比他們巨矛的尖端還要高，她頭上燃著白色的光焰。她打了個手勢讓他走近，他顫抖著走上前去。一陣高亢清亮的號聲響起，看啊！只剩了他們兩個人。

他站在她面前，沒有依照禮節下跪，因為他感到大為驚愕，覺得對一個如此卑微的人來說，所有的姿態都是徒勞。最後，他抬起頭來，看到了她的臉，她目光嚴肅地看著他；他感到不安和驚訝，因為在那一刻，他認出了她，她就是那位綠谷裡的美麗少女，那位花兒在她腳下綻放的舞者。她見他記起，微笑著向他走來；他們在一起談了很久，大部分時間都不是通過言語，他從她的思想中了解到許多事，其中有些讓他感到高興，有些則讓他充滿悲傷。然後，他回想起自己過去的生活，直到好孩子盛宴和他得到星星的那一天。突然間，他又看到了那個拿著魔杖起舞的小人，他羞愧地垂下雙眼，不去正視美貌的女王。

但她又笑了起來，笑聲就像她在永晨谷時一樣。「星額，不要為我悲傷，」她說，「也不要為你自己的族人而感到過於羞愧。也許，一個小玩偶也好過完

---

3. 哈珀（Harper），英語中也是「豎琴手」的意思。——譯者注

全不記得仙境。對有些人來說，那就是唯一的一瞥；對有些人來說，則是覺醒。從那天起，你就在心裡渴望見到我，而我已經滿足了你的願望。但更多的我就不能給你了。現在，在告別的時候，我會讓你做我的信使。如果你遇到國王，請對他說：**時機已至。讓他選擇。**」

「但是，仙境的女士啊，」他結結巴巴地說，「國王在哪裡？」這個問題他已經多次問過仙境之民，而他們的回答千篇一律：「他沒有告訴我們。」

女王答道：「星額啊，他既然沒有告訴你，那麼我也不會。但他會踏上諸多旅程，可能會在意想不到的地方遇到。現在，請跪下。」

然後他跪下來，她彎下腰，伸手按住他的頭，一種巨大的沉靜降臨到他身上；他似乎既在世界和仙境之中，又在它們之外，同時又在觀察它們，因此他既感到失落，又感到充實，同時又感到寧靜平和。過了一會兒，那種沉靜的感覺消失了，他抬起頭，站了起來。曙光已經在天空中出現，群星蒼淡，而女王已經蹤影不見。遠遠地，他聽到群山中傳來了號聲的回音。他所站立的高地上悄然無聲，空無一人，他知道現在他的路又通往了失落。


此時他已經遠離了見面的地點，他到了這裡，在落葉中行走，思考著他所看到和學到的一切。腳步聲越來越近。然後突然有一個聲音在他身邊說：「星額，你與我同路嗎？」

他嚇了一跳，回過了神。他看到有人在他身邊。那人身材高大，步履輕快；他穿了一身深綠色的衣服，臉有一部分藏在兜帽下。鐵匠很疑惑，因為只有仙境之民叫他「星額」，但他不記得以前在那裡見過這個人；但他又不安地覺得他應該認識他。「那你要走哪條路？」他說。

「我現在要回到你的村子裡去，」那人答道，「我希望你也正要回去。」

「我的確正要回去，」鐵匠說，「我們一起走吧。不過我現在想起來了。我踏上歸家之路前，有位偉大的女士讓我帶一條口信，但我們很快就會離開仙境了，而我認為我不會再回到這裡。你會嗎？」

「是，我會。你可以把口信告訴我。」

「但那口信是捎給國王的。你知道能在哪裡找到他嗎？」

「我知道。口信是什麼？」

「那位女士只讓我對他說：**時機已至。讓他選擇。**」

「我知道了。別再擔心了。」


他們沉默著並肩前行，耳邊只有腳下樹葉的沙沙聲；但走出幾英里後，不等走出仙境的範圍，那人卻停了下來。他轉身面對鐵匠，摘下了兜帽。然後鐵匠認出了他。他是學徒艾爾夫，鐵匠在心裡仍然這麼叫他，因為他一直記得那一天，還是個年輕人的艾爾夫站在大屋裡，拿著切大蛋糕的雪亮廚刀，眼睛在燭光下閃閃發光。他現在肯定是個老人了，因為他已經當了多年的大廚；但在這裡，站在外緣森林的簷下，他看起來恰似很久以前的學徒，不過更有大師風範：他的頭髮沒有斑白，臉上也沒有皺紋，他的眼睛閃閃發光，好像反射著光芒。

他說：「我想和你談談，史密斯·史密森，在我們回到你的鄉土之前。」這話讓鐵匠感到奇怪，因為他自己也經常希望與艾爾夫談談，但卻一直未能如願。艾爾夫總是親切地問候他，用友好的目光看著他，但似乎一直避免與他單獨交談。他現在正用友好的目光看著鐵匠；但他抬起手，用食指碰了碰鐵匠額

上的星星。他眼裡的光芒消失了，於是鐵匠知道原來那光是來自那顆星星，它想必一直在閃耀，但現在卻黯淡了。他吃了一驚，憤怒地退離開去。

「鐵匠先生，」艾爾夫說，「你不覺得放棄這個東西的時候到了嗎？」

「大廚先生，那跟你有什麼關係？」他答道，「我為什麼要放棄？它難道不是我的？它到了我這裡，難道一個人不能保存到手的東西，至少是作為紀念品？」

「有些東西是可以的，那些無償的禮物，作為紀念品送出。但其他的並非這樣送出。它們不能永遠屬於一個人，也不能被當作傳家寶珍藏。它們是出借的。也許，你還沒有想過，別人也可能需要這個東西。而別人是需要的。時間很緊迫。」

聽了這話，鐵匠感到困擾，因為他是個慷慨的人，他也懷著感激記得這顆星星給他帶來的一切。「那我該怎麼做？」他問，「我該把它交給仙境裡的偉人之一嗎？我該不該把它交給國王？」他這麼說的同時，一線希望在心中萌動，就是為了完成這項使命他可以再次進入仙境。

「你可以把它交給我，」艾爾夫說，「但你可能會發現那很不容易做到。你願不願跟我去儲藏室，把它放回你外祖父存放它的盒子裡？」

「我不知道還有這回事，」鐵匠說。

「只有我知道。我是他身邊唯一的人。」

「那我猜你也知道他怎麼得到了這顆星星，還有他為什麼把它放進了盒子裡？」

「他從仙境帶來了它——這你不問也知道。」艾爾夫答道，「他把它留下，希望它能來到你，他唯一的孫輩手中。他就是這麼告訴我的，因為他以為

我能做出這樣的安排。他是你母親的父親。我不知道她有沒有跟你講過很多關於他的事，如果她真有那麼多可講的。他名叫賴德，是位偉大的旅行者。他曾見過諸多事物，在安定下來，成為大廚之前能做很多事。但他在你只有兩歲大的時候就離開了，而他們找不到任何比諾克斯這可憐的人更勝任的人來接替他。總之，如我們所料，我終於成了大廚。今年我會做另一個大蛋糕——我是唯一一個有記載的，做了第二個大蛋糕的大廚。我想把這顆星星放在裡面。」

「好，你拿去吧，」鐵匠說。他看著艾爾夫，彷彿在努力讀出他的想法。「你知道誰會找到它嗎？」

「鐵匠先生，那跟你有什麼關係呢？」

「大廚先生，如果你知道誰會得到它，我很想知道。這也許能讓我更容易跟一樣對我來說如此珍貴的東西分離。我女兒的孩子還太小。」

「也許，但也許不能。我們走著瞧。」艾爾夫說。


他們沒有再說什麼，繼續走他們的路，直到離開仙境，最終回到了村裡。然後他們走到了大屋。此時此刻，太陽正在落山，窗戶上反射著彤紅的光。大門上的鍍金雕花閃閃發光，五顏六色的奇特面孔從屋頂下的滴水嘴上俯瞰。不久前，大屋被重新塗漆粉刷，村議會就此展開了好大一番辯論。有些人不喜歡它，稱其為「新潮」，但有些更有見識的人知道，這是回歸舊日習俗。不過，由於它沒花任何人一分錢，大廚想必自己掏了腰包，所以他得以隨心所欲。但鐵匠還不曾見過這樣的場景，他站在那裡，驚訝地看著大屋，忘記了自己的任務。

他感覺到有人碰了碰他的胳膊。艾爾夫把他帶到後面的一道小門前。他打

開門，領著鐵匠沿著一條黑暗的通道進入儲藏室。他在那裡點燃了一支高腳蠟燭，打開櫃子，從架子上取下了那個黑盒子。它現在已經被擦亮，裝飾著銀色的渦紋。

他掀起盒蓋，給鐵匠看。有一個小格子是空的；其他的格子裡現在裝滿了調味香料，新鮮而刺鼻，鐵匠的眼睛開始流淚。他把手放在額頭上，星星輕易脫落，但他突然感到一陣刺痛，眼淚順著臉頰流了下來。雖然那顆星星又在他手中大放光芒，但他卻看不到它，只能看見一團模糊的光暈，似乎很遙遠。

「我看不清，」他說，「你得替我把它放進去。」他伸出手，艾爾夫接過星星，把它放回原位，它就熄滅了。

鐵匠一言不發地轉身離開，摸索著走到門口。在門檻上，他發現自己的視力又恢復了正常。正值傍晚時分，暮星在月亮附近的明亮天空中閃耀。他在那裡站了片刻，看著這片美景，這時他感到一隻手按在自己的肩頭，他轉過身來。

「你把這顆星星無條件交給了我，」艾爾夫說，「如果你仍然想知道它會選中哪個孩子，我會告訴你。」

「我確實想知道。」

「它會選擇你指定的任何人。」

鐵匠大吃一驚，沒有立刻回答。「這個，」他猶豫著說，「我不知道你會怎麼看我的選擇。我相信你沒理由喜歡諾克斯這個名字，但是，要知道，他的小曾孫，鎮尾諾克斯家的蒂姆，會來參加盛宴。鎮尾的諾克斯家很不一樣。」

「我注意到了，」艾爾夫說，「他有個睿智的母親。」

「對，她是我家奈爾的姊妹。但撇開親戚關係不論，我仍然愛小蒂姆，儘

管他不是個顯而易見的人選。」

艾爾夫微笑了。「你也不是，」他說，「但我贊同。實際上，我已經選了蒂姆。」

「那你為什麼還要我選？」

「女王想讓我這麼做。假如你選了別人，我也是會順從的。」

鐵匠久久地看著艾爾夫，接著突然深深地鞠了一躬。「先生，我終於明白了。」他說，「您真是讓我們太過榮幸了。」

「我已經得到了回報，」艾爾夫說，「現在安心地回家吧！」


鐵匠的家坐落在村子的西邊外沿，當他回到家裡的時候，他發現他兒子正站在熔爐的門邊。他剛剛鎖好了門，因為當天的活計已經做完了，此時他站在那裡望著那條白色的路，他父親外出旅行後常常走那條路回來。聽到腳步聲，他驚訝地轉過身，看到父親從村子那邊過來，撒腿跑去迎接他。他伸出雙臂擁抱父親，給了他一個溫暖的歡迎。

「爸，我從昨天開始就盼著你回來了，」他說。接著，他看到了父親的臉，焦急地說：「你顯得這麼疲倦！你走了很遠的路，是不是？」

「的確是非常遠，兒子。從破曉一直走到黃昏。」


他們一起進了屋，屋裡很暗，只有壁爐裡的火焰在發光。他兒子點起了蠟燭，他們在火邊坐了一會兒，誰也沒開口，因為鐵匠感到了一股極大的疲倦和失落。終於，他環顧左右，彷彿回過神來。他說：「為什麼只有我倆在家？」

他兒子緊緊地盯著他：「為什麼？因為媽媽去了小伍屯，在奈恩家。今天

那個小傢伙兩歲了。他們本來想要你也去的。」

「啊，可不是。我本來該去的。我是該去的，奈德，但我在路上耽擱了。我有事要考慮，那讓我一時間忘了別的事。但我沒有忘記小湯姆。」

他探手入懷，抽出一個軟皮製成的小包。「我給他帶來了一樣東西。老諾克斯可能會稱它為小玩意——但是奈德，它來自仙境。」他從小包裡取出一個銀子做的小東西。它就像一枝微小百合的光滑長莖，頂上開出三朵精緻的花，垂落著，就像形狀優美的鈴鐺。它們也確實是鈴鐺，當他輕輕搖動它們時，每朵花都會發出清脆的微小聲響。在這動聽的聲音中，蠟燭閃了閃，然後有一瞬間爆出了白亮的光芒。

奈德驚奇地睜大了眼睛。「爸，我能看看它嗎？」他問。他小心地撚起它，端詳著那些花朵。「真是了不起的手工！」他說，「爸，鈴鐺裡有股香味，讓我想起——讓我想起我已經忘掉的東西。」

「對，鈴鐺響後，有那麼一小會兒會散發香氣。但是奈德，不用那麼小心。它是給嬰兒玩的。嬰兒弄不壞它，也絕不會被它傷害。」

鐵匠把禮物放回皮夾裡，收了起來。「我明天會親自把它帶去小伍屯，」他說，「奈恩和她家湯姆，還有母親，也許會原諒我。至於小湯姆，時機還沒到，要等好多天……好多週、好多月、好多年。」

「好，沒問題。爸，你去吧。我本來樂意和你一起去，但我要過一段時間才能去小伍屯。就算不在家等你，我今天也去不了。手頭有很多活在幹，還有更多的活要幹。」

「不，不！史密斯的兒子啊，放一天假吧！被叫做『祖父』暫時還不至於讓我的雙臂虛弱無力。讓活計來吧！現在會有兩雙手來幹活了，所有做活的日

子都是如此。我不會再去旅行了，奈德，不去那種長途旅行了，你懂我的意思吧。」

「是這樣嗎，爸？我想知道那顆星星怎樣了。那很難。」他握住父親的手，「我為你難過；但這也有好處，對這個家來說。你知道嗎，鐵匠先生，如果你有時間，你還可以教我很多東西。我指的不僅僅是打鐵的事。」

他們一起吃了晚飯，飯後很久，他們仍然坐在餐桌旁，鐵匠給兒子講述了他在仙境的最後一次旅行，以及他想到的其他事——但他隻字未提下一個持有星星的人選。

末了，他兒子看著他。「父親，」他說，「你還記得你帶那朵花回來的那天嗎？我當時說，光看影子的話，你看起來就像個巨人。那影子就是事實。這麼說，和你跳舞的正是女王本人。但你卻放棄了那顆星星。我希望它能落到跟你一樣配得上它的人手中。那個孩子應該感謝你。」

「那個孩子不會知道的，」鐵匠說，「這種禮物就得這麼送出去。總之，它就在那兒。我已經把它交了出去，回來和錘子鉗子打交道了。」


說來奇怪，對學徒嗤之以鼻的老諾克斯，始終無法把大蛋糕中的星星消失了這件事忘到腦後，儘管那已經是多年以前發生的事了。他變得又胖又懶，在六十歲時就退休了（在村子裡這並不算高齡）。現在他已經快九十歲了，體型肥碩，因為他仍然大吃特吃，而且酷愛吃糖。他的大部分時光不是在餐桌上，就是在他小屋窗邊的一張大椅子上度過，天氣好的話，他就在門口。他愛高談闊論，因為他仍然有很多意見要發表；但最近他的高論大多是關於他做的那個大蛋糕（他現在堅信不疑那是他做的），因為他每當睡著時，就會夢到它。學

徒有時會過訪說一兩句話——老廚師仍然這麼叫他，並且希望自己被稱為大師。學徒很注意措辭；這一點倒還討諾克斯的歡心，儘管還有別人他更喜歡。

一天下午，諾克斯吃完正餐後在門口的椅子上打盹。猛然間他驚醒過來，發現學徒站在旁邊，低頭看著他。「嘿！」他說，「很高興見到你，因為我又想起了那個蛋糕。事實上，我剛才還在想它。那是我做過的最好的蛋糕，這可是很能說明問題的。但你大概已經不記得了。」

「沒有，大師。我記得清清楚楚。但你擔心什麼？那是個很好的蛋糕，大家吃得很開心，交口稱讚。」

「當然了。是我做的。但我擔心的不是那個，而是那個小玩意，那顆星星。我拿不準它去哪兒了。當然了，它不可能融化。我這麼說只是為了不讓孩子們受到驚嚇。我一直在想，是不是有人吞下了它。但那有可能嗎？你可能會吞下一個那種小硬幣而注意不到，但那顆星星不會。它是很小，但有鋒利的尖角啊。」

「的確，大師。但你真的知道那顆星星是什麼做的嗎？別為它費心了。有人吞下了它，我向你保證。」

「那麼是誰吞了它？嗯，我記性很好，不知為何那天尤其記得清楚。我能記住所有孩子們的名字。讓我想想。肯定是米勒家的莫莉！她嘴饞得很，吃東西狼吞虎嚥。現在她胖得像個麻袋了。」

「的確，有些人會變成那樣，大師。但是莫莉吃蛋糕時沒有狼吞虎嚥。她在她那份裡找到了兩個小玩意兒。」

「哦，真的嗎？好吧，那就肯定是庫珀家的哈裡。他是個胖小子，長了張青蛙一樣的大嘴。」

「大師，我會說，他那時是個好男孩，咧嘴笑起來很友善。不管怎麼說，他當時非常小心，吃蛋糕之前把它切成了小塊。他除了蛋糕什麼也沒找到。」

「那就肯定是那個臉色蒼白的小女孩了，布料商家的莉莉。她小時候吞下過別針，結果安然無恙。」

「大師，也不是莉莉。她只吃了軟糖和糖霜，把裡面的蛋糕給了坐在她旁邊的男孩。」

「好吧，我放棄了。到底是誰？你似乎觀察得分外仔細，如果你不是在胡編亂造。」

「大師，是鐵匠的兒子。我認為那對他來說很有好處。」

「接著說啊！」老諾克斯大笑起來，「我就知道，你在跟我玩把戲。別逗了！史密斯那時候是個不愛說話的遲鈍小子，他現在倒是更愛出聲了，我聽說，他有點唱歌的小本事，但他很謹慎。他才不冒險。嚥下去之前要嚼兩次，總是那樣，你懂我的意思吧。」

「我懂，大師。好吧，如果你不信那是史密斯，我就幫不上忙了。現在那可能也不要緊了。如果我告訴你，那顆星星此時回到盒子裡了，你會放寬心嗎？它就在這兒！」

學徒穿了一件深綠的斗篷，諾克斯直到這時才注意到。他從斗篷裡拿出了那個黑盒子，在老廚師的鼻子底下打開。「星星就在這兒，大師，在角落裡。」

老諾克斯開始咳嗽噴嚏，但他最終還是往盒子裡看去。「真的！」他說，「至少看起來是這麼回事。」

「就是同一顆星星，大師。我幾天前親手把它放了進去。它今年冬天會回到大蛋糕裡。」

「啊哈！」諾克斯說，不懷好意地掃了學徒一眼，然後他笑得不能自已，像果凍一樣顫抖。「我明白了，我明白了！二十四個孩子和二十四個幸運小東西，而那顆星星是額外的。所以你在烘烤前把它拿了出來，留給下一次用。你一直是個狡猾的傢伙，可以說很伶俐了，而且還很節儉：連蜜蜂膝蓋大的那麼一點黃油也不會浪費。哈，哈，哈！原來如此。我本來應該猜到的。好了，事情已經清楚了。現在我可以安安靜靜地打個盹了。」他在椅子上安頓下來。「注意別讓你那個學徒耍花招！俗話說，再機靈也不會懂所有的機巧。」他閉上了眼睛。

「再見，大師！」學徒說，啪地一聲關上了盒子，聲音大得讓廚師又睜開了眼睛。「諾克斯，」他說，「你這人如此淵博，我只有兩次斗膽要告訴你一些事。我告訴過你，這顆星星來自仙境；我還告訴過你，它曾經傳給了鐵匠。而你嘲笑了我。現在臨別之際，我要再告訴你一件事。別再笑了！你就是個虛榮的老騙子，肥胖、懶惰又刁鑽。你大部分的工作都是我做的。你毫無感激地從我這裡學到了所有你能學到的東西，但不包括對仙境的尊敬，也不包括哪怕一點禮貌。你甚至都沒有足夠的禮貌向我說聲再會。」

「要說禮貌，」諾克斯說，「我可不覺得咒罵你的長輩和上級談得上禮貌。到別處去說你那番仙子之類的鬼話吧！再會啦，如果你就是在等這句話。現在快滾吧！」他嘲弄地擺擺手，「你要是有個仙子朋友藏在廚房裡，就讓他來見我，我會看看他。如果他揮動他的小魔杖讓我瘦回去，我就對他刮目相看。」他大笑起來。

「你願意為仙境之王撥冗嗎？」對方回答。令諾克斯大驚失色的是，話語間，學徒個子越來越高。他把斗篷往後一甩。他穿得就像盛宴上的大廚，但他

的白衣光芒閃爍，他的額頭上有一顆碩大的寶石，恰似一顆光芒四射的星。他的面容很年輕，但很嚴厲。

「老頭，」他說，「你至少算不上我的長輩。至於上級——你經常背著我譏笑我。現在你可要公開挑戰我嗎？」他走上前去，諾克斯在他面前畏縮，渾身顫抖。他想喊救命，但發現他只能囁嚅。

「不，先生！」他說，「千萬別傷害我！我只是個可憐的老人。」

國王的面容柔和下來。「唉，的確！你說的是事實。別怕！放鬆！但你難道不希望仙境之王在離開你之前為你做一些事嗎？你的願望我准了。別了！現在睡吧！」

他又把斗篷裹緊在身上，然後向大屋的方向走去。但在他的身影消失之前，老廚師突出的眼睛已經閉上，他開始打鼾了。

老廚師醒來時，太陽正在下山。他揉了揉眼睛，打了個寒顫，因為秋天的風涼颼颼的。「啊呸！這什麼鬼夢！」他說，「肯定是晚飯的豬肉不對勁。」

從那天起，他變得非常害怕再做那樣的噩夢，以至於他幾乎不敢吃任何東西，生怕會感到不舒服，用餐的時間變得很短，飯菜也變得十分清淡。他很快就瘦了下去，衣服鬆垮，皮膚鬆弛，滿是褶皺。孩子們都叫他「破布老骨頭」。然後，他有段時間發現自己又能在村子裡走來走去了，只要拄著一根拐棍就能走路；他比原來多活了許多年。事實上，據說他恰好活過一百歲，這是他做過的唯一值得紀念的事。但直到最後一年，人們還是能聽到他對任何願意聽他講故事的人說：「真嚇人啊，你可能這麼說；但仔細想想，那就是個蠢夢罷了。什麼仙境之王啊！怎麼可能，他都沒有魔杖。而且，你不吃東西的話就

會變瘦，太正常了，合理得很。根本沒什麼魔法。」

　　廿四盛宴的時間到了。史密斯去唱了歌，他的妻子則去幫助照顧孩子們。史密斯看著他們載歌載舞，覺得他們比他小時候更漂亮、更活潑──有那麼一刻，他腦中閃過疑問，想知道艾爾夫閒暇時都在做什麼。每一個孩子似乎都很適合找到那顆星星。但他主要看的是蒂姆。蒂姆是個胖乎乎的小男孩，舞跳得笨拙，但歌唱得很美。席間，他不出聲地坐著觀看磨刀和切大蛋糕的過程。突然，他提高聲音說：「親愛的大廚先生，只給我切一小片就好。我已經吃得夠多了，我覺得很飽。」

　　「蒂姆，沒問題。」艾爾夫說，「我會給你特別切一塊。我想你會覺得它很容易吃掉。」

　　史密斯看著蒂姆吃他那份蛋糕。他吃得很慢，但顯然吃得很高興；不過當他發現裡面沒有小飾品或硬幣時，他顯得很失望。但很快，他的眼睛裡開始閃現出光芒，他大笑起來，變得很開心，輕聲自顧自唱起歌來。然後他站起身，開始獨自起舞，流露出一種他以前從未表現過的奇特風度。孩子們都大笑起來，拍手叫好。

　　「這麼說一切順利，」史密斯想，「你就是我的繼承人。我想知道那顆星星會帶你去什麼奇異的地方？可憐的老諾克斯。不過我猜他永遠也不會知道，他家裡出了多麼令人震驚的一件事。」

　　他一直都不知道。但在那次盛宴上發生了一件讓他異常高興的事。宴會結束之前，大廚向孩子們和所有在場的人告辭。

「現在我要說再見了，」他說，「再過一兩天，我就會離開。哈珀先生已經準備好接手了。他是一個非常好的廚師，而且你們知道，他來自你們自己的村莊。我要回家去了。我想你們不會想念我的。」

孩子們歡快地道別，很有禮貌地感謝大廚做了這麼美麗的蛋糕。只有小蒂姆拉住他的手，輕聲說：「我很難過。」

村子裡實際上真有幾家人想念了艾爾夫一陣子。他的幾個朋友，特別是史密斯和哈珀，對他的離去感到十分難過。他們為了紀念艾爾夫，一直維護大屋鍍金粉刷。不過，大多數人都很滿足。他們和他相處的時間太長了，並不覺得這個改變令人惋惜。但老諾克斯拿拐棍重重地敲在地板上，直言不諱：「他可算是走了！我開心得很。我從來就沒喜歡過他。他挺機靈的。可以說，機靈到滑頭了。」

# 論仙境奇譚

## On Fairy-Stories

**我**打算談談仙境奇譚，[1]雖然我知道這是一場大膽的冒險。仙境即險境，乃是危機四伏之地，對粗心大意者它處處是陷阱，對膽大妄為者它處處有地牢。我大概算是膽大妄為者吧，因為我從識字以來就是仙境奇譚的愛好者，不時思考它們，卻從未從專業的角度研究過它們。在這片土地上，我一直都只是個漫遊的探索者（或入侵者），充滿驚奇，卻缺乏知識。

仙境奇譚的疆域廣袤、深邃、高遠，充滿眾多事物：那裡有各種各樣的飛禽走獸；有無邊無際的大海和不可勝數的星辰；那裡的美既能懾人心魄，亦是永存的危險；那裡的歡樂與悲慟都利如刀劍。得以在此疆域中漫遊之人或可為此額手稱慶，但其豐富與奇異讓想要彙報它們的旅行者詞窮。而他身在境中時，需知問多必失之險，以防仙境之門關閉，鑰匙失去。

然而，想要談論仙境奇譚的人，必須準備回答，或至少嘗試回答一些問題，不管仙境居民對此人的傲慢無禮作何感想。比如：什麼是仙境奇譚？它們是什麼來歷？有什麼用途？以下我將嘗試回答這些問題，或至少提供一些主要是從故事本身——眾多故事中我所知的少數幾個——收集而來的、通往解答的線索。

## 仙境奇譚

什麼是仙境奇譚？就此而言，你查閱《牛津英語詞典》只是徒勞。詞典裡沒有fairy-story這個複合詞可參考，且大體上無助於了解「仙子」（fairies）這一主題。在《牛津英語詞典》的補遺裡，fairytale（仙境傳說）這個單詞的記載最早可追溯到1750年，[2]據載它的主要含義是：⑴有關仙子的傳說，或泛指關於

仙子的傳奇；又發展出以下兩個含義：(2)非現實或令人難以置信的故事；(3)胡言亂語、謊言。

後兩個含義顯然對我這次的主題而言過於寬泛，但第一個定義又太狹隘。並不是說，狹隘到寫不成一篇論文——它寬泛到足以寫出很多書來，但又狹隘到涵蓋不了所有實際運用的場合。倘若我們接受詞典編纂者對「仙子」所下的定義，就更是如此：「身材纖小的超自然生靈，民間相信他們擁有魔力，並對人類的事務具有強大的或善或惡的影響力。」

無論是從廣義還是狹義來解釋，「超自然」都是一個危險又難解的詞。但這個詞對於仙子根本不適用，除非「超」僅僅是表示形容詞最高級的首碼。因為，與仙子相比，人類才是脫離自然（而且往往個頭纖小）的存在；而仙子是屬於自然界的，遠比人類自然得多。這也是他們的劫數。通往仙境之路不是通向天堂的路，而我相信它也不是通向地獄的路，儘管有人認為由於獻給魔鬼的貢物，這條路可能會間接通往地獄。[3]

> 看見嗎，那邊有一條窄窄的路，
>
> 沿途都長滿了尖刺荊棘雜叢？
>
> 那就是通往那公正正義之路，

---

1. Fairy story 或 fairy tale，字面含義是仙子的故事，指包含奇妙的元素和事件的民間故事乃至同類文學作品，十九世紀開始逐漸被歸類到兒童文學。國內習慣譯作「童話」。——譯者注

2. 這裡指的是 1933 年出版的《牛津英語詞典》第一版的補遺卷。（後文《牛津詞典》指的也是這部詞典。）在 1989 年出版的《牛津英語詞典》第二版中，這個單詞的最早記載提前到了 1749 年。——譯者注

3. 凱爾特傳說中，仙子必須向魔鬼獻上貢品或人祭。在下文引用的《行吟詩人湯瑪斯》中便有提及。——譯者注

但路上卻很少見有足跡行蹤。

而那邊，看見嗎，有一條寬闊的路，
橫穿過那遠處一大片百合花圃？
這就是通往那奸佞邪惡的道路，
然而啊卻有人稱它為天堂通途。

再那邊，看見嗎，有一條美麗的路，
蜿蜒在羊齒蕨遍布的山坡之上？
那就是通往那美麗的仙境之路，
今夜裡我們倆要騎馬奔馳前往。[4]

　　至於仙子「體型纖小」這一點，我不否認，這概念在當代用法中占主導地位。我經常想，嘗試去找出這種看法是如何演進至此，將會是趣事一件；但我的知識還不足以給出一個確切的解答。古代的仙境確實有些居民個子矮小（卻絕稱不上纖小），但個子小並不是這個種族的整體特徵。在英格蘭，體型纖小的精靈或仙子，（我猜）很大程度上是文學想像的世故產物。[5]英格蘭這個經常在藝術中反覆表現出喜愛精緻和細膩的國家，對仙子的想像會轉向雅致和纖巧或許也屬自然，就像在法國，想像會走向宮廷風，撲上水粉，戴上鑽石。不過，我懷疑這種鮮花與蝴蝶的纖巧偏好，也是「合理化」的產物，它將仙境的華麗轉化為純粹的精緻，將隱身的魔力轉化為可以隱藏在一朵小黃花裡，或縮在一片草葉之後的脆弱。當大航海時代開始令世界顯得過於窄小，無法容納人

類與精靈族裔共存，當位於西方的神奇之地「海布拉塞爾」（Hy Breasail）變成平平無奇的巴西（Brazil，意思是紅木之地），這種把仙子變小的想像很快就變得流行起來。[6] 無論如何，這種仙子體型纖小的風潮主要受文學推動，威廉‧莎士比亞和邁克爾‧德雷頓（Michael Drayton）等人都在其中發揮了作用。[7] 德雷頓的長詩《甯菲狄阿》（Nymphidia）是文學史上一長串花仙子和拍翅飛舞的觸角小妖精故事的老祖宗之一，我小時候就非常不喜歡這些故事，我的幾個孩子也跟我同仇敵愾。安德魯‧朗（Andrew Lang）對此也有同感。在《淡紫色童話》（Lilac Fairy Book）的序言裡，他提到那些令人厭煩的當代作者所寫的故事：「他們的開場總是一個小男孩或小女孩外出，遇到了櫻草、梔子花或蘋果花的仙子……這些仙子要麼試圖逗趣並失敗了，要麼試圖說教並成功了。」

但是，正如我之前說過的，這件事早在十九世紀以前就開始了，也早在許久以前就到了令人厭倦的程度，而在試圖逗趣並失敗這一點上，絕對令人厭煩透頂。德雷頓的《甯菲狄阿》在仙境奇譚（有關仙子的故事）的文類裡，是有史以來最差的作品之一。詩中仙王奧伯龍的宮殿裡有蜘蛛腿築成的牆——

---

4. 以上詩句源自英國中古民謠《行吟詩人湯瑪斯》（*Thomas the Rhymer*），講述詩人被仙后領入精靈世界的故事。譯文引自上海譯文出版社《英國詩選》，朱次榴譯，略有修改。——譯者注

5. 我說的是在對其他國家的民俗產生興趣之前的發展。英語單詞——如精靈（elf）——長期受到法語的影響（fay、faërie和fairy等表示仙子的詞就源自法語）；但在後來的時代，通過它們在翻譯中的使用，仙子和精靈兩個詞獲得了不少德國、斯堪的納維亞和凱爾特傳說的風味，以及 huldu-fólk, daoine-sithe 和 tylwyth teg（譯者注：分別是冰島、蘇格蘭與威爾士傳說中的精靈或仙族）的許多特徵。

6. 對於愛爾蘭傳說中的海布拉塞爾影響了巴西這個國家的命名的可能性，參見南森《北方迷霧》卷二，223-230頁。（譯者注：Hy Breasail，亦作 Brasil、Brazil 等，是愛爾蘭傳說中西方的神祕島嶼。弗裡喬夫‧南森1911年的著作《北方迷霧》認為，詞形 brazil 源自與紅色染料木 brazil-wood 的混淆，後被用於命名巴西。不過現代學界一般認為，巴西的國名源自 brazil-wood，與愛爾蘭傳說中的海布拉塞爾詞形相似只是巧合。）

7. 他們的影響並不局限於英國。德國的 Elf, Elfe（精靈）似乎源於威蘭德（Wieland）翻譯的《仲夏夜之夢》（1764）。

貓眼珠子做成的窗，

至於屋頂，不用板條，

上面覆蓋著蝙蝠的翅膀。


　　騎士皮威征（Pigwiggen）騎在一隻生龍活虎的蠼螋上，向他的愛人仙后梅寶（Queen Mab）獻上一串螞蟻的眼珠串成的手鍊，並在黃花九輪草的花裡幽會。但是，在這麼美好可愛的背景下，傳說講述的卻是一個密謀私通與狡猾信使的乏味故事。英勇的騎士和憤怒的王夫掉進了泥沼，一股忘川之水平息了他們倆的憤怒。要是忘川之水能抹除整件事情就更好了。奧伯龍、梅寶和皮威征或許是體型纖小的精靈或仙子，而亞瑟王、桂妮維爾和蘭斯洛特不是，但是亞瑟王宮廷中的善惡故事卻比這個奧伯龍的傳說更像「仙境奇譚」。

　　作為名詞，「仙子」（Fairy）或多或少等同於「精靈」（elf），是個相對來說屬於現代的詞彙，都鐸王朝時期之前甚少使用。《牛津詞典》中的第一個引語（唯一一條西元 1450 年之前的引語）意義重大。它取自詩人高爾（Gower）的作品：「彷彿他是個仙子。」但是高爾原文不是這麼說的。他原文寫的是 as he were of faierie，亦即「彷彿他來自仙境」。高爾描述的是一個時髦的年輕男子存心勾引教堂裡的處女。


他精心梳理的鬈髮上

要戴串珠項鍊，珍珠飾針，

或花冠一頂

用林中新採的花葉編成，

務必顯得儀表堂堂；

然後他盯著她們的嬌軀，

就像獵鷹乍見

要俯衝攫起的獵物，

彷彿他來自仙境

在她們面前他便要如此作勢。[8]


　　這年輕人是個血肉之軀的凡人；但他讓我們看到的仙境居民的模樣，比詞典裡「仙子」的定義要好得多——詞典裡歪打正著地把他作為這個定義的例句。關於真正的仙境居民，麻煩在於他們看起來不總是他們真正的模樣；他們披上驕傲與美麗的外衣，這樣的外衣我們自己也會欣然披上。他們那些對人有益或有害的魔法，至少有一部分乃是利用人身心欲望的力量。騎著比風還快的乳白色駿馬，擄走行吟詩人湯瑪斯的仙境女王，騎行到愛爾頓樹旁，如同一位貴女，美得令人心醉神迷。因此，當斯賓塞用「精靈」（Elfe）這個名稱來稱呼他筆下的仙境騎士時，他是遵循了真正的傳統。它屬於該恩爵士[9]這樣的騎士，而不是身佩大黃蜂刺的皮威征。

　　眼下我雖然只是（蜻蜓點水地）觸及了「精靈」（elves）與「仙子」（fairies），但我必須回頭了，因為我已經偏離了「仙境奇譚」這個正題。我前

---

8. 《情人的懺悔》（Confessio Amantis），第五卷，7065行始。

9. 該恩（Guyon）是斯賓塞長詩《仙后》第二卷的主人公。——譯者注

面說過,「有關仙子的故事」這個定義太狹隘。[10]即使我們摒棄體型纖小這一點,它還是太狹隘;因為在英語使用的常態裡,仙境奇譚包含的故事不是**關乎**仙子或精靈,而是關於「仙境」——仙靈所生存的疆域或國度。仙境裡除了精靈和仙子,外加矮人、巫師、食人妖、巨人或龍,還包含了諸多事物:大海、太陽、月亮、天空、大地,以及所有棲身其中的事物,如樹和鳥,水和石,酒和麵包,還有我們這些凡人——當我們被迷住的時候。

真正以「仙子」——此種生物在現代英語中或稱為「精靈」——為主的故事,相對較少,通常內容也不怎麼有趣。大多數優秀的「仙境奇譚」,講的都是人類在險境中或在它的陰暗邊界上的**冒險**。這很自然;因為如果真有精靈,他們真的獨立存在於我們傳述的故事之外,那麼另外這點也肯定是真的:精靈並不在意我們人類,我們人類也不在意他們。我們的命運分道揚鑣,我們的道路鮮少相會。即使來到仙境的邊界上,我們也只是在路途交叉時偶然相逢。[11]

因此,仙境奇譚的定義——它是什麼,或它該是什麼——就不取決於任何對精靈或仙子的定義與歷史記載,而是取決於**仙境**的本質:即「險境」本身,以及在那疆域裡吹拂的氣息。我不會試圖定義仙境,也不會直接描述它。那是做不到的。仙境無法用語言之網來捕捉,因為雖然它不是感受不到的,但它的特質之一正是無法描述。它有許多成分,但分析並不一定能發現整體的奧祕。不過,我希望我稍後要談的其他問題,能讓大家了解一點我個人對它的不完美看法。目前我只想說:只要故事觸及或使用「仙境」這個元素,那麼無論它本身的主要目的是諷刺、冒險、道德還是幻想,都算得上是「仙境奇譚」。最接近「仙境」本身的解釋,大概是「魔法」[12]——但它是具有一種獨特基調和力量的魔法,與那些汲汲營營、講究技術的魔法師的庸俗手段相去甚遠。然而,

我這說法有一個條件：故事若包含諷刺元素，那麼嘲弄的物件就絕不能是魔法本身。魔法在故事裡必須嚴肅對待，既不可嘲笑，也不可搪塞。在這種嚴肅性上，中世紀的《高文爵士和綠騎士》就是一個令人欽佩的範例。

但是，即使我們只用這些模糊且定義不佳的限制，也可以清楚地看出：很多人，甚至是在這方面學識淵博的人，在使用「仙境故事」這個詞時都非常馬虎。只要看一眼近代那些自稱「仙境奇譚」選集的書籍，就足以發現關於仙子的故事，關於任何一個仙子家族的故事，甚至關於矮人和哥布林的故事，都只占書中內容的一小部分而已。正如我們所見，這是意料之中的。但是，這些書裡還包含了很多根本沒有用到，甚至沒有觸及仙境的故事；事實上，那些故事根本不該收錄進去。

我舉一兩個換了是我就會刪除的例子，這將有助於定義什麼不屬於仙境奇譚。這也將引出第二個問題：仙境奇譚的起源是什麼？

如今已有眾多仙境奇譚的選集。在英語版本裡，無論是受歡迎的程度、包羅的範圍，還是總體的優點，大概沒有什麼能與安德魯‧朗與他妻子合著的十二本彩色童話媲美。這十二本彩色童話的第一本於五十多年前（1889年）問世，至今仍在印刷。它的大部分內容都通過了考驗，或多或少地算是清晰符合標準。我不會分析它們（儘管分析可能會很有趣），不過我順便指出，《藍色

---

10. 除非在特殊情況下，如威爾士或蓋爾語故事集。在這些故事中，有關美麗家族或仙族（「Fair Family」或「Shee-folk」）的故事有時候被稱作「仙境故事」，區別於有關其他奇蹟的「民間故事」。在這種情況下，「仙境奇譚」或「仙境傳說」通常簡短敘述「仙子」的出現或他們對人類事務的侵擾。但這種區分是翻譯的產物。

11. 這也是真的，即使它們只是人心所造，「真」也只是在特定的方式上反映了人類對真理的一種看法。

12. 詳見後，209頁。

童話》裡沒有一個故事是以「仙子」為主軸的，也鮮少提及他們。書中故事多半取自法國：在當時，這在某種程度上是個合理的選擇，或許現在仍是（儘管不合我的口味，無論現在還是兒時）。總之，自從十八世紀夏爾・佩羅的《鵝媽媽的故事》譯成英文並出版，以及來自《仙靈閣》（Cabinet des Fées）[13]這個浩大倉庫的摘錄變得眾所周知之後，法國的影響實在太大了，我想，如果讓人隨便說出一個經典的「仙境奇譚」，他最有可能說出的就是這些法國故事中的一個：比如《穿靴子的貓》、《灰姑娘》或《小紅帽》。不過有些人可能會首先想到《格林童話》。

但是，《小人國遊記》（A Voyage to Lilliput）出現在《藍色童話》裡又該怎麼說呢？我想說的是：這**不是**一個仙境奇譚，無論原著還是《藍色童話》中梅・肯德爾小姐「濃縮」而成的版本都**不是**。它根本不該收錄進來。它之所以會被收錄，恐怕只是因為利立普特人的個子很小，甚至算是纖小——這是他們唯一與眾不同的地方。但在仙境裡，個子小和在我們的世界裡一樣，只是湊巧。俾格米人（Pygmies）並不比巴塔哥尼亞人（Patagonians）更接近仙子。我並不是因為《小人國遊記》具有諷刺意圖而排除它：在貨真價實的仙境故事裡，同樣有持續或斷續的諷刺；諷刺常常存在於傳統故事中，只是我們如今意識不到它的存在。我排除《小人國遊記》，是因為諷刺的載體儘管是絕妙的發明，卻屬於旅人故事的範疇。這類故事描述諸多令人驚奇的事物，但它們都發生在這個塵世中，在我們自己的時空某處，純粹因為距離遙遠才被掩藏。格列佛的故事並不比閔希豪森男爵的誇誇其談更有資格列入仙境奇譚，也不比《最早登上月球的人》和《時間機器》這樣的故事更有資格。事實上，埃洛伊人和莫洛克人比利立普特人更有權說自己是仙境中人。利立普特人只不過是被我們

從房頂上戲謔俯視的人；埃洛伊人和莫洛克人卻生活在遙遠的時間深淵裡，深遠到給他們添加了魔力。倘若他們是我們的後裔，那麼我們或可憶起，古代英格蘭有位思想家曾經推導出精靈（ylfe）本身乃是源自亞當之子該隱。[14]這種距離的魔力，尤其是遙遠時間的魔力，只是被荒謬而不可思議的時間機器自身削弱了。不過，從這個例子中，我們能看出仙境奇譚的邊界必然模糊不明的一大原因。仙境的魔力本身並不是目的，它的價值在於它的運作：包括滿足某些原始的人類欲望。其中的一種就是探測空間和時間的深度，另一種則是（下文將會展示）與其他生物進行交流。因此，一個故事不管有沒有機器或魔法的運作，只要涉及對這些欲望的滿足，那麼它滿足得越好，就越接近仙境奇譚的品質和風味。

接下來，繼旅人故事之後，我還要排除任何利用夢的機制（即人類實際睡眠中的夢境）來解釋其中驚奇的故事，或認定這種故事不合仙境奇譚的規範。至少，即使所述的夢從其餘各方面看都是個仙境奇譚，我還是要宣告整個故事有嚴重缺陷，就像一幅好畫配了一個殘損的畫框。誠然，夢與仙境並非毫無關聯。在夢中，心靈的奇特力量可以被釋放出來。在有些夢裡，人可能暫時運用仙境的力量，那種力量在構思故事的同時，使它在眼前呈現出鮮活的形態和色彩。真正的夢有時確實可能是個仙境奇譚，具備近乎精靈般的從容自如和高超技巧——僅限於做夢期間。但是，如果有個清醒著的作家告訴你，他的故事只

---

13. 十八世紀末法國出版的一套仙境故事集，多達41卷。——譯者注
14. 《貝奧武甫》，111至112行。（譯注：馮象譯本作「從該隱滋生出一切精靈魍魎」。本文還引用了許多《貝奧武甫》內容，翻譯時均依馮象譯本譯出。）

是他在睡夢中的想像，那麼他就是在存心扭曲位於仙境核心的原始欲望——獨立於構思的頭腦，實現想像中的奇景。人們經常把仙子描述為（我不知是真是假）幻覺（illusion）的製造者，藉由「幻想」（fantasy）來欺騙人類；但那完全是另一回事。那是他們的事。不管怎麼說，那類騙術把戲都是發生在那些仙子本身並非幻覺的故事當中；在幻想的背後，存在著真實的意志和力量，獨立於人類的心智和目的。

無論如何，這一點是至關重要的：一個真正的仙境奇譚（有別於為低級或貶低的目的而使用仙境奇譚這種形式的故事）應該以「真實」的形式呈現。在這一點上，「真實」的含義我稍後再作探討。既然仙境奇譚講述的是「令人驚奇的事物」，它就不能容忍任何框架或機制去暗示，包含了這些事物的整個故事都是臆造或幻覺。當然，故事本身可能非常精采，以至人們可以忽略框架。或者，它可能是個非常成功又有趣的夢幻故事。路易斯・卡羅爾的愛麗絲夢遊系列就是這樣，有著夢的框架和夢的轉換。由於這個原因（以及其他原因），它們不是仙境奇譚。[15]

還有一種奇妙的故事，我會把它排除在「仙境奇譚」之外，當然也絕不是因為我不喜歡它們：那就是純粹的「動物寓言」（Beast-fable）。我將從朗的彩色童話系列裡選出一個例子，就是收錄在《淡紫色童話》一書中的斯瓦希裡人的故事——《猴子的心》。在這個故事裡，一條邪惡的鯊魚騙一隻猴子騎上他的背，要把猴子帶去自己的家鄉，然後到了半途才透露其實那裡的蘇丹生了病，需要一顆猴心來治病。但是猴子智取鯊魚，勸誘鯊魚帶他返回，說自己把心忘在家裡了，放在袋子裡掛在樹上。

動物寓言當然與仙境故事有聯繫。在真正的仙境奇譚裡，飛禽走獸和其他

生物經常像人一樣說話。這種奇事在某種程度上（通常很小）源自接近仙境核心的原始「欲望」之一——人類與其他生物交流的欲望。但是，動物寓言中的獸言獸語，已經發展成了單獨的分支，不但幾乎不提這種欲望，而且往往徹底忽視了它。相比之下，人類能神奇地理解鳥獸與樹木的專有語言，這才更接近仙境的真正目的。但某些故事與人類毫不相干；或者故事裡的男女主人公都是動物，就算出現男人和女人，也都只是附屬品而已；更有甚者，故事裡的動物形象都是人類改頭換面，是諷刺作家或佈道者的手段：這樣的故事都是動物寓言，不是仙境奇譚——無論是《列那狐傳說》，還是《修女院教士的故事》、《兔子兄弟》，或只是《三隻小豬》。比阿特麗克斯·波特所寫的故事很接近仙境的邊界，但我認為大部分還是在仙境之外。[16] 之所以說波特的故事接近，很大程度上是由於它們強烈的道德因素——我指的是它們固有的道德，而不是任何寓言指稱。不過，雖然《彼得兔》含有一則禁忌，且仙境裡也有禁忌（大概宇宙中每個層面、每個維度上都存在著禁忌），它仍是一個動物寓言。

由此，《猴子的心》顯然也只是一個動物寓言。我懷疑它被收錄在一本「仙子之書」裡，主要不是因為它的娛樂性，而恰恰是因為那顆號稱被放在袋子裡沒隨身帶走的猴心。這對研究民俗學的朗來說意義重大，儘管這個奇特的概念在這裡只是被用作一個笑話。因為，在這個故事裡，猴子的心其實十分正常，好好地長在猴子的胸腔裡。儘管如此，這個細節顯然只是複用了一個古老

---

15. 見結尾處的注釋A（第250頁）。

16. 《格洛斯特的裁縫》（The Tailor of Gloucester）可能是最接近的。若不是那個暗示做夢的解釋，《提吉·溫克夫人》（Mrs. Tiggywinkle）也會很接近的。我也會把《柳林風聲》列入「動物寓言」。

又流傳甚廣的民俗概念，這種概念確實出現在仙境奇譚中；[17] 這概念就是，人或生物的生命或力量，可以存放在其他地方或東西裡，或集中在身體的某個部位（尤其是心臟），可以拆下來並隱藏在袋子裡、石頭下或蛋中。在有記載的民俗歷史這一端，喬治‧麥克唐納（George MacDonald）在他的仙境奇譚《巨人之心》裡就採用了這個概念，這個故事從廣為人知的傳統故事裡汲取了這個核心主題（以及許多其他細節）。在另一端，這個概念甚至出現在埃及的德奧塞尼紙草[18] 上的《兩兄弟的故事》中，這或許堪稱最古老的書面故事之一。故事裡，弟弟對哥哥說：

「我要給我的心施魔法，並把它放到香柏樹之花的頂上。須知，香柏樹會被砍倒，我的心會掉落在地，你要去尋找它，就算你要尋找它七年。等你找到它，將它放進一個裝有冷水的瓶子裡，我就會真的活過來。」[19]

但是，這一關注點和此類的比較，把我們帶到了第二個問題的邊緣：「仙境奇譚」的起源是什麼？當然，那一定意味著仙境元素的特定起源或多個起源。要問故事（無論如何定義）的起源是什麼，就是在問語言和思想的起源是什麼。

## 起源

事實上，「仙境元素的起源是什麼」這個問題，最終把我們引向了同樣的基本研究，就是「仙境奇譚的起源是什麼」。但是，仙境奇譚裡有許多元素（例如這顆可以拆下來的心，或天鵝長袍、魔法戒指、武斷的禁忌、邪惡的繼母，甚至仙子本身），可以在不解決這個主要問題的情況下進行研究。不過，

這樣的研究（至少在意圖上）是科學的；它們是民俗學家或人類學家所致力探索的，也就是說，人們並不是按照故事的原意來使用故事，而是把故事當作採石場，從中挖掘有關他們感興趣的事物的證據或資訊。這種方法本身是完全合理的，但是，對故事本質（作為一個被完整講述的事物）的無知或遺忘，往往會導致這些探索者做出奇怪的判斷。對這類探索者來說，反覆出現的相似之處（例如那個心臟的問題）顯得尤為重要，以至於民俗研究者很容易偏離自己的正軌，或用一種誤導性的「簡記」來表達自己的觀點：如果這種簡記脫離他們的專著進入文學書籍，那麼就更誤導人了。他們傾向於認為，任何兩個圍繞相同的民俗主題構建的故事，或者把這些主題用大致相似的方式組合起來構成的故事，都是「相同的故事」。我們讀到：《貝奧武甫》「只是《地精》的一個版本而已」；「《諾羅威的黑公牛》就是《美女與野獸》，或「與《愛神與普賽克》是同一個故事」；北歐的《聰明的女僕》（或蓋爾人的《鳥的戰爭》[20]及其諸多同類和變種）「和希臘傳說中的伊阿宋與美狄亞是相同的故事」。[21]

這類主張可能（用過於省略的方式）表達了真理的某種成分；但從仙境奇譚的意義上講，它們並不真實，在藝術或文學裡也不真實。真正要緊的其實正

---

17. 例如：達森特（Dasent）的《北歐通俗故事》中的《無心巨人》；或坎貝爾的《西高地通俗故事》中的《海女》（編號4，另見編號1）；或更早一點的《格林童話》裡的《水晶球》。

18. 實為德奧比尼紙草（D'Orbiney papyrus），其實下面托爾金注引的比奇《埃及讀本》中也是這麼寫的，但托爾金誤寫為 D'Orsigny papyrus。──譯者注

19. 比奇（Budge），《埃及讀本》（Egyptian Reading Book），第 xxi 頁。

20. 參見坎貝爾，出處同前，卷一。

21. 托爾金批判的上述觀點來自安德魯・朗《藍色童話》的引言，該書收錄了《諾羅威的黑公牛》和《聰明的女僕》。《地精》見於《格林童話》，《鳥的戰爭》見於《淡紫色童話》。──譯者注

是故事的色彩、氣氛和無法歸類的個體細節，以及最重要的一點──將未經剖析的情節骨架賦予鮮活生命的整體主旨。莎士比亞筆下的《李爾王》與拉亞蒙筆下的《布魯特》不是同一個故事。還可以舉一個最極端例子──《小紅帽》：這個故事的重述版（小女孩被伐木人救了）直接源自佩羅的原版（她被狼吃掉了），但這一點在研究價值上只是次要的。真正重要的是，後來的版本有個幸福的結局（多少算是吧，如果我們不過度哀悼祖母的話），而佩羅的版本沒有。這是一個非常深刻的區別，我會稍後再談這一點。

當然，我並不否認，想要理清「傳說之樹」上錯綜複雜的分枝，捋順其歷史的願望是多麼令人著迷，因為我也深受吸引。這和語文學家對語言這一團亂麻的研究密切相關，我對此小有了解。但是，即使就語言而言，在我看來，抓住一種特定語言在一個活生生的瞬間的基本特質和傾向，要比抓住它的線性歷史更重要，而明確表述它就更是困難得多。因此，對於仙境奇譚，我覺得思考它們是什麼，它們對我們而言變成了什麼，以及漫長時間的提煉過程在它們之中產生了什麼價值，是一件更有趣，某種意義上也更困難的事。我要引用達森特的話：「我們必須滿足於擺在面前的湯，不要渴望看到熬湯的牛骨頭。」[22] 然而，奇怪的是，達森特所說的「湯」指的是建立在比較語文學早期推測的基礎上，冒牌史前史的大雜燴；而他所說的「渴望看到骨頭」指的是要求看到產生這些理論的原理和證據。我所說的「湯」指的則是作者或講述者提供的故事，而「骨頭」指的是故事的來源或材料──即使（靠著罕見的運氣）這些可以有把握地發現。但是，我當然不會阻止就湯論湯的評論。

因此，我將簡單帶過起源的問題。我所知太少，無法細究其詳；但這是我要談的三個問題中最不重要的一個，只要幾句話帶過即可。顯而易見，仙境奇

譚（無論是廣義的還是狹義的）非常古老。相關的記載出現在十分久遠的文獻裡，無論何處，只要有語言存在，就能找到它們的存在。因此，我們面對的顯然是考古學家或比較語文學家所遇問題的一種變體，即下列三種觀點之間的爭論：相似事物的**獨立進化**（或更確切地說，**發明**）、源自一個共同祖先的**繼承**，以及在不同時期從一個或多個中心的**傳播**。大部分爭論都依賴於（一方或雙方）過度簡化的企圖；我認為這一爭論也不例外。仙境奇譚的演進史很可能比人類種族的演化史更複雜，複雜得就像人類的語言發展史。而獨立發明、繼承和傳播這三者，顯然都在錯綜複雜的故事之網形成的過程中發揮了作用。現在，除了精靈之外，沒人有技能解開這個謎團。[23] 在這三者當中，**發明**是最重要和最基本的，因此（毫不奇怪）也是最神祕的。對一個發明家，也就是一個故事創造者來說，另外兩點最終必須導回第一點。無論是人工產物還是故事的**傳播**（跨越空間的借用），都只涉及別處的起源問題。在所謂的傳播中心，有一個地方曾經有一位發明家在世。**繼承**（跨越時間的借用）也是如此：通過這種方式追溯，我們最終只會找到一位發明先祖。倘若我們相信人們有時會獨立地提出相似的想法、主題或設計，那也只要增加發明先祖的人數就好，但我們並不能藉此更清楚地了解他的天賦。

語文學在這個調查法庭上已經失去了它曾經擁有的崇高地位。我們可以

---

22.《北歐通俗故事》，xviii 頁。

23. 除非是在特別幸運的情況下，或是在一些偶然的細節上。理清單獨一條線索——一個事件、一個名字、一個動機——確實比追溯由許多線索所界定的任何一幅圖像的歷史要容易得多。因為隨著織錦中圖像的出現，一個新的元素加了進來：圖像大於其組成線索的總和，而且不能用這個總和來解釋。這就是分析（或「科學」）方法的固有弱點：它發現了許多故事中發生的事情，但很少或根本沒有發現它們對任何特定故事的影響。

毫不遺憾地摒棄馬克斯・穆勒（Max Müller）將神話視為「語言之疾病」的看法。神話絕不是疾病，儘管它可能像人類所有的文明創造一樣患病。照此邏輯，你也可以說思考是一種心靈的疾病。更接近事實的說法是，語言，尤其是現代歐洲語言，是神話的疾病。但是，語言仍然不能被等閒視之。在我們這個世界裡，有血有肉的心靈、言語和傳說，都是並存的。人心天生具有概括和抽象的能力，它不僅看見**綠草**，將其與其他事物區分開來（並覺得它看起來很美），同時還看見它既是**草**，也是**綠的**。形容詞的發明是何等強大，何等鼓舞了創造它的心靈啊！仙境中沒有任何咒語能比它更強有力。而這並不令人驚訝，因為其實可以說，這些咒語只是另一種形式的形容詞，是神話語法中的一個詞類。那個想出**輕盈、沉重、灰暗、金黃、靜止、迅捷**等形容詞的心靈，同樣也構想出了能使重物輕盈飛翔、讓灰鉛化成黃金，把靜止的岩石變成迅捷流水的魔法。人心能知其一，必能知其二；它也不可避免地兩者都做到了。當我們可以從青草中提取翠綠，從天空中提取蔚藍，從鮮血中提取殷紅時，我們在某個層面上就已經擁有了術師的法力；而在我們心靈之外的世界中運用這種力量的欲望也會被喚醒。但這不意味著我們能在任何層面上將這種法力運用自如。我們可以讓一張人臉透出駭人的死綠；讓罕見可畏的藍月發光；或使樹林中銀葉萌發飛舞，讓公羊們披上金羊毛，並在冰冷的龍腹中裝滿熾熱的烈火。但是，就在這所謂的「幻想」裡，新的形式誕生了；仙境開始了；人類就此成為次創造者。

因此，仙境的一項基本力量就是藉由意志，立即將「幻想」所見之事物付諸實現的力量。所見之事物並不都是美麗的，甚至不全對身心有益，起碼在墮落的人類的幻想裡不是如此。人類因自身的污點玷污了（真實的或傳說裡）擁

有這種力量的精靈。我認為，「神話」的這一特徵——次創造，而不是對世界上美麗和恐怖之物的表現或象徵性解釋——被考慮得太少了。這是因為次創造發生的地方是仙境而不是奧林匹斯山嗎？還是因為它被認為屬於「低級神話」而不是「高級神話」？關於這些事物，也就是**民間傳說**和**神話**之間的關係，已經有過諸多爭論；但是，即便沒有爭論，只要思考起源問題，這個問題就需要關注，無論多麼簡短。

曾經有一種主流觀點認為，所有這些民間傳說和神話都來自「自然神話」。奧林匹斯諸神是太陽、黎明、黑夜等等的**人格化身**，所有關於他們的故事，最初都是關於自然界更宏大的環境變化和過程的**神話**（**寓言**這個詞會更合適）。然後，史詩、英雄傳說、薩迦將這些故事置於真實的地方來本土化，再通過把他們歸為英雄先祖來人性化——他們比人強大，但已經是人了。最後，這些傳奇逐漸式微，變成了民間傳說、童話、仙境奇譚——床邊故事。[24]

這簡直是顛倒了事實真相。所謂「自然神話」，或「宏大自然過程的寓言」，越是接近它的假定原型，就越是乏味，也越是不像一個能給世界帶來啟示的神話。我們姑且假設，就像這理論所假設的，實際上不存在任何與神話中的「諸神」相對應的東西：沒有人格，只有天文或氣象的物體。那麼，這些自然的物體只有通過來自人的贈禮——人格的贈禮，才能被賦予個性化的意義和榮耀。人格只能從人身上衍生出來。諸神或許能從大自然的壯麗中獲取色彩和美，但那是「人」為他們獲取，從太陽、月亮和雲彩中抽象出來的；諸神的人格直接來自於人；他們身上神性的陰暗面或光亮面，是通過人從不可見的世

---

24. 此即上文提到的馬克斯·穆勒將神話視為「語言之疾病」的主要論點。——譯者注

界，也就是超自然中獲得的。高等神話和低等神話之間沒有根本的區別。它們的子民如果真的存在，都經歷著同樣的生命歷程，就像塵世裡的國王和農民也都經歷同樣的生命歷程一樣。

讓我們來看看一個奧林匹斯式自然神話的明確例子：北歐的雷神索爾。他的名字是「雷霆」，其斯堪的納維亞語形式是索爾（Thórr）；不難把他的錘子「妙爾尼爾」（Miöllnir）解釋為閃電。但是，索爾（從我們後來的紀錄來看）那非常顯著的性格或人格是在雷霆或閃電中找不到的，即使有些細節可以算是與這些自然現象有關：比如他的紅鬍子，他的大嗓門和暴脾氣，他的魯莽以及粉碎萬物的力量。然而，如果我們追問下去（這個問題沒有多大意義）：到底哪個先出現，是人格化的雷霆在山嶺中劈開岩石和樹木的自然寓言，還是關於一個脾氣暴躁、不太聰明、長著紅鬍子的農夫的故事？此人力氣超出尋常，（除了身材）處處極似北方的農夫，而這類自由民（boendr）也最敬愛索爾。[25]我們可以認為索爾被「縮小」成了這樣一個人的形象，也可以認為是這個形象被放大成了這位神明。但我懷疑這兩種觀點都不正確——如果你堅持這兩者必須有個先後順序的話，哪一種獨立來看都不正確。更合理的假設是，就在雷霆獲得聲音和面孔的那一刻，農夫也平空出現了；每當說故事的人聽見有個農夫大發雷霆，遙遠的山中也在響起隆隆的雷聲。

當然，索爾必須被視為神話中高級貴族的一員，是世界的統治者之一。但是，《巨人特裡姆的歌謠》（見《老艾達》）中講述的索爾的故事，無疑就是個仙境奇譚。就斯堪的納維亞詩歌而言，它很古老，但不算久遠（就此例子而言，大約是西元900年或更早一點）。但至少在性質上，我們沒有真正的理由認為這個故事是「非原始的」，也就是說，不能因為它是民間傳說類型並且不

太莊重，就認為它是「非原始的」。假如我們能逆時光而上，可能會發現仙境奇譚在細節上發生了變化，或讓位給其他故事，但是只要有一個索爾存在，就總會有一個「仙境奇譚」，而當仙境奇譚消失時，剩下的就只是雷聲，彼時尚無人類的耳朵聆聽。

在神話中，我們偶爾會瞥見一些真正「更高」的東西——神性，行使權力的權利（不同於擁有權力），正當的崇拜；實際上，即「宗教」。安德魯·朗說，神話和宗教（指嚴格意義上的宗教）是兩種截然不同的東西，卻已經不可分割地糾纏在一起，儘管神話本身幾乎沒有宗教意義。[26] 他的話至今仍受到一些人的讚揚。[27]

然而，這些東西事實上已經糾纏在一起了——或許它們在很久以前被分開過，但從那時起就又慢慢摸索，穿過了充滿錯誤的迷宮，穿過了混亂迷惑，回到了重新融合的狀態。即使是作為一個整體的仙境奇譚，也有三張面孔——「神祕」通向「超自然」；「魔法」通向「自然」；鄙視和憐憫的「鏡子」通向「人類」。仙境最重要的面孔是中間那張——「魔法」。但另外兩張出現的程度（如果出現的話）是可變的，並且可由每個說故事的人決定。「魔法」——仙境奇譚——可以當作「人類之鏡」（Mirour de l'Omme）[28] 來用；它可以（但不那

---

25. Boendr，單數形式 bóndi，本意為「土地所有者和耕種者」，是維京時代北歐社會的中堅階層，指貴族和奴隸之外的農夫、工匠等。——譯者注

26. 例如，克里斯多夫·道森（Christopher Dawson）所著的《進步與宗教》（Progress and Religion）。

27. 對「原始」民族更慎重、更富同情心的研究證實了這一點。也就是說，原始民族仍生活在繼承來的異教信仰中，用我們的話來說，他們還沒有開化。倉促草率的調查只發現了他們比較野蠻的故事；更仔細的研究發現了他們的宇宙論神話；必須具備耐心和內在知識才能發現他們的哲學和宗教：真正的崇拜，其中的「神明」根本不一定是一個化身，也不只是一個（通常由個人決定）可變的度量。

28. 這個短語來自高爾的另一首長詩的標題。——譯者注

麼容易）變成「神祕」的載體。這至少是喬治・麥克唐納追求的目標，他成功的作品如《金鑰匙》（他稱其為仙境故事），甚至部分失敗的作品如《莉莉絲》（他稱其為騎士傳奇），都寫出了故事中的力與美。

現在，讓我們暫時回到我上面提過的「湯」。說到故事的歷史，特別是仙境奇譚的歷史，我們可以說，湯鍋，即那個「故事的大鍋」，一直都在沸騰，而且不斷有新的東西添加進去，這些東西有的精緻，有的毫不講究。出於這個原因，一個故事跟另一個雷同，其實什麼都證明不了。我隨便舉個例子，十三世紀有個類似於我們所知的《牧鵝姑娘》（《格林童話》裡的《Die Gänsemagd》）的故事，講的是查理曼大帝的母親「闊足」伯莎（Bertha Broadfoot），但這並不能證明什麼：既不能證明這個故事是（在十三世紀時）通過一個已經具有傳奇色彩的古代國王從奧林匹斯或阿斯加德流傳下來，正在變成《格林童話》的，也不能證明它是從後者出發，反過來正在變成前者的。這個故事廣為流傳，與查理曼大帝的母親或任何歷史人物都沒有關係。[29] 從這個事實本身，我們當然推斷不出故事在戲說查理曼的母親，儘管從這類證據中最容易得出這樣的推論。認為這個故事在戲說「闊足」伯莎的觀點，必須建立在其他基礎上——評論家的世界觀認為，故事裡有些情節不可能在「現實生活」裡發生，如此一來，就算到處都不見反證，批評者也不會相信這則傳說；或者，有充分的歷史證據表明伯莎的真實人生與這故事截然不同，如此一來，即使評論家的世界觀認為這故事在「現實生活」中完全可能發生，他也不會相信它。我想，沒有人會質疑坎特伯雷大主教踩到香蕉皮滑倒的故事，因為人人都知道有許多人，尊貴體面的老紳士們，都曾有過類似的滑稽閃失。但是，如果他發現故事裡面有個天使（甚至仙子）警告過大主教，在星期五打綁腿就會

滑倒，那他可能就不會相信這個故事了。還有，如果這個故事據稱是發生在比如1940年到1945年之間，他也可能不信。[30]信或不信的問題就說到這裡。這一點顯而易見，之前也有人講過，但我大膽地再講一次（儘管它有些偏離我現在的主旨），因為那些關心故事起源的人常常忽略它。

但是，那香蕉皮呢？只有當它被歷史學家摒棄的時候，我們才真正開始研究它。香蕉皮被扔掉之後，反而更加有用。歷史學家很可能會說，香蕉皮的故事「被附會到大主教身上」，正如他有充分證據表明，「牧鵝姑娘的童話被附會到伯莎身上」。這種說法在通常所說的「歷史」裡堪稱是無害的。但是，它真能很好地描述故事創作史上正在發生和已經發生的事嗎？我不這麼看。我認為更接近事實的說法是，大主教被附會到香蕉皮上，或伯莎被變成了牧鵝姑娘。我甚至會使用更妙的說法：查理曼的母親和大主教被放進了那個「鍋」，事實上進入了「湯」裡。他們只是被加進原汁裡的新東西。這是一項莫大的榮譽，因為湯裡有許多東西比他們本身（作為單純的歷史人物）更古老、更有力量、更美麗、更滑稽，或更可怕。

顯而易見，亞瑟王這個曾經的歷史人物（但他是不是或許不太重要）也被放進了那個鍋裡。在鍋裡，他和眾多神話和仙境裡年代更久遠的人物和手法——甚至還有其他一些零散的歷史骸骨（例如阿爾弗雷德對抗丹麥人的防衛戰）——一起被煮了很長時間，直到他成了仙境之王。類似的情況也出現在偉大的北方「亞瑟王」——丹麥盾王（在古英語傳說中稱為Scyldingas「希爾德一

---

29. 傳說查理曼之母長著鵝一樣的腳，因此綽號「闊足」。安德魯·朗撰文討論過她與《牧鵝姑娘》童話的關係。——譯者注

30. 這是因為，二戰期間物資匱乏，沒有人能在英國買到香蕉。——譯者注

族」）——的宮廷裡。羅瑟迦國王和他的家族有許多真實歷史的明顯印記，遠遠超過亞瑟王；然而，即使是在更古早的（英語）紀錄中，他們也與許多仙境奇譚中的人物和事件聯繫在一起：他們已經在那口鍋裡了。不過，我現在之所以提到這些英格蘭有記載的最古老的仙境（或其邊界）傳說的殘餘（儘管它們在英格蘭其實鮮為人知），並不是要討論熊男孩如何變成了騎士貝奧武甫，也不是要解釋食人妖葛婪代如何闖進羅瑟迦的王家大廳。[31] 我想指出的是這些傳說包含的另外一點：透露「仙境奇譚元素」與諸神、諸王和默默無名之人之間的關係的獨一無二的例子，（我相信）它闡明了這樣一個觀點：仙境奇譚這個元素無所謂上升或衰落，而是就在那裡，在故事的大鍋裡，等待神話和歷史中的偉大人物，等待那些仍然藉藉無名的他或她，等著他們不分高低貴賤，逐個或一起被投入文火慢燉的湯汁中的那一刻。

羅瑟迦國王最大的敵人是髯族國王弗洛德。然而關於羅瑟迦的女兒莤萊娃（Freawaru），我們卻聽到了一個奇怪傳說的迴響——她家族的敵人弗洛德（Froda）的兒子英葉德（Ingeld），不幸愛上了她並娶她為妻。這在北方的英雄傳說中可不尋常。但這極其有趣，且意義重大。在古代世仇的背景中，隱約可見那個被北歐人稱為弗雷（Frey，意為「主宰」）或英格維－弗雷的神明，盎格魯人稱其為英格（Ing）：他是古代北方神話（與宗教）中掌管豐饒和穀物的神明。王室之間的敵意與該宗教舉行膜拜儀式的神聖場所有關。英葉德和他父親都有屬於該宗教的名字。而莤萊娃這個命名的意思就是「主宰（弗雷）的保護」。然而，後來（古冰島語）講述的關於弗雷的主要故事之一，是他遙遙愛上了諸神之敵的女兒，巨人蓋彌爾的女兒吉爾達，並娶她為妻。這是否證明英葉德和莤萊娃，或他們的愛情，「僅僅是個神話」？我認為不是。歷史往往和

「神話」雷同，因為它們歸根到底來自相同的東西。倘若英葉德和弗萊娃果真從未存在過，或至少從未相愛過，那麼，他們歸根結柢就是從某對無名男女那裡獲得了他們的故事，或更確切地說，他們進入了那些人的故事。他們已經被放進了那口大鍋裡，鍋裡有太多強有力的東西在火上燉了那麼久，其中之一就是一見鍾情。弗雷那位神明也是這樣。如果根本沒有年輕人偶遇少女、墜入愛河，並發現自己與情人之間存在世仇，那麼神明弗雷就永遠不會在奧丁的寶座上看見巨人的女兒吉爾達。但是，既然談到大鍋，我們就不能徹底忽視廚師。大鍋裡有很多東西，但是廚師們並不是盲目地把杓子伸進去胡攪亂撈。他們的選擇很重要。諸神畢竟都是神，關於他們的故事要講究契機。所以，我們必須坦率地承認，一個愛情故事更有可能被說成是關於一位歷史中的王子，實際上更有可能真的發生在一個歷史上的著名家族中，這個家族的傳統是黃金弗雷和華納神族的傳統，而不是哥特族的奧丁、妖術師、烏鴉的饕餮、殺戮之神的傳統。難怪 spell 這個詞既可以指一個被講述的故事，也可以指一種能控制生者的力量的定則。[32]

　　但是，當我們做完了研究該做的所有功課──收集和比較各地的故事，當我們把仙境奇譚中常見的許多元素（例如繼母、中了魔法的熊和牛、吃人的巫婆、名字的禁忌等等）解釋為曾在古代日常生活中實踐的習俗的遺留，或曾被當作信仰而非「幻想」的信仰的遺跡，仍然經常會遺忘了一點──就是故事中的這些古老事物在**現今**所產生的效果。

---

31. 以上內容均源自《貝奧武甫》。──譯者注
32. 英語 spell 作名詞時，本意為言語、敘述、故事，引申為咒語、魔力。──譯者注

首先，它們如今都很**古老**了，而古物本身就有吸引力。《杜松樹》（Von dem Machandelboom）的美麗與恐怖，它那精緻又悲慘的開場、令人作嘔的燉人肉、令人毛骨悚然的骨頭、從樹上升起的迷霧中冒出的歡快與復仇的鳥靈，我從孩提時代起就一直不曾忘懷。然而，那個故事在我記憶裡縈繞不去的主要風味，向來都不是美麗或恐怖，而是距離感和巨大的時間深淵，即使用「twe tusend Johr」[33] 也無法測度。如果沒有燉人肉和骨頭——孩子們如今在溫和版的《格林童話》裡通常讀不到這些內容了[34] ——那麼這種意象就會在很大程度上消失。我不認為**在仙境故事背景下**的恐怖傷害了我，不管它可能來自過去什麼樣的黑暗信仰和實踐。這樣的故事現在具有一種神話的或整體的（無法分析的）效果，這種效果完全不依賴比較民俗學的發現，也不能用比較民俗學來破壞或解釋；它們打開了一扇通往「其他時間」的門，如果我們穿過那扇門，哪怕只有片刻，我們就會站在我們自己的時間之外，也許是站在時間本身之外。

我們如果停下來片刻，不單是注意到這些古老的元素被保存下來，也為思考它們是**如何**被保存下來的，我想我們就必須斷定，正是這種文學效果使它們得以保存下來——就算不總是這樣，也經常是這樣。最先感覺到這種文學效果的不可能是我們，甚至也不可能是格林兄弟。仙境故事絕不是母岩，必須依靠專業的地質學家才能從中取出化石。古老的元素可以被淘汰、遺忘、忽略，或被其他成分輕而易舉地取代：只要把一個故事跟它的各種密切相關的變體比較一下，就會證實這一點。存留下來的東西，必定經歷了多次保留（或植入），因為口述者本能或有意識地感覺到了它們的文學「意義」。[35] 即便我們猜測仙境奇譚中的禁忌源自很久以前曾經實踐過的戒律，但它很可能由於禁忌的重大神話意義而在故事歷史的後期被保留下來。對那種重大意義的知覺，確實可能

存在於一些戒律本身的背後。你不應該這樣做——否則你將在無盡的悔恨中一貧如洗地離去。最溫和的「床邊故事」都曉得這一點。就連彼得兔也被禁止進入花園，他不信邪的結果就是弄丟了他的藍外套，還生了病。鎖著的門代表著永恆的誘惑。

## 兒童

現在我要談談兒童，從而回答我那三大問題中最後也是最重要的一個：仙境奇譚如果真有價值和功能的話，它們在**當下**的價值和功能是什麼？人們通常認為，兒童是仙境奇譚的天然或特別合適的受眾。評論家在描述他們覺得成年人也可能會為了自娛而閱讀的仙境奇譚時，經常會耍弄這樣的俏皮話：「這本書適合六歲到六十歲的兒童。」但我從來沒見過吹捧新款汽車的廣告這麼開頭：「這款玩具將會取悅十七歲到七十歲的嬰兒。」儘管我真心認為這要恰當得多。兒童和仙境奇譚之間有**本質**上的聯繫嗎？如果一個成年人出於自己的愛好而閱讀仙境奇譚，有必要就此發表議論嗎？這是說，把它們當作故事來**讀**，而不是把它們當作古董來**研究**。成年人可以收集和研究任何東西，甚至舊的戲劇節目單或紙袋。

那些仍然有足夠智慧，不認為仙境奇譚有害的人似乎普遍抱持一個觀點，

---

33. 低地德語「兩千年」。這個短語來自《杜松樹》的開頭，不過《格林童話》通行本裡一般寫作 twe dusend Johr，1812 年初版則寫作 twee dusent Joor。——譯者注

34. 這些內容不該刪除，要刪還不如刪除整個故事，等孩子們接受能力更強時再來讀。

35. 見結尾處的注釋 B（第 250 頁）。

就是覺得兒童的心智和仙境奇譚之間存在著天然的聯繫，就像兒童的身體和牛奶之間的聯繫一樣。我認為這是個錯誤，最起碼也是一種矯情的錯誤，因此最常犯這種錯誤的，是那些出於某種私人原因（例如沒有子女）而傾向於將兒童視為一種特殊生物的人，他們差不多把兒童視為一個不同的種族，而不是特定家庭乃至整個人類大家庭中的正常成員（即使還不成熟）。

事實上，兒童和仙境奇譚之間的聯繫，是我們人類家庭歷史發展的偶然產物。在當代文化人的世界裡，仙境奇譚已經被貶進了「兒童室」，就像破舊或老式的傢俱被貶到遊戲室裡一樣，主要是因為成年人不想要它們了，也不介意它們被糟蹋濫用。[36] 這不是兒童的選擇所決定的。兒童作為一個階級——當然他們並不是一個階級，共同之處只是缺乏歷練——既不比成年人更喜歡仙境奇譚，也不比成年人更理解它們；仙境奇譚就和他們喜歡的許多其他事物沒有區別。他們年紀還小，正在成長，慣常都有好胃口，因此仙境奇譚通常很受歡迎。但事實上，只有部分兒童和成年人會格外喜歡仙境奇譚，而即使他們有所偏愛，這種偏愛也不排他，甚至未必占主導地位。[37] 我還認為，如果沒有人為刺激，這種品味也不會在童年初期展現；如果這種偏愛是與生俱來的，那麼它肯定不會隨著年齡的增長而消退，反而會日益深濃。

誠然，近年來仙境奇譚通常是為兒童創作或「改編」的。但眾多音樂、詩歌、小說、歷史著作或科學手冊，也可能是這樣。即使有其必要，這也仍是個危險的過程。事實上，正因為藝術和科學還沒被全盤貶到兒童室去，這才沒變成災難；兒童室和教室僅僅是讓兒童淺嘗和瞥見在成人看來適合兒童的（往往大錯特錯）成人事物。這些事物中的任何一件倘若徹底丟在兒童室裡，都會受到嚴重的損害。這就像一張漂亮的桌子、一幅好畫或一部有用的機器（例如顯

微鏡），如果長期擱置在教室裡無人照管，也會遭到外觀或內在的損壞。以這種方式被放逐的仙境奇譚，孤立在完整的成人藝術之外，最終將會被毀，凋零殆盡；事實上，它們被放逐到如此程度，已經被毀了。

因此，在我看來，仙境奇譚的價值不該以兒童本位來考慮。事實上，仙境奇譚的各種選集，本質上就像一間間的閣樓和雜物室，只是因時因地制宜的遊戲室。它們的內容雜亂無章，經常陳舊殘破，就是一堆混雜著不同寫作年分、目的和品味的大雜燴；不過，它們當中偶爾能發現一篇具有永恆價值的作品：一件沒有受到太大損壞的古老藝術傑作，只有蠢人才會把它束之高閣。

安德魯・朗的《彩色童話》或許不算雜物室。它們更像舊物拍賣場中的攤位。有人手拿雞毛撢子，慧眼獨具，在閣樓和儲藏室裡翻箱倒櫃，挑出那些仍有價值的物品。他的選集大多數是他作為成年人研究神話和民俗的副產品，但它們成書時卻以兒童書籍的方式編纂與呈現。[38] 朗給出的一些編選理由值得深思。

朗在這套書第一冊的引言裡談到，「這些故事是對兒童講的，也是為兒童講的」。他說：「這些故事代表了人的少年時代，忠於他幼時所愛事物，懷有未曾鈍化的信賴，以及依然新鮮的對驚奇的渴望。」他說：「『這是真的嗎？』

---

36. 就故事和其他的床邊傳說而言，還有另一個因素。富裕的家庭雇傭保姆來照顧孩子，故事是這些保姆講述的，她們有時候會接觸到那些已經被更「高貴」的人們遺忘的鄉村和傳統的傳說。這種源頭已經乾涸很久了，至少在英國是如此；但它曾經有一定的重要性。不過，同樣沒有證據表明兒童特別適合接受這種逐漸消失的「民間傳說」。那些保姆說不定同樣適合（或更適合）去挑選圖畫和傢俱。

37. 見結尾處的注釋C（第252頁）。

38. 由朗和他的助理們編纂而成。大部分內容的原始形式（或最古老的現存形式）都不是兒童書籍的形式。

向來是孩童們的大哉問。」[39]

　　我懷疑，朗是將**信賴**和**對驚奇的渴望**視為完全相同或密切相關的東西。它們是截然不同的，不過，一個正在成長的幼小心靈並不會立即或一開始就把對驚奇的渴望跟對其他事物的愛好區分開來。顯然，朗是在一般意義上使用**信賴**一詞：相信某件事物存在於或可能發生在真實（原初）世界裡。果真如此的話，那麼我擔心，朗的話一旦剔除了感情色彩，其言外之意只能是：給孩子們講驚奇故事的人必須、可能，或無論如何確實在利用他們的**輕信**，利用他們的缺乏經驗，後者使兒童在特定情況下很難區分真實與虛構，儘管這種區分本身既是健全心靈的根本，也是仙境奇譚的基石。

　　當然，如果故事創作者的藝術水準高到足以產生**文學信賴**，孩子們就能去相信它。這種心態被稱為「自願擱置懷疑」。[40]但在我看來，這並不能妥善地描述所發生的事情。真正發生的是，故事創作者證明自己是個成功的「次創造者」。他創造了一個你的心靈可以進入的次生世界。在那裡面，他所說的都是「真實的」：它符合那個世界的法則。因此，當你可以說是置身其中時，你就會相信它。一旦懷疑升起，魔咒就被打破了；魔法，或更確切地說是藝術，就此失敗。然後你就又回到了原初世界，從外部看著那個小小的、夭折的次生世界。如果出於善意或為情境所迫，你不得不留下來，那麼你必須擱置（或壓制）懷疑，否則傾聽和觀看都將變得難以忍受。但是，這種懷疑的擱置只是對真實事物的一種替代，是我們在屈尊於遊戲或虛構情境時所用的託辭，或我們試圖（或多或少心甘情願地）從一件對我們來說已經失敗的藝術作品中尋找價值時所用的託辭。

真正熱愛板球的人處於一種著迷狀態，即「次生信賴」。而我在觀看比賽的時候，則沒達到這種境界。我可以（或多或少）自願擱置懷疑，當我被困在那裡，被其他動機支撐著，從而不至於無聊的時候：例如，狂熱的對深藍色而不是淺藍色的紋章偏愛。[41] 因此，這種擱置懷疑可能是一種疲憊、敗落或多愁善感的心理狀態，因此傾向於「成年人」。我想這往往就是成年人在面對仙境奇譚時的狀態。他們被困在那裡，被多愁善感的情緒（童年記憶，或童年應該是什麼樣子的觀念）支撐著；他們認為自己應該喜歡這個故事。但如果他們果真喜歡它，喜歡故事本身的話，他們就不必擱置懷疑了——在這個意義上，他們會相信。

如果這是朗的本意，那麼他的話可能有些道理。有人可能會爭辯說，對孩子們施展魔咒更容易。也許是吧，但我可不確定。我認為，這種表象往往是成人的錯覺，是孩子們的謙卑、缺乏批判經驗和詞彙，以及（與他們的快速成長相配的）不知饜足造成的。孩子們喜歡或試圖喜歡大人給予他們的東西：如果不喜歡，他們無法很好地表達反感或說出反感的理由（也因此可能隱藏起反感）；他們不加區分地喜歡大量不同的東西，不會費心去分析信賴感的層次。無論如何，我都懷疑這種藥劑——令人印象深刻的仙境奇譚具有的魔力——是否真是那種用過就會「鈍化」的藥，效力會在反覆服用後降低。

朗說：「『這是真的嗎？』向來是孩童們的大哉問。」我知道，他們確實會

---

39. 以上三條引文都出現在托爾金閱讀《藍色童話》所作的筆記中，但第三條引文不見於《藍色童話》引言或朗的其他作品。托爾金可能把筆記上自己的讀後感誤當作朗的話了。——譯者注

40. 這是詩人柯勒律治首創的概念。——譯者注

41. 深藍和淺藍分別是牛津和劍橋的隊服顏色。——譯者注

問這個問題，而且這是一個不能草率或漫不經心地回答的問題[42]。但這個問題並不能證明「未曾鈍化的信賴」，甚至不能證明對信賴的渴望。最常見的情況是，它源於孩子想知道他面對的是哪種文學作品的渴望。孩子們對世界的認識往往太少，以至於他們無法在沒有說明的情況下，分辨出幻想的、陌生的（罕見或遙遠的事實）、荒謬的，以及僅僅是「大人」的（即他們父母的世界裡的普通事物，其中有許多他們仍未探索）東西。但他們能識別這些不同的類別，有時候可能喜歡所有的類別。當然，它們之間的界線經常變化不定或混淆不清；但不只對兒童來說是這樣。類似地，我們都知道有差異，但是我們並不總是確定該如何歸類我們所聽到的東西。一個孩子很可能會相信鄰縣有食人魔的報導；許多大人則會輕易相信另一個國家是有食人魔的；至於另一個星球，似乎很少有成人能想像它的居民（如果有的話）不是邪惡的怪物。

須知，我就是安德魯·朗所說的孩子之一——我出生在《綠色童話》出版的那一年——他似乎認為仙境奇譚對這些孩子來說等同於成人小說，他在論到這些孩子時說：「他們的品味仍像幾千年前他們裸體的祖先一樣；他們似乎喜歡仙境奇譚勝過喜歡歷史、詩歌、地理或算術。」[43] 但是，我們真的很了解這些「裸體的祖先」嗎——除了他們肯定不是裸體之外？我們的仙境奇譚，不管其中的某些元素多麼古老，肯定和他們的不一樣。然而，如果假設我們有仙境奇譚是因為他們也有，那麼，我們有歷史、地理、詩歌和算術也很可能是因為他們喜歡這些東西，只要他們能得到這些知識，以及他們還沒把對萬物的普遍興趣劃分成眾多分支。

至於今天的孩子，朗的描述既不符合我自己的記憶，也不符合我撫養孩子的體驗。朗可能誤解了他所認識的孩子們，但如果他沒有誤解，那麼，即使在

英格蘭的狹小疆域內，孩子們之間的差異也是相當大的，這種將他們視為一類的概括（無視他們的個人天分，以及他們所住的地域和他們成長經歷的影響），無論如何都是一廂情願的。我就不曾有過特別孩子氣的「想要相信」。我是想知道。信賴取決於故事呈現給我的方式——是年長的人講的，還是作者寫的——或傳說的內在基調和品質。但我從來不記得故事的樂趣取決於相信這樣的事在「現實生活」中可能發生或已經發生過。很顯然，仙境奇譚主要關注的不是可能性，而是可渴望性。如果它們喚醒了**渴望**，並在滿足這份渴望的同時還不斷把它促動得難以抑制，那麼故事就成功了。此處無須進一步闡述，因為我希望稍後再談這種渴望，它是多種成分的綜合體，有些是普遍的，有些是現代人（包括現代兒童）所特有的，甚至是某些類型的人所特有的。我不渴望像《愛麗絲（夢遊仙境）》那樣做夢或冒險，這些故事只讓我覺得好玩。我也幾乎不渴望尋找埋藏的寶藏或跟海盜搏鬥，《金銀島》沒法讓我滿腔熱血。「印第安紅人」要好一些，故事裡有弓和箭（從小到大，我都有精擅射術的欲望，這欲望完全不曾得到滿足），有陌生的語言，從中對古老的生活方式可見一斑，最重要的是，在這樣的故事裡有森林。但梅林和亞瑟王的國度比這些更好，最棒的則是那無名的北方，那裡有伏爾松族的西古爾德和眾龍中的佼佼者。這樣的國度令人極度嚮往。我從不曾把龍和馬想像成同一種級別的生物。這不光是因為我每天都看到馬，卻連大蟲的足跡都沒見過。[44] 龍身上清楚地打

---

42. 他們更常問我的是：「他是好人嗎？他很邪惡嗎？」也就是說，他們更關心把正邪區分清楚。因為這是一個在「歷史」和「仙境」裡同樣重要的問題。

43. 《紫色童話》的序言。

44. 見結尾處的注釋D（第253頁）。

上了「來自仙境」的標誌。無論它身在哪個世界,那裡都是異界。幻想——即創造或瞥見異界——正是仙境之欲望的核心。我對龍懷有深切的渴望。當然,以我怯懦孱弱的肉身,我一點也不希望牠們與我為鄰,侵入我相對安全的世界——在這個世界裡,人們可以安心地閱讀故事,無須恐懼。[45]但是,哪怕只是包含想像出來的法弗尼爾的世界也要更豐富、更美麗,無論要付出何種危險的代價。居住在寧靜又肥沃的平原上的人,可能聽說過飽經摧殘的山丘和貧瘠荒蕪的大海,並在心中渴望著它們。因為肉體雖然軟弱,但心靈是堅強的。

然而,儘管我現在認為早期閱讀中的仙境元素很重要,但就我小時候來說,我只能說,對仙境奇譚的喜愛並不是早期閱讀品味的主要特點。要到待在「兒童室」的日子過了之後,以及從學會閱讀到入學為止的那段日子(雖然只有短短幾年但感覺似乎很長)過了之後,我對仙境奇譚的真正品味才開始覺醒。在那段時間(我差點要寫「快樂」或「黃金」時期,但那真是一段悲傷而又動盪的時光),我還喜歡很多其他的東西,甚至更喜歡它們:比如歷史、天文學、植物學、語法和詞源學。我在原則上不符合朗概括的「兒童」的特點,只在某些地方碰巧相同:例如,我對詩歌不敏感,故事中出現詩歌就會跳過。很久以後,我才在拉丁語和希臘語中發現詩歌的好處,尤其是在被要求嘗試把英語詩歌翻譯成古典詩歌的過程中。對仙境奇譚的真正喜好則是在成年的門檻上被語文學喚醒的,並在世界大戰的刺激下走向成熟。

關於這一點,我可能已經說得夠多了。在我看來,至少有一點很清楚,就是仙境奇譚不該**特別**與兒童聯繫在一起。仙境奇譚之所以和兒童聯繫在一起,有其自然性,因為兒童是人,而仙境奇譚是一種自然的人類品味(雖然不一定是普遍品味);也有意外性,因為仙境奇譚在現代歐洲已經被束之高閣的文學

大雜燴中占很大一部分；還有非自然性，源於對兒童的錯誤看法，這種錯誤看法似乎隨著兒童的減少而加重了。

的確，童年情感的時代產生了一些仙境類或接近仙境類的討喜作品（然而對成年人來說格外迷人）；但它也產生了一大批劣質故事，是照著過去或現在被認為符合兒童思想和需求的尺度而編寫或改編的。古老的故事非但沒被保留，反而被輕描淡寫或任意刪節；模仿往往是單純的愚蠢，跟皮威征一樣傻氣，[46]但連密謀都沒有；要麼就是一副屈尊俯就的態度；要麼（這一點最要命）暗自竊笑，眼睛還盯著其他在場的成年人。我不會指責安德魯・朗暗自竊笑，但他肯定對自己微笑了，並且肯定頻繁越過他的兒童讀者的頭頂去盯著其他聰明人的面孔——這對《潘圖弗利亞編年史》（Chronicles of Pantouflia）[47]造成了非常嚴重的損害。

達森特以有力又公正的態度回應了那些迂腐守舊地批評他所翻譯的北歐民間故事的人。但是，他也犯下了令人震驚的愚蠢錯誤，尤其是**禁止**孩子們閱讀他選集裡的最後兩本。一個人竟能研究仙境奇譚卻仍如此狹隘，這簡直令人難以置信。須知，如果沒有不必要地把兒童視為這書的必然讀者，批評、反駁和禁止都沒有必要。

我不否認安德魯・朗的話（儘管聽起來可能很傷感）有其道理：「想要進

---

45. 當孩子們問：「這是真的嗎？」很自然，往往他們的意思是：「我喜歡這個，但它是現代的事嗎？我睡在床上安全嗎？」他們想聽到的答案就只是：「今天的英國肯定沒有龍。」

46. 皮威征即前文提到的《甯菲狄阿》裡的仙子騎士。有學者認為，這個詞後來演變成 pigwidgeon，意指傻瓜，小人物，或仙子、精靈、矮人等小生靈。——譯者注

47. 即下文提到的《普裡吉歐王子》和《裡卡多王子》。——譯者注

入仙境王國的人要有一顆赤子之心。」因為擁有赤子之心是所有的崇高冒險所必需的，無論是進入比仙境更低等還是偉大得多的王國。但是，謙卑和純真——從上下文看，「赤子之心」一定是指這兩點——未必意味著不加批判的驚奇，更未必意味著不加批判的溫柔。賈斯特頓曾說，和他一起看過梅特林克的《青鳥》的孩子們很不滿意，「因為它沒有以『審判日』結束，也沒有向男女主人公揭示狗是忠誠的，而貓不忠。」他說：「因為孩子們天真無邪，熱愛正義；而我們大多數人都道德有失，所以會很自然更喜歡憐憫。」

在這一點上，安德魯・朗頗感困惑。他煞費苦心地為自己寫的一個仙境奇譚裡的裡卡多王子殺害黃矮人一事辯護。「我討厭殘忍，」他說，「……但那是一場公平的戰鬥，劍在手，而那位矮人——願他安息！——是披著甲冑死的。」然而，「公平的戰鬥」是否不如「公平審判」那麼殘酷，這點尚不明確；而用劍刺穿一個矮人是否比處決邪惡的國王和凶暴的繼母更公正，也很難說——朗乾脆放棄了對這些罪犯的懲處，（如他所吹噓的）讓他們拿著豐厚的養老金退休了。這是沒有經過正義錘鍊的仁慈。誠然，他的辯護不是針對兒童，而是針對家長和監護人的，朗在向他們推薦自己寫的《普裡吉歐王子》和《裡卡多王子》，認為這兩個故事適合他們的孩子。[48] 正是家長和監護人把仙境奇譚歸類為青少年讀物，結果導致了捏造的價值觀——這就是一個小的樣本。

如果我們在好的意義上（也有合理的壞意義）使用「兒童」一詞，我們就不能允許它把我們推入那種只在壞意義上（也有合理的好意義）使用「成人」或「大人」的感情用事。變老的過程並不一定與變壞聯繫在一起，儘管兩者確實經常一同發生。孩子們註定要長大，而不是變成一群彼得・潘。他們不是要失去純真和好奇，而是要踏上既定的旅程：在這段旅程中，滿懷希望地前

行當然不如到達目的地好，但我們若要到達目的地，就必須滿懷希望地前行。但是，這是仙境奇譚的教訓之一（如果我們可以從不試圖說教的東西中提取教訓的話）：危險、悲傷和死亡的陰影，都可以賦予幼稚、笨拙、自私的青年尊嚴，有時候甚至可以賦予智慧。

讓我們別再把人類二分為埃洛伊族和莫洛克族吧：埃洛伊族的漂亮孩子們——十八世紀的人經常愚蠢地稱他們為「精靈」——抱著他們的（經過精心刪改的）仙境故事，而黑暗的莫洛克族則維持機器的運轉。如果仙境奇譚這類作品終究值得一讀，那麼它就值得為成人而寫，讓成人閱讀。當然，成人會比孩子們投入更多，也收穫更多。然後，作為真正藝術的一個分支，孩子們可盼得到適合他們閱讀，但又在他們的能力範圍之內的仙境奇譚；就像他們可盼得到詩歌、歷史和科學方面的適當入門讀物一樣。不過，對他們來說，讀一些超出能力範圍而不是缺乏挑戰的東西，尤其是仙境奇譚，可能會更好。他們的書應該就像他們的衣服一樣允許成長，而他們的書無論如何都應該鼓勵成長才是。

那好，如果成人把仙境奇譚作為文學的一個自然分支來閱讀——既不裝作孩子，也不假裝在給孩子選書，更不以不願長大的孩子自居——那麼，這類文學的價值和功用是什麼？我認為，這是最後一個也是最重要的問題。我在前文裡已經暗示了我的一部分答案。首先，倘若仙境奇譚以藝術的筆法寫就，那麼它的主要價值將僅僅是它作為文學與其他文學形式所共有的價值。但仙境奇譚也以一種獨有的程度或模式，提供了以下功能：幻想、返璞、遁逃、撫慰，這

---

48. 《淡紫色童話》的序言。

些通常都是成年人比兒童更需要的東西。如今，人們普遍認為它們大多都是有害於所有人的。以下我將從**幻想**開始，逐一簡要討論它們。

## 幻想

　　人的心靈有能力把不存在的事物在腦海中形成影像。這種構想影像的能力，自然而然被稱為想像力。[49]但在近代，在專業術語而非日常語言中，「想像力」被歸為「幻想」（fancy，是更古老的fantasy一詞的簡化和貶義形式）運作的產物，經常被認為高於單純的「塑造影像的能力」；因此，有人試圖把「想像力」局限（我應該說是誤用）於「賦予理想的創造物以現實的內在一致性的能力」。[50]

　　雖然，要我這個門外漢對這麼關鍵的問題發表意見不免顯得荒謬可笑，但我斗膽以為，這種字詞區分在語文學上是不恰當的，分析也不準確。塑造影像的精神能力是一回事，或者說是一個方面；它就應該被恰當地稱為「想像力」。對影像的感知，對其意涵的掌握與控制，都是成功表達的必要條件。它們的生動程度與力度可能有所差異，但這只是想像力程度上的不同，而不是性質上的不同。而提供（或似乎提供）「現實的內在一致性」[51]的成功表達則是另一回事，或者說另一個方面了，需要另一個名稱：「藝術」，也就是在想像力與最終成品——次創造——之間的運作樞紐。為了我現在的論述，我需要一個詞，能夠同時涵括「次創造藝術」本身，與從影像中衍生出來的「表達」中那種陌生與驚奇的品質：那正是仙境奇譚的精髓所在。因此，我就像蛋頭先生[52]一樣不客氣，直接指定「幻想」（Fantasy）這個詞來達到目的了：也就是

說，在某種意義上，將它作為「想像力」同義詞的更古老、更高級的用法，與「非現實」（亦即不與原初世界相似）和擺脫可見「事實」宰制的自由（簡而言之，就是fantastic「異想天開」）結合起來。因此，我不僅意識到，而且樂於見到fantasy與fantastic在詞源學和語義上的聯繫：它們關係到那些不僅「實際上不存在」，而且在我們這個原初世界裡根本無從尋覓，或者公認找不到的事物的影像。我雖承認這一點，但並不同意這種貶低的語氣。這些影像所表達的事物不屬於原初世界（如果這真有可能的話），這其實是優點而非缺陷。我認為，幻想（在這個意義上）並不是藝術的低級形式，而是藝術的高級形式，甚至是最接近純粹的形式，因此（一旦實現）也是最強大的形式。

當然，幻想天生就占有一項優勢：俘獲人心的奇異陌生感。但這一優勢卻被逆轉成不利之處，給它招來了惡名。很多人不喜歡被「俘獲」。他們不喜歡對原初世界——或他們所熟悉的原初世界的邊角一隅——的任何干預。因此，他們愚蠢地、甚至惡意地將幻想與毫無「藝術」可言[53]的做夢混淆，又與連控制都不存在，全是妄想和幻覺的精神疾病混為一談。

但是，不安和由此產生的厭惡所導致的錯誤或惡意，並不是造成這種混亂的唯一原因。幻想也有一個本質上的缺點：難以實現。幻想的次創造性在我看

---

49. 英語「想像力」（imagination）與「圖像」（image）同源。——譯者注

50. 引自第一版《牛津英語詞典》對fancy的釋義4。詞典中以此區分fancy和imagination這對近義詞。——譯者注

51. 也就是：它控制或誘導了次生信賴。

52. 出自《愛麗絲鏡中奇遇記》，在故事裡，蛋頭先生會隨口決定字詞的意義，所有的字詞都是他自己決定什麼時候是什麼意思。——譯者注

53. 不是所有的夢都是這樣。在某些夢中幻想似乎起了作用。但這是例外情況。幻想是一種理性的活動，不是非理性的。

來或許不是更低，而是更高；但無論如何，在實踐中我們發現，原始素材的影像與重組方式與原初世界的實際組合方式相差越大，幻想的「現實的內在一致性」就越難做到。使用更「不誇張」的材料，更容易產生這種「真實」。因此，幻想常常沒有得到發展；它不只現在，過去也被輕率或半認真地使用，或只是拿來當作裝飾，徒然只是「獵奇」而已。任何繼承了人類語言這一神奇工具的人，都能說出「綠色的太陽」。大多數人也能由此想像或描繪它的影像。但這仍然不夠——儘管這可能已經比眾多獲得文學讚譽的「縮略草圖」或「生活實錄」更強有力。

要創造一個其中的綠色太陽能令人信服的次生世界，不但需要費心勞力，而且肯定需要一種特殊的技能，一種精靈般的手藝，才能博得讀者的「次生信賴」。很少有人嘗試如此艱巨的任務。但是，一旦他們嘗試有成，我們就擁有了一項珍貴的藝術成就，確切地說是敘事藝術，故事創作最主要、最有感染力的表現模式。

在人類藝術中，幻想最好留給文字，留給真正的文學。例如，在繪畫中，以視覺方式來呈現異想天開的影像在技術上太容易了；手往往會越過心思，甚至將其推翻。[54] 這經常導致愚蠢或病態的結果。戲劇從根本上說是一種與文學截然不同的藝術，但卻常常被拿來與文學一併考慮，或被視為文學的一個分支，這實在是不幸。而在這些不幸當中，我們大可把對幻想的貶損也計算在內。因為，至少在某種程度上，這種貶損是源自批評家的自然願望，他們更推崇自己偏好的文學或「想像」形式，不管這種偏好是與生俱來的還是訓練出來的。在一個出過極其偉大的戲劇，並擁有威廉‧莎士比亞作品的國度，批評往往過於戲劇化。但是戲劇天生就敵視幻想。幻想，哪怕是最簡單的那類，在按

照戲劇該用的方式，即看得見和聽得見的方式來呈現時，也很難取得成功。幻想的形貌是不可偽造的。裝扮成會說話的動物的人也許會達到滑稽或模仿的效果，但他們實現不了幻想。我想，耶誕童話劇[55]這種戲劇的雜交劣品形式的失敗就很好地說明了這一點。它越接近「戲劇化的仙境奇譚」，就越糟糕。只有當情節和其中的幻想淪為鬧劇的附屬框架，並且不要求也不期待任何人對表演的任何部分抱有任何「信賴」時，它才是可以容忍的。當然，這在一定程度上是因為戲劇製作人不得不或嘗試使用機械裝置來表現幻想或魔法。我曾經看過一齣所謂的「兒童耶誕童話劇」，故事乾脆就是《穿靴子的貓》，甚至包括食人魔變成老鼠的場面。假如這在機械方面成功了，它要麼會嚇壞觀眾，要麼就會變成區區一個高級魔術。事實上，儘管燈光效果還算巧妙，但與其非要說懷疑被擱置了，還不如說它被絞死吊起來大卸八塊了。

在閱讀《馬克白》時，我覺得那幾個女巫尚可容忍：她們有敘事功能，也有某種黑暗意義的暗示；儘管她們被庸俗化了，成了同類中的可憐蟲。但她們在戲劇裡簡直令人無法忍受。如果我不是讀過故事，有記憶加成，她們就會異常令人無法忍受。有人告訴我，如果我代入那段時期的思想，對獵巫和審判女巫司空見慣，感受就會有所不同。但這等於說：我得認為女巫在原初世界裡可能——甚至很有可能——存在；換句話說，她們不再是「幻想」。這種說法反而支持了我的觀點。當劇作家試圖利用幻想時，幻想的命運很可能就是被消解或被降格，即使是莎士比亞這樣的劇作家也不例外。寫《馬克白》的劇作家，

---

54. 見結尾處的注釋E（第254頁）。

55. 原文是pantomime，但這裡指的是英國特有的一種戲劇形式，可以追溯到十八世紀。這種戲劇並非默劇，而是基於民間傳說或童話故事的歌舞鬧劇，通常在耶誕季節上演，目標觀眾是兒童。——譯者注

其實本該寫一個故事（至少就此情況而言），如果他具備寫作這項藝術所需的技巧或耐心的話。

還有一個原因，我認為比舞台效果的不足更重要：戲劇就其本質而言，已經嘗試了一種偽造的魔法，或者我至少可以說是替代的魔法：**把故事裡想像出來的人用看得見和聽得見的方式呈現出來**。這本身就是試圖偽造魔法師的魔杖。即便能在機械方式上取得成功，要在這個準魔法的次生世界中引入額外一層的幻想或魔法，也無異於要求創造另一個內嵌世界或再次生世界。這世界的數量就太多了。要做這樣的東西並非不可能，但我從沒見過成功的例子。然而，我們至少不能主張它是戲劇的正確模式，因為在戲劇中，行走和說話的人都是藝術和幻覺的天然工具。[56]

正是因為這個原因——戲劇中的人物，甚至場景，都不是想像出來的，而是實際看到的——戲劇才是一門從根本上不同於敘事藝術的藝術，儘管它使用類似的素材（文字、詩句、情節）。因此，如果你偏愛戲劇而不是文學（許多文學評論家顯然如此），或者你的批評理論主要來自戲劇評論家，甚至從戲劇中形成，你就很容易誤解純粹的故事創作，並將其局限在舞台劇的範圍內。例如，與事物相比，你可能更喜歡人物，哪怕是最卑鄙、最乏味的人物。單純作為樹本身的樹，很少有能進入戲劇的內容。

再說「仙境戲劇」——根據大量紀錄，精靈常向人類展示這種戲劇——所具有的現實感與直觀性超出一切人類機制所能達到的程度，能夠引發「幻想」。這導致它（在人類身上）常常起到超越「次生信賴」的作用。如果你在一齣仙境戲劇的現場，你自己就是（或者你認為你是）實實在在置身於它的次生世界裡。這番體驗可能極像做夢，而且（似乎）有時候還被（人類）跟做夢

混為一談。但在仙境戲劇中，你所處的夢境是其他心靈所編織的，而你很可能把握不住這個令人警覺的事實。這一劑「直接」體驗次生世界的魔藥，效力實在太強，無論所見所聞多麼奇妙，你都以為這就是原初信賴。你受騙了──這是不是精靈的意圖（每次或隨便哪次），則是另一個問題。無論如何，他們自己並沒有受騙。對他們來說，這是一種實至名歸的藝術形式，有別於所謂的巫術或魔法。儘管他們也許為它花費得起比人類藝術家更多的時間，他們卻不生活在其中。精靈和人類的原初世界，也就是「現實」，是相同的，只是雙方對它的器重程度和感知方式不同。

我們需要一個詞來形容這種精靈的技藝，但是，所有曾經用來形容過它的詞都已經與其他東西混淆不清了。現成的「魔法」一詞我前面已經用過了（第209頁），但我其實不該用的：「魔法」一詞應該留給魔法師的操作。「藝術」則是附帶產生次生信賴（這不是藝術唯一或最終的目的）的人類過程。精靈也會用同類的「藝術」，只是更熟練也更輕鬆，至少報告似乎是這麼說的；但是更強、更具有精靈特色的技藝，我稱其為「幻惑力」（Enchantment），因為我找不到一個爭議更小的詞。幻惑力創造了一個設計者和觀看者都能進入的次生世界，在這個世界中，二者的感官需求都能得到滿足；但就其純粹性而言，它的欲望與目的都是藝術。魔法在原初世界裡產生或假裝產生改變。不管它是由誰施展的，是仙子還是凡人，它都與「藝術」和「幻惑力」截然不同；魔法不是一門藝術，而是一種技術；魔法的欲望是在這個現世裡獲得**力量**，主宰事物與意志。

---

56. 見結尾處的注釋F（第255頁）。

幻想嚮往精靈的技藝，也就是「幻惑力」；當幻想建構成功時，它在所有人類藝術形式裡也最接近幻惑力。許多人類創作的精靈故事的核心——或明或暗，或純或雜——都是那種對實現鮮活的次創造藝術的欲望，這種欲望表面上看也許極似對自我中心的力量的貪欲（這正是區區魔法師的標誌），但其內在卻是截然不同的。在很大程度上，精靈（較好的部分，但仍是危險的）正是出於這種欲望而被創造出來的；正是從精靈身上，我們或可了解到什麼是人類幻想的核心欲望和願望——即使精靈只是幻想本身的產物，也恰恰因為他們只是幻想本身的產物。這種創造的欲望只會被贗品所欺騙，無論是人類戲劇家天真但笨拙的手段，還是魔法師的惡意騙局。在這個世界上，幻想是為那些無法滿足的人準備的，因此也是不朽的。它未曾腐敗墮落，因此它不謀求欺騙，也不謀求蠱惑與支配；它謀求的是共享財富，尋找創作和愉悅的夥伴，而不是尋找奴隸。

對許多人來說，幻想這種次創造藝術就算不是不正當，也似乎十分可疑，因為它對世界和世間萬物玩著奇怪的把戲，組合名詞，重新分配形容詞。在有些人看來，它最起碼也是幼稚愚蠢的，是民族和個人都只有在年輕時才會做的事。至於幻想的正當性，我只想引用我寫給某人的信中的一小段話，那位收信人曾把神話和仙境奇譚形容為「謊言」；[57]不過，說句公道話，他夠善良也夠困惑，以至於把仙境奇譚稱為「花團錦簇的謊言」。

「親愛的先生，」我說，「人類雖然與造物主疏離甚久，
卻未完全迷失，也未完全改變。
人類或已墮落，但並未遭到廢黜，

他仍保有部分曾經擁有的身分與權柄：

人類，次創造者，折射的**光**，

透過他，單一的**白色**分裂成

諸多色調，無休無止地組合成

鮮活的形狀，從一個心靈感動到另一個心靈。

儘管我們把世間所有的裂縫

填滿精靈和哥布林，儘管我們敢於

從黑暗和光明中建造出諸神和他們的殿宇，

又敢播下龍的種子──但這是我們的權利

（不管善用還是濫用）。這項權利從未消亡：

我們仍然按照創造我們的法則來創造。」


　　幻想是一種自然的人類活動。它當然不會摧毀，更不會侮辱「理性」；它既不會削弱人們對科學真理的興趣，也不會模糊人們對科學真理的認知。事實恰恰相反。理性越是敏銳、清晰，它產生的幻想就越是出色。假如人類處於一種無心求知，或無法感知真理（事實或證據）的狀態，那麼幻想就會凋萎，直到人被治癒。如果人類真的落入那種狀態（這似乎並非不可能），幻想就會消亡，變成「病態的妄想」（Morbid Delusion）。

　　因為創造性的幻想是建立在這樣一種堅定的認識之上，那就是世界上的事物正如在日光之下呈現的那樣；建立在對事實的承認之上，而不是為事實所奴

---

57. 即寫給C.S.路易斯的《神話創作》（Mythopoeia）。──譯者注

役。路易斯‧卡羅爾的故事和韻詩中所呈現的荒謬也是這樣建立在邏輯之上的。如果人真的無法區分青蛙和人，那麼關於青蛙國王的仙境奇譚就不會出現了。

當然，幻想可能會過度。它可能馬虎潦草；它可能被用來作惡；它甚至可能迷惑創造了它的心靈。但是，在這個墮落的世界裡，有什麼人類的東西不是如此？人類不僅構想了精靈，還想像出諸神，並且崇拜他們，甚至崇拜過那些作者自身的邪惡催生出的最畸形的東西。不但如此，他們還用其他素材——他們的學說觀點、他們的旗幟口號、他們的金錢財富——製造了偽神；甚至他們的科學和他們的社會、經濟理論都要求以人類為祭品。「濫用不排除善用」。[58]幻想依然是人類的權利：我們按照自己的尺度和自己沿用的模式來創造，因為我們是被創造出來的——不單是被創造，而且是按照造物主的形象和樣式被創造。

## 返璞、遁逃、撫慰

至於老年，無論是個人的老年還是我們所處時代的老年，可能正如人們經常認為的那樣，老年帶來無力（參見第217頁）。但這種想法主要是單純研究仙境奇譚所帶來的。為了欣賞或寫作仙境奇譚而去分析研究它們，就像為了欣賞或寫作舞台戲劇而先去對各個國家和時代的戲劇進行歷史研究一樣，都是糟糕的準備方式。這項研究確實很可能變得令人沮喪。學生很容易感到，他的一切努力，都只是從「傳說之樹」（Tree of Tales）的無數葉子裡收集了幾片而已，其中很多已經破損或腐爛了，鋪滿了歲月之林（Forest of Days）的地

面。給這層枯枝敗葉做些添加似乎是毫無意義的。誰能設計出一片新的葉子？從萌芽到舒展的模式，從春天到秋天的色彩，這些人類全都在很久以前就發現了。但事實並非如此。這樹的種子可以重新種植到幾乎任何土壤中，就連英格蘭這樣煙燻火燎（安德魯・朗語）的大地也行。當然，春天的美並不會因為我們見過或聽過其他類似的事件而遜色：我們說「類似」，因為從世界的開始到世界的終結，從來都沒有事件是完全相同的。橡樹、梣樹和山楂樹[59]的每一片葉子，都是這種模式的獨特具象。對於某些人來說，這一年可能代表了具象本身，有生以來第一次得見、得辨；然而橡樹已經為無數代人吐出過葉子。

我們不會，也沒必要因為所有的線條非彎即直就對繪畫感到絕望，同樣也不會因為只有三種「原色」就對彩繪感到絕望。我們現在也許確實更老了，因為我們在藝術上繼承了許多代祖先的享受或實踐。在這種財富的傳承中，可能會出現無聊厭倦或急於獨創的危險，這可能導致對精美的繪畫、精緻的圖案和「漂亮的」色彩的厭惡，或者導致對古老素材巧妙但無情的單純操縱和過度雕琢。但是，擺脫這種疲倦的真正途徑，並不在於故意表現笨拙、粗陋或畸形，也不在於把所有事物弄成黑暗或持續不斷的暴力；更不在於把色彩從微妙混合成單調，把形狀幻想得怪誕複雜到了愚蠢甚至狂亂的地步。在我們陷入那樣的狀態之前，我們需要返璞。我們應該重新審視綠色，重新為藍色、黃色和紅色而驚異（但不是被蒙蔽）。我們應該見見半人馬和龍，然後也許會像古代的牧羊人那樣，突然看到了羊、狗和馬——以及狼。仙境奇譚能幫我們做到這樣的

---

58. 這是一句常見的拉丁語格言。——譯者注

59. 凱爾特傳說中，橡樹、梣樹和山楂樹都是仙子喜歡的聖樹，常被並稱。它們也在《霍比特人》末章的精靈歌謠中被並稱。——譯者注

返璞。從這個意義上說，只有對仙境奇譚的喜好，才能讓我們恢復或保持童心。

　　返璞（包括健康的回復和更生）意為重拾——重拾清明的視野。我說的不是「看見事物的本來面目」，從而把自己和哲學家攪在一起，但我可以大膽地說「按照我們應該看到（無論是否允許）的樣子去看待事物」——把它們看作與我們自身無關的東西。無論如何，我們都需要勤拭心窗；這樣，我們才能把清晰看見的事物從老套或熟悉的單調模糊中——從占有中解放出來。在所有的面孔裡，我們**熟悉的**那些面孔是最難施展神奇把戲的，也最難真正以全新的視角去看待，察覺它們的相似與相異：它們是一張張的面孔，但又是獨一無二的面孔。這種「老套」其實是對「據為己有」的懲罰：老套或（在負面的意義上）熟悉的事物，都是我們在法律上或精神上據為己有的事物。我們聲稱對它們瞭若指掌。它們已經變得就像那些一度以其光澤、色彩或形狀吸引過我們的東西一樣，我們把它們拿到手，然後就把它們鎖進儲藏庫，一旦得到，便不再關注。

　　當然，仙境奇譚並不是唯一返璞歸真或未雨綢繆的方法。謙遜就足夠了。此外還有（尤其是對於謙遜之人）被稱為「賈斯特頓式幻想」的「廳啡咖」。[60]「廳啡咖」是個幻想式的詞，但在這個國度的每個城鎮都能見到它的蹤影。它就是咖啡廳，是從室內透過玻璃門看到的反過來的字，就像狄更斯在倫敦一個陰天看到的那樣；賈斯特頓用這個詞來表示突然換一個新的角度來看已成老套的事物時，出現的新奇之處。大多數人都會同意這類「幻想」堪稱有益健康，而且它永遠不缺素材。但我認為，這種幻想的力量是有限的，因為它唯一的優點就是讓人恢復嶄新的視野。「廳啡咖」這個詞可能會讓你突然意識到英格蘭

是一片完全陌生的土地，讓你迷失在某個藉由歷史瞥見的遙遠的過去，或迷失在某個只有藉由時光機才能到達的陌生又朦朧的未來；它可能會讓你看見那裡的居民、他們的風俗和飲食習慣令人驚奇的古怪和有趣之處；但它能做的僅止於此了：充當一架聚焦於一點的時光望遠鏡。創造性的幻想主要是嘗試做別的事（創造新的東西），因此它可以打開你的儲藏庫，讓所有被鎖住的東西像籠中鳥一樣振翅飛走。寶石盡數化作鮮花或火焰，你將驚覺你曾經占有（或知道）的一切都強大有力、充滿危險，又自由又狂野，從未真正困於枷鎖之中；不同於你，亦不為你所有。

其他類型的詩歌與散文中的「幻想」元素，即使只是裝飾性的或偶爾出現的，也有助於這種解放，但不像仙境奇譚那樣徹底，因為仙境奇譚是建立在幻想之上或關乎幻想的東西，幻想就是仙境奇譚的核心。幻想源自原初世界，但優秀的工匠熱愛他的材料，對黏土、岩石和木材懷著只有製作藝術才能帶來的知識和情感。冰冷的鐵經由格拉姆[61]的鍛造而顯露出不凡；馬匹透過飛馬的創造而被尊崇；經由日月聖樹的故事（Trees of the Sun and Moon），樹根與樹幹、花朵與果實，都顯現出榮耀。

事實上，仙境奇譚大部分講述的，或者說（較好的仙境奇譚）主要講述的，都是簡單或基本的事物，沒有經過幻想的修飾，但這些簡單的事物因其背景而更加光彩奪目。因為故事創作者若是允許自己與大自然「自由相處」，就可以成為大自然的情人，而不是奴隸。正是在仙境奇譚裡，我第一次領悟到了

---

60. Mooreeffoc是coffee-room反過來看，典出狄更斯自傳，後因G.K.賈斯特頓的《查理斯·狄更斯》而流行。——譯者注
61. 格拉姆是《伏爾松薩迦》中英雄西古爾德的劍。——譯者注

文字的威力，以及石頭、木頭和鐵，樹木和青草，房子和火焰，麵包和酒這諸般事物的奇妙之處。

最後，我想談談「遁逃」和「撫慰」這兩個主題，它們很自然是緊密相連的。當然，仙境奇譚絕不是遁逃的唯一媒介，但在今天，它卻是「逃避現實」文學最明顯、（在某些人看來）最荒唐的形式之一；因此，我們在討論仙境奇譚時，有理由將批評中的「遁逃」一詞納入考慮。

我已在前文說過，遁逃是仙境奇譚的四大主要功能之一。既然我並不反對仙境奇譚，就擺明我不接受現今在使用「遁逃」一詞時，經常帶有的鄙視或憐憫的語氣：在文學批評之外，用這種語氣使用遁逃一詞可謂毫無根據。在濫用該詞的人喜歡稱之為「現實生活」的世界裡，遁逃顯然往往非常實際，甚至可能是英勇的。在現實生活中，很難譴責遁逃之舉，除非它失敗了；但在文學批評中，似乎遁逃越是成功，遭到的抨擊就越嚴重。顯而易見，我們面臨著名詞濫用和思維混亂。如果一個人發現自己遭到監禁，他試圖逃脫並回家去，這樣的人為什麼要受到鄙視？或者當他無法這麼做時，他思考和談論獄卒與監獄高牆之外的其他話題，又有什麼不對？外面的世界並不會因為被囚者看不見而變得不真實。評論家以這種方式來使用「遁逃」是用錯了詞，更有甚者，他們把「囚犯的遁逃」與「逃兵的潛逃」混為一談，有時還是有意為之，並非無心之過。這就像第三帝國黨的發言人會把逃離元首帝國或任何其他帝國的苦難，甚至對帝國的批評都貼上背叛變節的標籤。同樣，這些評論家為了混淆視聽，從而把對手打入受人蔑視的境地，不但把鄙視的標籤貼在逃兵行為上，而且貼在真正的遁逃上，以及常常與之相伴的厭惡、憤怒、譴責和起義上。他們不僅把囚犯的遁逃與逃兵的潛逃混為一談，而且似乎更喜歡「賣國賊」[62]的順從，

而不是愛國者的抵抗。對於這種想法，你只要說「你所熱愛之地反正註定要滅亡」，就可為任何背叛開脫，甚至加以美化。

　　舉個微不足道的例子：別在你的故事裡提到（其實是別招搖展示）大量生產的電力路燈，就是遁逃了（按其正面意義）。但不提路燈可能是——幾乎肯定是——出自對如此典型的自動化時代產品的經過深思熟慮的厭惡，這種產品結合了精巧和獨創的手段與醜陋，並且（往往）還有低劣的結果。這些路燈被排除在故事之外，可能只是因為它們是差勁的路燈；也許這個故事要人吸取的教訓之一，就是認識到「它們太差」這個事實。但是大棒來了，他們說：「電燈已成定局了。」很久以前賈斯特頓其實就說過，只要他聽說任何東西「已成定局」，他就知道那東西很快就會被取代——甚至被視為過時寒酸得可憐。此言不虛。有一則廣告說：「由於戰爭的需要，科學前進的步伐加快了，勢不可擋……讓一些東西過時，並預示了電力利用的新發展。」[63] 這是同樣的意思，只是口吻更具威脅性。電力路燈確實可以被忽略，只因它如此微不足道又曇花一現。無論如何，仙境奇譚有許多更恆久、更基本的東西可談，例如閃電。逃避現實者不像這些反對者那樣屈從於稍縱即逝的時尚衝動。他不會把事物（認為它們不是好東西可能是相當合理的）當成不可逃避，甚至「不可抗拒」的來崇拜，從而把它們變成自己的主人或神明。而他那群輕易就蔑視他的對手，卻不能保證他會就此罷手：他可能會鼓動人們去推倒路燈。逃避現實還有另一種更邪惡的面目——反動（Reaction）。

---

62. 源於挪威法西斯黨魁吉斯林（Vidkun Quisling），他在第二次世界大戰時賣國通敵，出任納粹侵占挪威後的傀儡政府頭子。——譯者注

63. 見於1943年《潘趣》（Punch）雜誌上飛利浦燈泡有限公司（飛利浦當時在英國的分部）的廣告。——譯者注

不久前——雖說這似乎很不可思議——我聽到牛津的一名職員宣稱，他「歡迎」近在咫尺的大規模自動化工廠，以及自相堵塞的機械交通的咆哮轟鳴，因為這讓他的大學「接觸到現實生活」。他的意思也許是，二十世紀人們的生活和工作方式，正以令人心驚的速度變得愈加野蠻，牛津街頭對此喧鬧展示可以起到警告的作用，即如果不採取真正的（實踐的和腦力的）攻擊性行動，僅靠籬笆是不可能在非理性的沙漠中長久保持一片健全理智的綠洲的。恐怕他就沒能做到。無論如何，在這個語境裡，「現實生活」這種表達似乎沒達到學術標準。認為汽車比半人馬或龍更「鮮活」的想法就夠稀奇了，認為汽車比馬更「真實」的想法則荒謬到了可悲的地步。與榆樹這可憐的過時之物，逃避現實者的虛幻夢想相比，工廠的煙囪是多麼真實，多麼驚人地鮮活啊！

就我而言，我無法說服自己布萊切利車站的屋頂比雲朵更「真實」。作為人造產物，我也覺得它不如傳說中的天堂穹頂那麼令人振奮。對我來說，通往4號月台的橋不如佩戴加拉爾的海姆達爾所守衛的彩虹橋[64]有趣。我實在忍不住要問：如果鐵路工程師是在更多幻想當中長大的，他們難道真不能利用一切豐富的手段來做到比慣常所做的更好。我想，仙境奇譚可能比我提到的那位學術人士更適合做「藝術大師」。[65]

他（我只能假設）和其他人（這個可以確定）會稱為「嚴肅」文學的許多東西，只不過是市政游泳池邊玻璃屋頂下的遊戲而已。仙境奇譚可能會虛構出飛在空中或潛在深海的怪物，但至少它們不會試圖逃離穹蒼或海洋。

如果我們暫時撇開「幻想」不談，我認為，仙境奇譚的讀者或作者甚至不必為「逃避」古風事物感到羞恥：不喜歡龍但喜歡馬、城堡、帆船、弓箭；不僅有精靈，還有騎士、國王和神父。畢竟，一個理性的人經過反思（與仙境奇

譚或騎士傳奇完全無關）之後，還是有可能譴責諸如工廠之類的進步事物的（至少是通過在「逃避現實」文學中緘口不提這類事物的含蓄方式），或機關槍和炸彈這樣明顯是它們最自然、最不可逃避的（我們敢說是「不可抗拒的」）產物。

「現代歐洲生活的原始和醜陋」——也就是我們應該歡迎接觸的那種現實生活——「標誌著生物學意義上的劣勢，對環境應對不足或錯誤。」[66] 未經矯飾的蓋爾語故事中巨人袋子裡最瘋狂的城堡，不但遠遠沒有自動化工廠那麼醜陋，而且（用非常現代的話來說）「在非常真實的意義上」也真實得多。為什麼我們不該逃避或譴責高頂禮帽那「冷酷的亞述式」荒謬，或工廠的莫洛克式恐怖？就連科幻小說作者都譴責它們，而科幻小說是所有文學形式中最逃避現實的一種。這些先知經常預言（許多人似乎也很渴望）一個像有玻璃屋頂的巨大火車站一樣的世界。但是，通常很難從他們那裡了解到，在這樣一個世界鎮裡，人們會**做**什麼。他們可能會放棄「維多利亞式全套裝束」，換上（帶有拉鍊的）寬鬆衣服，但看起來，他們利用這種自由主要是為了在很快就令人膩煩的高速運動遊戲中玩那些機械玩具。從其中的一些故事來看，他們仍將一如既

---

64. 海姆達爾是北歐神話中的光之神，破曉之神；他擁有名為加拉爾的警告號角，平日就守在彩虹橋附近，用他過人的眼睛和耳朵監視著，不讓巨人偷跑進神國領域。——譯者注

65. 原文是 Master of Arts，這裡有雙關語義：Master of Arts 既指「文科碩士」，又可以按照字面解釋為「精通藝術者」。——譯者注

66. 克里斯多夫・道森，《進步與宗教》，第58、59頁。後來他又補充道：「維多利亞式全套裝束，高頂禮帽和長禮服，無疑表達了十九世紀文化中的一些精髓，因此隨這種文化傳播到了全世界，這是以往任何一種服裝時尚都不曾做到的。我們的後人可能會從這種服裝時尚上辨認出一種冷酷的亞述式之美，這種美適合作為創造它的那個無情而偉大時代的象徵；但是，不管怎麼說，它都錯過了一切服裝都應該擁有的、直接且不可避免的美，因為就像孕育它的文化一樣，它脫離了自然的生活，也脫離了人性。」

往地懷有淫欲、貪欲和報復之心；而他們的理想主義者的理想，也不過就是在其他的星球上建造更多同類城鎮這樣的宏偉構想。這確實是一個「手段改進，結果惡化」的時代。這種時代的根本弊病——產生想要逃離的欲望，但不是要逃離生活，而是要逃離我們眼前的時代和我們自己製造的苦難——部分在於我們強烈地意識到我們作品的醜陋與邪惡。因此，在我們看來，邪惡和醜陋似乎密不可分。我們發現很難構想邪惡和美的共存。我們幾乎無法理解那種貫穿遠古時代的對美麗仙子的恐懼。更令人擔憂的是：善本身也失去了它應有的美。在仙境裡，我們確實可以想像一個食人魔擁有一座猙獰如噩夢的城堡（因為食人魔的邪惡要它如此），但我們無法想像一座出於好意建造的房子——客棧、旅人的招待所、賢明高貴的國王的大殿——會醜到令人作嘔。在今天，看見一座不醜的建築已成奢望，除非它是在我們這個時代之前建成的。

然而，這是仙境奇譚現代與特殊（或偶然）的「逃避現實」的一面，騎士傳奇和其他源於過去或關於過去的故事同樣有這一面。許多過去的故事之所以具有「逃避現實」的吸引力，只是因為它們是從一個人們普遍對親手做成之物真心感到喜悅的時代倖存下來，延續到了我們這個很多人都對人造之物感到厭惡的時代。

但是，在仙境奇譚和傳說中，總能見到其他更深刻的「逃避現實」。需要逃離的除了內燃機的噪音、惡臭、冷酷和奢侈之外，還有其他更嚴酷、更可怕的東西——飢餓、乾渴、貧窮、痛苦、悲傷、不公、死亡。即使人們沒有直面諸如此類的艱難困苦，仙境奇譚也為人們提供了逃脫種種由來已久的限制的方式，而對古老的雄心壯志和（觸及幻想本源的）欲望，仙境故事提供了滿足和撫慰。有些是可以諒解的弱點或好奇心：例如，想要像魚一樣自由地暢遊深

海，或渴望像鳥兒一般無聲、優雅、省力地飛行——就是那種絕大多數時刻都被飛機愚弄了的渴望——被望見在高天之中乘風飛翔，因距離遙遠而悄然無聲，披著陽光變換方向，也就是說，恰好是想像而非使用的時候。人心還有更深層次的願望：比如與其他生物對話的欲望。這種欲望和人類的墮落一樣古老，仙境故事裡各種能言的野獸和生物，尤其是對牠們獨特語言的神奇理解能力，都是基於這種欲望。這才是根源，而不是什麼被歸結為湮於史載的前人的頭腦「混亂」，所謂的「缺少了我們與野獸有別的分離感」。[67]這種鮮明的分離感非常古老，但還有一種感覺，這是一種割裂：我們背負著一種奇怪的命運，以及一種內疚感。其他生物就像人類已經與之斷絕關係的其他國度一樣，人類如今只能從外部遙遙觀望，不是正與它們交戰，就是處於不穩定的停戰狀態。只有少數人享有到本國之外去旅行一段時間的特權；其他人則必須滿足於旅行者的故事，哪怕故事講的是青蛙。馬克斯・穆勒在談到《青蛙王子》這個十分古怪但流傳甚廣的仙境奇譚時，用他一本正經的方式問道：「怎麼會有人編出這樣一個故事來？我們不免希望，人類在任何時候都足夠開明，知道青蛙和公主結婚一事過於荒謬。」我們還真得如此希望！因為，如果不是這樣，這個故事就毫無意義了，它在本質上所依賴的就是這種荒誕感。民俗學的起源（或關於民俗起源的猜測）在這裡完全不是重點。考慮圖騰崇拜也無濟於事。不管這個故事背後隱藏著什麼有關青蛙和水井的習俗或信仰，青蛙的形象之所以一直保存在這個仙境奇譚裡，[68]正是因為它如此古怪，這場嫁娶如此荒謬，甚至令

---

67. 見結尾處的注釋G（第256頁）。（譯注：這一說法引自安德魯・朗的一篇論文。）
68. 或保存在一組相似的故事裡。

人憎惡。當然，在我們所關注的蓋爾語、德語、英語等版本中，[69]公主事實上並沒有嫁給青蛙——青蛙是中了魔法的王子。故事的重點不在於把青蛙當成配偶的可能性，而在於必須信守諾言（哪怕是那些後果不堪忍受的諾言），而信守諾言與遵守禁令，二者一同貫穿於整個仙境的始終。這是仙境號角吹出的音符之一，而且絕不模糊。

最後，還有最古老、最深層的渴望，那就是「大遁逃」——逃離死亡。仙境奇譚提供了許多這方面的例子和模式——可以稱之為名副其實的「逃避現實」，或者（我會說）「逃亡」精神。但其他的故事（特別是那些科學啟發的故事）和其他的研究也是如此。仙境奇譚是人寫的，不是仙子寫的。**人類寫的精靈故事裡**，無疑充斥著「逃離不死」的情節。但不能指望我們的故事總是高於我們的普通水準。它們經常能達到。在這些故事裡，沒有比這更清楚的教訓了：「逃亡者」所奔向的那種永生不朽，或確切地說是永無休止的連續生活，乃是重擔。因為仙境奇譚特別適合教導這樣的事，無論是古代還是今天。啟發喬治・麥克唐納最大的主題就是死亡。

但仙境奇譚所提供的「撫慰」，不只是以想像來滿足古老欲望這一個方面。遠為重要的是，它還提供了「美好結局」所帶來的「撫慰」。我幾乎可以大膽斷言，所有完整的仙境奇譚都必須擁有這種撫慰。最起碼我可以說，悲劇是戲劇的真正形式，是戲劇的至高功能；而「仙境奇譚」恰恰相反。由於我們似乎還沒有一個詞能表達這個相反的意思——我將把它稱作「善災」（Eucatastrophe）。[70]「善災」故事是仙境故事的真正形式，也是仙境故事的至高功能。

仙境奇譚帶來的撫慰，美好結局帶來的喜悅——或更準確地說，是「好

的災難」，突如其來的喜悅「轉機」（注意不是結局，因為任何仙境故事都沒有真正的結局）[71] —— 這種喜悅是仙境奇譚極其擅長產生的東西之一，它本質上既不是「逃避現實」，也不是「逃亡」。在仙境故事——或異界——的背景下，它是一種突如其來的奇蹟般的恩典：永遠不要指望它會再次發生。它並不否認「惡災」（dyscatastrophe）的存在，也不否認悲傷和失敗的存在——這些逆境是獲得拯救時的喜悅所必需的；但它否認全盤的最終失敗（即使面對眾多證據，如果你願意這麼說的話），到了成為**福音**的程度，讓人匆匆瞥見一眼「喜樂」，這喜樂超越人世的藩籬，如悲慟一樣深刻。

這就是一個更高級或更完整的優秀仙境奇譚的標誌：無論其中的事件有多瘋狂，無論冒險有多荒誕或可怕，當「轉機」來臨時，它能讓聽故事的孩子或成人呼吸急促、心跳加速，熱淚盈眶（或真的潸然淚下），帶來的感覺就像任何文學藝術形式帶來的一樣強烈，卻又具有一種特殊的品質。

就連現代的仙境奇譚有時也會產生這種效果。這並非易事；它取決於作為轉機背景的整個故事，但倒過來，它又反映了一種榮耀。一個故事只要在這一點上取得了成功，那麼不管它可能存在何種缺陷，它的目的又是多麼駁雜或混亂，它都沒有徹底失敗。即使在安德魯·朗自己的仙境奇譚《普裡吉歐王子》

---

69. 《要喝某口井的水的女王和Lorgann》（坎貝爾，編號23）；《Der Froschkönig》；《少女和青蛙》。（譯注：三個故事分別是蘇格蘭蓋爾語、德語和英語，分別由坎貝爾、格林和哈利維爾－菲力浦斯收集。第一個故事的出處寫錯了，坎貝爾《西高地通俗故事》中該故事標題為《要喝某口井的水的女王》，編號是33。「Lorgann」系原書「Losgann」之誤，即蘇格蘭蓋爾語的「青蛙」。）

70. 這個詞是托爾金造的。Catastrophe源自希臘語，本義為向下轉折，引申為戲劇（特別是悲劇）的大轉折結局，再引申為災難。Eu- 源自希臘語中表示「好」的首碼。——譯者注

71. 見結尾處的注釋H（第256頁）。

裡也發生了這種情況，儘管它在許多方面都不盡人意。當「每個騎士都活過來，高舉起自己的劍大喊『普裡吉歐王子萬歲』」的時候，那種喜悅沾染了一點仙境奇譚那種陌生的神話般的特質，比所描述的事件本身更偉大。如果朗的故事所描述的事件不是比故事的主體更嚴肅的仙境奇譚式「幻想」，那麼上述特質就沾染不上了，因為故事的主體總的來說更輕浮，含著高貴老練的法國小故事（conte）那種半嘲弄的微笑。[72] 嚴肅的仙境故事[73]具有遠為強大有力、尖銳深刻的效果。在那樣的故事裡，當「轉機」突然降臨，我們會瞬間瞥見透骨的喜悅和內心的渴望，有那麼片刻突破到人世的框架之外，實實在在撕開了故事的羅網，讓一絲微光透入。

為了你，七年來我拚命把活幹，
為了你，我翻過了玻璃山，
為了你，我擰乾淨了血襯衫，
你為什麼不醒來把我看？

他聽了便轉過身來。[74]

## 結語

既然我選擇「喜樂」作為真正仙境奇譚（或騎士傳奇）的標誌，或蓋在其上的印記，那麼它就值得更多的思考。

每個創造出次生世界、創造出奇幻想像的作者，每個次創造者，都很可能

在某種程度上希望自己成為一個真正的創造者，或希望自己是基於現實在創作——希望自己所創的次生世界的獨特品質（即使不是所有的細節）[75]是來自現實，或能流入現實。如果他真的達到了足以用字典定義「現實的內在一致性」來描述的品質，那麼就很難想像作品怎麼能做到不在某種程度上帶有現實的影子。因此，在成功的「幻想」中，「喜樂」的特殊品質可以解釋為突然瞥見潛在的現實或真理。它不僅是對現世悲傷的「撫慰」，而且是一種滿足，並回答了那個大哉問：「這是真的嗎？」對這個問題，我一開始給出的答案（相當準確）：「如果你精心營造了你的小世界，那麼是的：在那個世界裡這就是真的。」這對藝術家（或藝術家身上藝術家的那一面）來說足矣。但是在「善災」中，我們在短暫異象裡所見的答案可能更宏大——它可能是**福音**在現實世界中的遙遠閃光或迴響。使用「福音」一詞，暗示了我的結語。這是一個嚴肅而危險的主題。談論這樣一個主題，於我十分冒昧；但是，如果靠著恩典，我所說的在任何方面有任何合理之處，那它當然只是反映了豐富得不可估量的真理的一面：之所以有限，只因人類——這正是為人類而作的——的能力是有限的。

我要大膽地說：倘若從這個方向來解讀基督教的故事，那麼我一直（滿懷

---

72. 這是朗搖擺不定的特點。從表面上看，這個故事是在仿傚「高貴的」法國小故事（conte）的諷刺手法，尤其是薩克雷的《玫瑰與戒指》——這類本質上膚淺甚至輕浮的作品，並沒有產生或旨在產生任何深刻的東西；但背後是浪漫的朗內心深處的精神。

73. 朗稱這種仙境故事為「傳統的」，他也確實更喜歡這樣的故事。

74. 《諾羅威的黑公牛》。

75. 因為可能不是所有的細節都是「真實的」：「靈感」很少如此強烈和持久，乃至發酵了整塊麵糰，而沒有留下多少那些只是缺乏靈感的「發明」。

喜樂地）感覺到，上帝救贖墮落的造物──即人類──的方式，符合他們奇特本性的這個方面（其他方面亦然）。四福音書就包含了一個仙境奇譚，或者說一個更宏大的故事，它包含了仙境奇譚的全部精髓。書中包含了諸多奇蹟，它們具有獨特的藝術性，[76]美麗且動人，並且因其完美、完備的意義可稱為「神話」；而在這些奇蹟中，有著最偉大、可想像的最完整的善災。但這個故事已經進入了歷史和原初世界；對次創造的渴望和志向已經被擢升到了「神創」的完成。基督的誕生正是人類歷史上的善災。基督的復活則是其道成肉身故事裡的善災。這個故事始於喜樂，也終於喜樂。它具有卓越的「現實的內在一致性」。從來沒有哪個故事是這麼讓人寧願相信真有其事，也沒有哪個故事能讓這麼多持懷疑態度的人因它自身的價值而接受它是真的。因為它的「藝術」具有「原初藝術」，也就是「神創」那至高的、令人信服的基調。拒絕它要麼導致悲傷，要麼導致憤怒。

倘若人們發現哪個特別美麗的仙境奇譚在「原初」意義上是真實的，它的敘述就是歷史，卻不必因此失去它所具有的神話或寓言意義，不難想像人們會是多麼特別的興奮和喜樂。這並不難，因為我們不需要去嘗試和構思任何具有未知性質的事物。這種喜樂與仙境奇譚中的「轉機」所帶來的喜樂相比，即使程度不同，也具有完全相同的性質──這樣的喜樂具有原初真理的味道。（否則它就不會被稱為喜樂了。）它展望（或回顧：方向在此並不重要）「偉大的善災」。基督徒的喜樂──**榮耀**──是同一種的喜樂，但那是超卓的（若非我們的能力有限，它將是無限的）崇高與喜樂。因為基督的故事是至高無上的，並且是真實的。藝術已被驗證。上帝是主，是天使的主，是人類的主──也是精靈的主。傳說與歷史已經相遇，並融為一體。

但在神的國裡，最宏大的存在並不會壓抑渺小的。「得救的人」仍然是人。故事，幻想，仍在繼續，也應該繼續。福音並未廢除傳說；福音使傳說成聖，尤其使「美好的結局」成聖。基督徒仍要工作，既用身體也用心靈，去受苦、去盼望、去死亡；但他現在可能會意識到，他所有的嗜好與才能都有一個目標，而且能獲得救贖。他所領受的恩惠如此之大，以至於他現在或許可以相當大膽地猜測，在「幻想」中他真的可能幫助創造茁壯成長，使它加倍豐富。所有的故事都可能成真；然而，在最後獲得救贖的時候，它們可能會變得既像、又不像我們賦予它們的形貌，就如人類最終獲得救贖時，也會變得既像、又不像我們墮落的模樣。

---

76.「藝術」在於故事本身，而不在敘述裡；因為該故事的作者並不是傳道者。

# 注釋

**A**（第201頁）

　　這些故事中「奇蹟」的根源（不僅是功用）在於諷刺，是對非理性的嘲弄；而「夢」的元素不僅僅是開端和收尾的機制，還是在情節和過度中固有的。如果給孩子們機會，這些東西他們自己也可以感知和欣賞。但對許多人來說，就像對我一樣，《愛麗絲》被描繪成了一個仙境奇譚，只要這種誤解存在，我們就會感受到對夢境機制的厭惡。《柳林風聲》裡就沒說是做夢。「整個上午，鼴鼠都忙得不亦樂乎，給他的小家做春季大掃除。」故事就是這麼開始的，並一直保持了正確的基調。令人大跌眼鏡的是，這本優秀書籍的鐵杆崇拜者A.A.米爾恩，[77] 竟然在他改編的戲劇版裡，寫了一個「異想天開」的開場——人們看到一個孩子在用水仙花打電話。或許這也沒什麼好大跌眼鏡的，因為一個有洞察力的崇拜者（有別於鐵杆崇拜者）絕不會試圖把本書改編成戲劇。當然，只有比較簡單的成分、聖誕童話劇和諷刺動物寓言的元素，才能以這種形式呈現。這齣戲在戲劇的低等層次上來看，勉強還算有趣，特別是對那些沒讀過這本書的人而言；但是有些我帶去看《蛤蟆府的蛤蟆》的孩子，他們帶回來的主要記憶是對開場感到噁心。至於其餘的部分，他們更喜歡對原書的回憶。

**B**（第214頁）

　　當然，這些細節通常會被寫進故事裡，**甚至在它們真實執行的年代**，因為它們具有寫成故事的價值。設想我寫一個故事，其中有個人被絞死，這個故事

要是能流傳到後世（這本身就意味著這個故事具有某種永久的價值，不只是局部的或暫時的價值），那它**可能**會向後世表明，它是在人真的會被依法處刑絞死的時期寫的。[78] 這裡說的是**可能**：當然，未來的人不敢確定這種推論。要確定這一點，未來的探究者必須確切知道絞刑是在什麼時代實行的，我又是生活在哪個年代。我有可能是從別的時代、別的地方和別的故事裡借用了這件事，也可能就是乾脆編造了它。但是，即使這個推論碰巧正確，絞刑的場景之所以會出現在故事裡，也只能是（一）因為我意識到在我的故事裡，這一事件具有戲劇性、悲劇性或恐怖的力量，以及（二）因為那些把故事傳下去的人也感覺到這股力量，足以讓他們把事件保留下來。時間的距離，純粹的古老和疏異感，可能會在日後磨利悲劇或恐怖的鋒刃；但即使是用精靈的古老磨刀石來打磨，一開始也得有鋒刃才行。因此，對文學批評家來說，就阿伽門農之女伊菲革涅亞提出或回答的最無益的問題是：她在奧利斯被獻祭犧牲的傳說，是否來自一個普遍實行人祭的時代？

我之所以只說「通常」會被寫進故事裡，是因為可以想像，現在被視為「故事」的東西，其意圖在過去是不一樣的：比如記錄事實或儀式。我指的是嚴格意義上的「記錄」。為解釋一種儀式（一種有時被認為經常發生的過程）而編造的故事，基本上仍然是故事。它之所以採取故事的形式並流傳下來（明顯在儀式消失很久之後還存在），完全是因為它的故事價值。在某些情況下，現在僅僅因為奇怪而引人注目的細節，可能是曾經司空見慣而被忽視的事，不

77. 《小熊維尼》的作者。他改編的戲劇版即下文提到的《蛤蟆府的蛤蟆》。——譯者注
78. 在本文寫作時，絞刑依然是英國的法定死刑方式。——譯者注

經意溜進了故事裡：比如提到一個人「抬起帽子」，或者「趕上了火車」。但這些不經意的細節不會在日常習慣改變後長久存在，起碼在口耳相傳的時期不會。在文字傳承的時期（以及習俗快速變化的時期），一個故事保持不變的時間可能足夠長，以至於就連它不經意的細節，也會獲得離奇或古怪的價值。如今，狄更斯的許多作品都帶有這種氣息。他的小說初次發售時，當時的日常生活就像故事裡寫的那樣。而今天我們打開一本來看，那些日常生活中的細節已經像伊莉莎白時代一樣遠離了我們的日常習慣。但這是一種特殊的現代情況。人類學家和民俗學家不會想像任何這類情況。但是，如果他們所研究的是非文字的口述傳播，那麼他們就尤其需要反思，在這種情況下，他們所研究的東西以故事構建為主要目的，而這些東西得以流傳的主要原因也在於此。《青蛙王子》（見第243頁）既不是一部《信經》，也不是圖騰法則的手冊：它是一個有著樸素寓意的古怪故事。

## C（第216頁）

據我所知，那些早年愛好寫作的孩子，並沒有特別想寫仙境奇譚，除非他們只接觸過這一種文學形式；而他們嘗試的時候，會失敗得極其明顯。這不是一種容易的文學形式。如果說孩子們有什麼特殊愛好，那就是動物寓言，而成人常常把動物寓言和仙境奇譚混為一談。我看過的兒童寫的最好故事，要麼是「現實的」（在意旨上），要麼是以飛禽走獸為主角，主要是動物寓言裡常見的化身動物的人類。我猜想，這種形式之所以經常被採用，主要是因為它允許大量的現實主義：表現出孩子們真正知道的家庭事件和談話。不過，這種文學形式通常是成人提議或強加的。有趣的是，在今天常給小孩看的文學作品（無

論好壞）裡，它占很大比重。我想，人們覺得這種故事書與「自然史」相配，那類關於飛禽走獸的科普書籍也被認為是適合少年兒童閱讀的精神食糧。近年來，熊和兔子幾乎把娃娃玩偶趕出了（甚至包括小女孩的）遊戲室，這進一步強化了這種觀念。孩子們會用他們的玩偶編造傳奇故事，故事往往又長又詳細。如果這些玩偶的形狀像熊，那麼熊就會成為傳奇故事的主角；但是它們會像人一樣說話。

**D**（第221頁）

我很早就開始接觸（「給兒童看的」）動物學和古生物學，跟接觸仙境一樣早。我看過各種活的走獸和真正的（至少我被這麼告知）史前動物的圖片。我最喜歡「史前」動物：它們至少在很久以前存在過，而（基於堪稱微不足道的證據所做的）假說也難免閃耀著一絲幻想的光芒。但是我不喜歡別人告訴我這些生物是「龍」。童年時我那些愛教導人的親戚（或他們的贈書）作出的斷言讓我感到的惱怒，我至今記憶猶新——「雪花是仙子的珠寶」，或「比仙子的珠寶更美」；「海洋深處的奇觀比仙境更奇妙」。孩子們能感受到卻沒有能力分析的那些差異，他們期望長輩能加以解釋，或者至少能承認，而不是忽視或否定。我敏銳感受到「真實事物」的美，但對我來說，把「真實事物」與「其他事物」的奇妙混為一談，似乎是花言巧語。我渴望研究自然，程度其實勝過對閱讀大多數仙境奇譚的渴望；但是，我不想被一些人花言巧語騙去研究科學、離開仙境，這些人似乎認為，我由於某種原罪更喜歡仙境奇譚，而根據某種新宗教我應該被誘導去喜歡科學。毋庸置疑，自然是研究生命的，或者研究永恆（對那些富有天賦的人而言）；但是人有一部分不屬於「自然」，因此，這

個部分沒有必要去研究自然，事實上，自然也完全無法滿足它。

**E**（第228頁）

　　例如，在超現實主義中普遍存在一種在文學幻想中非常罕見的病態或不安。產生所描繪影像的頭腦，往往被懷疑實際上已經病態；但並不是所有的案例都必須這樣解釋。畫這類東西的行為本身經常引起奇怪的心智紊亂，其狀態在性質和病態意識上類似於發高燒時的感覺，那時頭腦會在周圍所有可見的物體上看出各種兇險或怪誕的形狀，因而發展出一種令人痛苦的多產又流暢地繪出造型的能力。

　　當然，我這裡說的是幻想在「圖畫」藝術中的主要表現形式，而不是「插圖」，也不是電影。插圖本身再好，對仙境奇譚也沒有什麼幫助。所有提供了某種「**可見**」表現形式的藝術（包括戲劇），和真正的文學之間的根本區別就在於，前者強加給人一種可見的形式。文學則是心靈對心靈的影響，因此能催生更豐富的解讀。它既更具有普遍性，又更具有深刻的特殊性。如果文學談到**麵包、酒、石頭**或**樹木**，它所說的就是這些東西的統稱，以及它們的概念；然而，每個聽眾都會在自己的想像中賦予它們一個獨特的、個人化的具象。如果故事說「他吃了麵包」，那麼戲劇製作人或畫家只能根據自己的品味或想像展示「一塊麵包」，但故事的聽眾卻會想到麵包通常的模樣，並以自己的方式去設想它。如果故事說「他爬上一座小山，看見下方山谷裡有一條河」，那麼插畫家有可能捕捉到或幾乎捕捉到他自己對這個場景的想像；但是，每個聽見這句話的人都會有自己的設想，這設想是從他所見過的所有的山丘、河流和河谷中提取出來的，特別是對他而言代表著單詞第一個具象的**那座**山丘、**那條**河

流、**那條**河谷。

**F**（第230頁）

　　當然，我指的主要是對形式和可見形狀的幻想。戲劇可以通過幻想或仙境的某個事件對人類角色的影響而編制，這一事件不需要任何機制，也可以假設或報告已經發生過。但這並不是幻想在戲劇中的結果；人類角色占據了舞台，大家的注意力都集中在他們身上。這類戲劇（以巴里 [譯注：世界著名兒童文學《彼得潘》的作者] 的一些戲劇為例）可以被輕浮地使用，也可以用來諷刺，或者用來傳達劇作家心中的「資訊」──都是在給人看。戲劇是以人類為中心的。仙境奇譚和幻想則未必。例如，有許多故事講述了男人和女人如何消失不見，然後在仙子當中度過多年，卻沒注意到時光流逝，也沒顯示出變老的跡象。巴里用這個主題寫了《瑪麗・羅斯》這齣戲劇。劇中沒有仙子，從頭到尾只有飽受殘酷折磨的人類。儘管（在印刷版本裡）結尾處有一顆傷感的星星和若干天使的聲音，這仍是一部痛苦的戲劇，並且很容易就能被惡魔化──藉由在結尾用精靈的呼喚代替「天使的聲音」（我就見過這種改編）。非戲劇性的仙境奇譚，就其與人類受害者的關係而言，也可以是可悲或可怕的。但其實不需要這樣。在大多數這類故事中同樣有仙子在，地位平等。在有些故事中，仙子才是真正的主角。許多關於此類事件的短篇民間傳說都聲稱只是關於仙子的「證據」，是關於仙子及其存在方式的「傳說」的長期積累。藉此，我們就能從完全不同的角度來看待與仙子接觸的人類（往往是有意的）所遭受的痛苦。放射學研究受害者的痛苦可以編成一部戲劇，但鐳本身就幾乎編不出戲了。但是，人們有可能主要對鐳（而不是對放射學家）感興趣，也有可能主要

對仙境而不是對受折磨的凡人感興趣。對前者的喜好可以催生一本科學書籍，後者則可以寫出一個仙境奇譚。這兩者戲劇都無法很好地應對。

**G**（第243頁）

　　這種感覺的缺失，僅僅是對生活在已被遺忘的過去的人的一種假設，與今天被腐蝕、被欺騙的人可能經歷的種種瘋狂迷惑無關。同樣合理的假設是這種感覺曾經更強烈，這也更符合有關古人就此看法的稀少記載。把人的形態與動植物的形態混合起來，或把人的能力賦予野獸，這類幻想由來已久；但這一點當然不能作為混亂的證據。就算能當成證據，那也是相反的證據。幻想不會模糊現實世界的清晰輪廓，因為它依賴於此。就我們的西方或歐洲世界而言，在現代攻擊和削弱了這種「分離感」的，實際上不是幻想，而是科學理論；不是半人馬、狼人或中了魔法的熊的故事，而是科學作者的假設（或武斷的猜測）：他們不僅把人類歸類為「動物」——這種正確的分類很古老了——而且還「僅僅是一種動物」。隨之而來的就是情感的扭曲。未完全腐化的人類對野獸的天然之愛，以及人類對生物想要「深入其裡，感同身受」的欲望，已經失控了。現在我們看到有些人愛動物勝過愛人類；他們憐憫綿羊，咒罵牧人如豺狼；他們為被殺的戰馬哭泣，卻詆毀陣亡的士兵。是在當今時日，而不是在仙境奇譚誕生的年代，我們才有這種「分離感的缺失」。

**H**（第245頁）

　　「他們從此過著幸福快樂的生活」這句結尾辭，通常被認為是仙境奇譚的典型結尾，就像「很久很久以前」是典型開頭一樣。它是一種人為的手法。它

沒有欺騙任何人。這類結尾短句，可以比作圖畫的邊距和畫框，不能被當作天衣無縫的故事之網中任何特定片段的真正結尾，就像畫框也不是畫中幻景的真正終界，或外部世界的窗扉。這些短句可以是樸素的，也可以是精緻的，可以是簡單的，也可以是奢華的，正如畫框也有樸素的、雕花的和鍍金的，都是人為且必要的。「他們要是沒離開的話，就還在那兒呢。」「我的故事講完了，你看，那裡有一隻小老鼠；誰要是抓住它，就可以用它給自己做一頂漂亮的毛皮帽。」「他們從此過著幸福快樂的生活。」「婚禮結束後，他們讓我穿上小紙鞋，沿著玻璃渣路走回家。」[79]

這類結尾適合仙境奇譚，因為大多數現代「現實主義」的故事已經被局限在自己狹小的時間範圍內，與之相比，仙境奇譚更能感受和把握故事世界的無窮無盡。用公式套話來標示無窮掛毯上的一道銳利切口，不見得不妥，即使怪誕或滑稽也無妨。現代插圖（絕大多數都是攝影）的一個不可阻擋的發展就是摒棄邊界，「畫面」紙盡方休。這種方法可能適用於照片，但是完全不適合仙境奇譚的插圖或受仙境奇譚啟發而繪製的圖畫。魔法森林需要邊緣，甚至需要精心設計的邊界。把它毫無節制地印在書頁上——像《圖畫郵報》上一張洛磯山脈的「照片」——彷彿它真是一張仙境的「快照」或「我們的畫家在現場畫的素描」，這是一種愚蠢和濫用。

至於仙境奇譚的開頭：人們不大可能改進「很久很久以前」這個公式。它具有立竿見影的效果。舉例來說，讀一讀《藍色童話》中的仙境奇譚《可怕

---

79. 第一個結尾可見於不少挪威故事，這裡的引文源自《三隻山羊》的一個英譯版；第二個結尾見《藍色童話・韓塞爾和葛雷特》（即格林童話的《糖果屋》，不過這個結尾是安德魯・朗改編時加的）；第四個結尾見蘇格蘭故事《幽谷、山峰和隘口的騎士》。——譯者注

的頭》，就能領略到這種效果。這是安德魯・朗改編的珀爾修斯和戈爾貢的故事。故事以「很久很久以前」開頭，沒有提到任何年分、地區或個人。須知，這種處理方式可以稱為「把神話轉變成仙境奇譚」。我更願意說，它將嚴肅的仙境奇譚（也就是希臘傳說）轉變成了我們國家目前熟知的一種特殊形式：床邊故事或「老嫗故事」。缺乏人名地名不是優點，而是意外，不應該模仿；因為在這方面的含糊不清是一種品質降格，是由於遺忘和缺乏技巧而造成的衰敗。但我認為缺乏時間並不是缺點。那個開頭不是詞窮，而是意義重大。它一下子就營造出了一種宏大、有待發掘的時空感。

# 譯後記

　　這本書我們三個譯者的合作方式依舊是：我主譯，噴泉（石中歌）主修訂（極其繁瑣，她還譯了〈大伍屯的鐵匠〉），而我最不擅長的詩歌由中英文造詣＋音樂皆盡涉獵深厚的杜蘊慈負責。

　　關於那篇令人望而生畏但托迷們又迫切想看懂的論文〈論仙境奇譚〉，可謂集多人之力才得呈現在大家面前。我要特別感謝埃默里大學（Emory University）的老師Eric Reinders，微博上的書評人Zionius，以及劉真儀女士。

　　Eric懂中文，也研究托爾金，他很驚喜我要翻譯這篇論文，也在我翻譯完成後，逐字逐句跟我探討譯文，給我提意見。玩微博又關注托爾金作品的人，應該都認識讀物博主Zionius；他的閱讀涉獵之廣、數量之驚人、查考之仔細，令我歎為觀止、深深拜服。他給這篇論文寫了許多注釋（其他篇也寫了一些），讓讀者（包括我）能更深入了解各種典故，真是看到賺到。在翻譯過程中，我還參考了劉真儀女士發表在2007年7月分《印刻文學生活誌》中對這篇論文的節譯，該篇節譯的篇名是〈論精靈故事〉；感謝她的開疆拓土，讓我在十多年前就得以瞥見托老的仙境的核心。

　　當然，最終讀者能看到如此完善的譯文，要感謝噴泉。熟讀托老所有著作且與我並肩翻譯了十幾年托老作品的噴泉，在本職工作之餘，耗費了無數夜晚與週末，竭盡全力，細細修訂打磨了這篇論文與書中每個故事，讓所有閱讀中文的托爾金愛好者，從此得知托老創作的深根厚土，理念精髓。

當代全球十大暢銷小說作者裡，唯一公版的就是托爾金；因此，我們三個譯者合作的托爾金作品，終於有機會出繁體版了。希望大家喜歡。

鄧嘉宛

2023 年秋

台北、景美

〈經典奇幻文學作家J. R. R. 托爾金 2〉
**托爾金短篇故事集**

| | |
|---|---|
| 作　　　者──約翰・羅納德・魯埃爾・托爾金 | 發 行 人──蘇拾平 |
| 　　　　　　（J. R. R. Tolkien） | 總 編 輯──蘇拾平 |
| 譯　　　者──鄧嘉宛、石中歌、杜蘊慈 | 編 輯 部──王曉瑩、曾志傑 |
| 責任編輯──王曉瑩 | 行銷企劃──黃羿潔 |
| | 業 務 部──王綬晨、邱紹溢、劉文雅 |

出 版 社──本事出版
發　　　行──大雁出版基地
　　　　　　新北市新店區北新路三段 207-3 號 5 樓
　　　　　　電話：(02) 8913-1005　傳眞：(02) 8913-1056
　　　　　　E-mail：andbooks@andbooks.com.tw
劃撥帳號── 19983379　戶名：大雁文化事業股份有限公司

美術設計──楊啓巽工作室
內頁排版──陳瑜安工作室
印　　　刷──上晴彩色印刷製版有限公司
2024 年 03 月初版
定價 450 元

國家圖書館出版品預行編目資料

〈經典奇幻文學作家J. R. R. 托爾金 2〉托爾金短篇故事集
約翰・羅納德・魯埃爾・托爾金（J. R. R. Tolkien）/ 著　鄧嘉宛、石中歌、杜蘊慈 / 譯
---.初版.─ 新北市；本事出版：大雁文化發行，　2024 年 3 月
　面　；　公分 . ─ (WHO；2)

ISBN 978-626-7074-80-0（平裝）

873.57　　　　　　　　　　　　　　　112022141

*On Fairy-Stories*

*On Fairy-Stories*

*Smith of Wootton Major*

The Adventures of Tom Bombadil

*Farmer Giles of Ham*

*Leaf by Niggle*